Princeton

10650237

AA

Håkan Nesser

MASKARNA PÅ CARMINE STREET

Månpocket

Denna Månpocket är utgiven enligt överenskommelse med
Albert Bonniers Förlag, Stockholm

Omslag av Anders Timrén
Omslagsbild: plainpicture

© Håkan Nesser 2009

Tryckt hos ScandBook AB, Falun 2010

ISBN 978-91-7001-814-5

I

1

Vi kom till New York med fyra fullpackade koffertar och två tomma hjärtan.

Under den korta promenaden mellan Carmine Street och biblioteket på Leroy kommer denna formulering till mig. Kanske är det inte alls rätt inledning till det här, men under några dagar har jag verkligen suttit och slitit med en förstamening. Som om det bara vore detta enkla det var frågan om; en nyckel som skall öppna berättelsen, ett insegel som skall brytas eller ett illusoriskt trick, som, när man väl funnit det, sätter allt annat i rätt rörelse.

Så är det nu inte. Berättelser måste födas oavlåtligen på varje ny sida, under smärta och stundom glädje, rad för rad, centimeter för centimeter och det finns inga genvägar. Just på detta vis ämnar jag skriva en redogörelse för vad som hänt de senaste åren och vad som händer just nu, och det kommer inte att bli lätt. Jag är långtifrån säker på att det kommer att leda någonvart, men ibland har man inte något val.

Och jag ger er inga utfästelser. Inga som helst; kanske blir det en sammanhängande historia, kanske blir det någonting annat.

Det har gått några veckor sedan jag hittade den här lilla filialen till New York Public Library — *The Hudson Park Branch* står det på väggen ut mot James Walker Park — och jag har suttit i den smutsbruna, nedslitna lokalen några timmar om dagen sedan dess. Aldrig samma timmar, de har varierat öppethållande och det är bara på söndagarna de håller stängt helt och hållet. Men det är ändå rätt plats, det känns tydligt; själva skrivmiljön har alltid varit viktig för mig och i det här fallet har den varit mer betydelsefull än någonsin.

Det är höst. Slutet av september men fortfarande mycket varmt. Folk talar om växthuseffekten hela tiden, det är tredje året i rad nu, och New York Times, som jag köper och läser med en dåres envishet varje dag, återkommer med viss regelbundenhet till ämnet. Gamle presidentkandidaten Gore har till och med fått en Oscar i ärendet, och kanske är det faktiskt på det viset. Kanske håller vår jord på att koka över och gå under.

För vår personliga del, Winnies och min, har vi burit på undergången under något kortare tid. Det har gått två somrar sedan katastrofen, sjutton månader i stort sett. Till New York anlände vi i början av augusti, vi hittade lägenheten som vi nu bebor i Greenwich Village efter några dagars letande och förkastande av det ena svindyra och otänkbara råtthålet efter det andra. Den lilla takvåning vi slutligen bestämde oss för att acceptera är också svindyr, men den är åtminstone ren och beboelig.

Fyra fullpackade koffertar, två tomma hjärtan. Koffertarna har vi tömt, stuvat undan innehållet i trånga gardrober och skeva byråar, med våra hjärtan är det som det kan. Winnie säger att hon vill börja måla på allvar igen, men att hon måste få vara ensam i sitt skapande, det är av den anledningen jag beger mig hemifrån några timmar varje dag. Naturligtvis behöver också jag ensamhet, jag måste se till att få fatt i orden igen, lägga dem kant i kant och mening till mening och äntligen börja åstadkomma någonting som inte bara innebär ett trist och tröstlöst vandrande i cirklar.

8

Varje historia söker sin form och finner den.

Eller dör.

Mitt namn är Erik Steinbeck, lika bra att gå till torgs med det redan nu. I skrivande stund är jag 38 år fyllda. Sedan ett drygt decennium kan jag titulera mig författare, men det har gått tre år sedan jag publicerade någonting. Fem romaner, det är hela min produktion, men på två av dem har det gjorts framgångsrika filmatiseringar och även om jag inte får ett ord ur mig de närmaste åren, så kommer vi att klara oss ekonomiskt. Det är också det enda löfte för framtiden jag vågar avge. Vi kommer inte att svälta ihjäl före sista sidan av denna tvivelaktiga roman.

Min hustru Winnie är bildkonstnär, på sätt och vis är hon mer erkänd och längre kommen i sitt konstnärskap än vad jag är, men det är jag som hittills varit lönsammast. Jag vet inte riktigt varför jag tar upp tid med dessa torra fakta rörande våra omständigheter. Kanske ligger där ett gammalt calvinistiskt redovisningsbehov i botten, kanske är det bara en åtgärd för att skjuta det som jag egentligen kommer att tala om en smula på framtiden.

Vi har varit gifta i sju år. För sjutton månader sedan försvann vår fyraåriga dotter Sarah, det är för den sakens skull vi befinner oss i New York.

Det är för den sakens skull vi blivit främlingar för varandra.

Sådana ser i varje fall utgångspunkterna för denna redogörelse ut, men jag skulle själv inte köpa dem utan invändningar. Någonstans måste man i alla händelser finna en utgångspunkt. Någonstans måste man börja.

Nog av garderingar. Jag har redan börjat dra upp den tunga porten till biblioteket, när jag bestämmer mig för en promenad till floden först. Det tar bara fem minuter att komma ner till Hudson River Park. Det ligger dimma över vattnet denna morgon; New Jersey framträder nätt och jämnt på andra sidan, liksom mot sin vilja. Jag blir stående en stund längst ut på en av pirerna, det är nästan vindstilla, båtarna och pråmarna är konturlösa och glider fram som tunga, oformliga urtidsdjur i det gulvita diset. Jag tänker att det är så mitt inre ser ut också, mina tankar äger samma klumpiga oskärpa, jag vet inte exakt hur det står till med Winnie men jag tror det är frågan om någonting annat för hennes del. Jag skriver "tror", jag menar "vet". Vi står förvisso på förtvivlans brant bägge två, men förtvivlans brant är långsträckt och våra positioner ligger långt ifrån varandra. Vi är inte ens i stånd att ta varandras händer för att gemensamt hoppa från en klippa eller en bro, och det är detta, just precis detta, som gör allt så mycket svårare än det annars skulle vara.

Står du fortfarande ut med mig? frågade hon häromdagen. Jag svarade att jag ingenting hellre önskade än att vi skulle hitta en väg tillbaka, men jag kan inte svära på att jag talade sanning. Man säger saker som låter passande och vi har inte älskat en enda gång sedan Sarah försvann; ibland är det svårt att veta varför vi klamrar oss fast vid varandra med sådan envishet.

Jag vandrar upp till Chelsea Piers, sedan tillbaka genom Meatpacking District och West Village. Köper kaffe och en bagel på delin i hörnet av Hudson och Barrow och när jag tar plats vid mitt bord på biblioteket är klockan kvart över tio.

Plockar upp mitt svarta block och mina pennor. Ser ut genom det höga, blyspröjsade fönstret; träden längs Leroy har ännu inte minsta inslag av gult, sommaren pågår verkligen sent in i september. Borta på bollplanerna i James Walker Park hörs rop och svordomar från spelarna. Jag dricker en klunk kaffe, tar en tugga bröd och stirrar på den första blanka sidan.

Bestämmer mig för att acceptera den där raden om koffertarna och hjärtana, det känns plötsligt att det inte alls är så viktigt som jag föreställt mig. Vadsomhelst duger.

Jag ser upp och möter blicken hos mr Edwards.

Mr Edwards är en herre i sjuttioårsåldern. Han sitter vid ett bord något längre in i lokalen, han är stamkund liksom jag och liksom jag är han sysselsatt med ett skrivarbete av något slag. Han är lång och reslig, ger ett vitalt intryck, trots att han är helt skallig och att han rör sig med viss svårighet. Av allt att döma är det en höft som krånglar. Hans ansikte är långsmalt med kraftigt käkparti och djupt liggande ögon, och hans hudfärg vittnar om att det finns latinskt eller västindiskt blod i ådrorna. Kanske utspätt men inte mer än fifty-fifty. Vi har aldrig presenterat oss för varandra, men jag har hört personalen titulera honom mr Edwards. Under de två veckor jag besökt biblioteket har han suttit på sin plats varje gång. Vi hälsar på varandra genom igenkännande, försiktiga nickar, ännu så länge inte mer än så.

Han nickar lätt den här morgonen också; jag uppfattar att han noterat att jag kommit igång med mitt skrivande och att han vill gratulera mig till det. Eller åtminstone låta mig veta att han uppmärksammat tillståndet, det rör sig om ett mycket diskret närmande men ett stråk av värme och tillförsikt strömmar ändå igenom mig.

En sekund, på sin höjd två, varar det; jag nickar tillbaka och börjar läsa igenom vad jag hittills åstadkommit.

Klockan är halv tre när jag lämnar biblioteket. Jag sätter mig med en kaffe utanför The Grey Dog's Café och ringer till Winnie. Jag kan se ett av våra fönster snett över gatan, men det är för litet och sitter för högt upp för att jag skall ha någon insyn. Jag kan inte bedöma om hon är hemma eller inte.

Jag får inget svar. Jag tänker att det kan betyda ungefär vadsomhelst. Hon kan vara hemma men välja att inte svara eftersom hon arbetar. Hon kan befinna sig på badet på 36:e gatan; hon besöker det åtminstone två gånger i veckan, ligger och simmar timme efter timme, hon påstår aldrig att det skulle vara ägnat till läkedom men kanske är det ändå så. Kanske är det detta som är hennes tanke, medveten eller omedveten, hon har alltid haft ett speciellt förhållande till vatten.

Eller också är hon bara ute och vandrar i staden. De första veckorna tittade hon på konst varenda dag. Metropolitan och Neue Galerie. Guggenheim och MoMA och gallerierna i Chelsea och på West Broadway. Men hon har slutat med det. Nu målar hon själv istället, håller på med åtminstone fyra olika dukar, om jag räknat rätt. Olja och äggoljetempera. Hon har inte låtit mig se dem ännu, det är som det alltid varit, ända sedan vi träffades första gången. Bilder är gjorda för blickar, säger hon. När de väl är färdiga är det deras enda funktion, men medan de håller på att födas får man inte utsätta dem. Är det inte likadant med dina texter?

Jag brukar hålla med om att det är likadant med mina texter. Orden måste få sätta sig en smula först, vila en tid innan de tål dagsljuset. *Koagulera*, har vi enats om.

När jag ringer en andra gång svarar hon. Hon är på hemväg från konstnärsbutiken nere på Canal. Jag frågar om hon vill att jag går henne till mötes. Hon svarar att hon helst ser att jag inte gör det, jag hör på hennes röst att hon druckit ett eller två glas. Jag tänker att vi har vår sjunde bröllopsdag om ganska precis en månad.

Känner mig plötsligt osäker på om vi någonsin kommer att nå fram till den.

2

Det var den 25 november 1999. Min tredje roman, *Trädgårdsmästarens horisont*, hade kommit ut i september och jag var inne på min åttonde föreläsningsvecka.

Vilket framträdande i ordningen det var fråga om visste jag inte, men jag hade börjat känna en tilltagande leda både vid mig själv och vid den bok jag hade att presentera kväll efter kväll på olika orter i olika delar av landet. Jag kunde inte längre skilja det ena ensliga hotellrummet från det andra, dagens månghövdade publik från gårdagens eller förra veckans, men de senaste kvällarna hade jag ändå haft sällskap av tre andra författare, vilka alla mer eller mindre befann sig i samma predikament som jag själv. Det innebar en lättnad att vara flera, åtminstone brukade vi försäkra varandra detta mellan föreställningarna för att hålla humöret och den s.k. ångan uppe.

I efterhand vet jag förstås att staden hette Aarlach, men jag är inte säker på att jag hade det klart för mig, när jag tog plats i den molnmarmorerade talarstolen på scenen för att ännu en gång haspla ur mig de ord, de vilsna iakttagelser och de lättsmälta sanningar om livet och våra grundläggande villkor, som jag vid det här laget kramat så mycket blod ur att jag betvivlade att det fanns en enda åhörare som inte uppfattade hur ihåligt det klingade.

Ändå hade alltihop från början burit det fulla allvarets och det genuina berättandets anspråksfulla prägel, det visste jag. Det hade varit min avsikt och så hade det förefallit. Men vilken historia, vilket traderande, tål att upprepas kväll efter kväll efter kväll? Vem ror det iland?

Jo, det finns sådana historier och sådana berättare också, jag är den första att tillstå detta. Jag har inget att skylla min känsla av tillkortakommande på. Inte då och inte nu.

Lokalen var en gammal ombyggd biograf i art déco-stil. Antalet platser uppgick till fyra–fem hundra, där fanns inte en ledig stol i salongen. När jag efter cirka fjorton minuters prat satte igång att läsa min sexminuterstext ur andra kapitlet inträffade emellertid en egendomlighet som jag i efterhand aldrig varit i stånd att förklara.

Jag blev plötsligt blind. Texten — och boken och mina händer som höll boken och talarstolen och hela den fyrahundrafemtiohövdade publiken — försvann från mina ögon och för en kort sekund trodde jag att min sista stund var kommen. Att jag skulle dö här på scenen mitt under pågående framförande. Möjligen förmådde jag också — i all hast — suga en smula bister sötma ur denna mörka tanke, för även om mina romaner säkerligen kommer att vara bortglömda om tio eller tjugo eller trettio år, skulle en och annan bokmal säkert dra sig till minnes hur jag slutat mina dagar. Ingen berömmelse är att förakta.

Så illa gick det nu inte. Jag kramade med min vänstra hand om talarstolens uppstickande och en smula vassa sidostycke, med min högra om boken, och eftersom texten efter alla dessa presentationer etsat sig fast i mitt minne ner till minsta pausering och semikolon, fortsatte jag att läsa som om ingenting hade hänt. Jag till och med vände blad på rätt ställe och inte förrän efter en tidsrymd som jag då inte hade något begrepp om, men som jag i efterhand uppskattade till cirka två minuter, återvände min syn.

Texten framträdde igen — boken, mina händer som darrade en smula, jag hade inte känt det men jag såg det, strålkastarljuset och ansiktena på människorna som satt på de två–tre första raderna — och jag förstod att jag varit med om någonting mycket, mycket ovanligt.

Kanske ett tecken eller ett omen, men jag har aldrig tillnärmelsevis förstått hur det i så fall skulle tolkas.

En halvtimme senare — jag hade varit den siste av författarna att framträda — befann vi oss på den obligatoriska restaurangen. Analysen, eftersnacket, gravölet. Vi var ett tjugotal, en kvartett författare, en handfull organisatörer, ett par bibliotekarier, några journalister och tre eller fyra respektive. Taffeln bröts efter en dryg timme eftersom några ville sträcka på benen och jag hamnade intill en mörk kvinna i trettioårsåldern, jag hade inte uppfattat hennes funktion under kvällen och hon upplyste mig inte. Inte heller talade hon om vad hon hette.

”Jag tyckte mycket om din bok”, började hon istället.

Det var en på intet sätt ovanlig inledning till ett samtal under de här omständigheterna, och jag nöjde mig med att tacka.

”Det var framförallt en passage som berörde mig djupt”, fortsatte hon.

Jag mumlade något till intet förpliktigande till svar, kände mig som alltid i sådana här lägen osäker och en smula generad. Blottlagd och redo för obduktion, som en kollega brukar uttrycka saken.

”Den där dikten”, sa hon. ”Finns den på riktigt? Jag menar, du påstår i boken att den är skriven av den där ryske poeten, men jag anar att det kanske inte är så i själva verket?”

”Du anar alldeles rätt”, sa jag.

16

"Det är du själv som skrivit den?"

"Ja", erkände jag. "Jag ligger bakom den också."

Hon placerade sin hand på min arm och såg ut att koncentrera sig. Jag drack en klunk vin och kände mig besvärad, men samtidigt en smula smickrad, jag kan inte neka till det.

"*sex fot under jord*", citerade hon, "*hejdar sig i dagbräckningen två blinda maskar*"

"Ja", sa jag. "Så står det."

"Och det är du som har skrivit det?"

"Ja."

Jag skruvade på mig. Det är en sak att varje bok kan betraktas som ett samtal mellan två personer, en författare och en läsare. Det är något helt annat när det skydd som boken utgör faller bort, när avståndet mellan de samtalande krymper till ett ingenting. En unken våg av olust drog igenom mig, och jag önskade att jag haft kurage nog att resa mig upp och lämna lokalen. Men det hade jag inte.

Hon märkte min förlägenhet. "Förlåt", sa hon. "Det var inte min mening att besvära dig. Jag kommer för nära, det var klumpigt."

Jag såg mig om runt bordet medan jag försökte återvinna något slags kontroll. Alla de andra satt inbegripna i små gruppvisa samtal, några hade tänt cigarretter eller cigarrer och ingen tog minsta notis om mig och den okända kvinnan. Jag drack ytterligare av vinet.

"Vem är du?" frågade jag och satte ner mitt glas. "Jag tror inte vi blivit presenterade."

Hon skrattade till men tog inte bort sin hand från min arm.

"Du är så gammaldags", sa hon. "Det tycker jag om. Vill du att jag lämnar dig i fred?"

"Jag vet inte", svarade jag sanningsenligt. "Jag vet verkligen

17

inte. Jag är inte riktigt mig själv ikväll, det har varit ansträngande veckor."

"Du vill att jag lämnar dig i fred?" upprepade hon.

Jag betraktade hennes ansikte, som plötsligt tycktes gå miste om sina konturer. För ett ögonblick blev jag rädd att jag skulle förlora synen igen, men så stabiliserades allt och jag upptäckte först nu hur vacker hon var.

"Vad vill du mig?" frågade jag. "Vem är du?"

"Jag heter Winnie Mason", sa hon. "Kom så går vi härifrån. Jag behöver tala allvar med dig."

Två minuter senare stod vi i regnet ute på trottoaren. Det var i Aarlach, klockan var kvart över elva på kvällen, det var den 25 november 1999. Jag stod där med en kvinna som hette Winnie Mason.

3

Jag sitter kvar en stund på The Grey Dog.

I ett slags obeslutsamhet som ändå inte känns besvärande. Den behöver inte brytas; jag betraktar människorna som passerar förbi och tänker att jag tycker om att sitta här. På sätt och vis är detta världen i ett nötskal. Alla raser, alla åldrar, alla temperament finns i dessa kvarter. Unga kvinnor och män som bär sina liv i egna händer och som skiter i traditionerna; åtminstone vill jag inbilla mig det och tyvärr är ju illusionen ofta potentare än verkligheten, eftersom det bara är illusionen vi har tid att få syn på och befatta oss med; äldre damer och gamla gubbar dessutom, svarta, vita, latinos och judar. Ett gäng blandade barn myllrar ut ur den katolska kyrkskolan på hörnet mot Bleecker; den gamle ryssen med sin haltande hund släpar sig förbi och mr Mo, kinesen som äger tvättomaten, kommer ut på trottoaren och tänder en cigarrett. Kisar mot solen. Dvärgar och fotomodeller, puckelryggar och hjulbenta; koreaner, kubaner, homosexuella och heterosexuella; en förmodat asexuell nyzeeländare vid namn Ingolsen, i varje fall förmodar både Winnie och jag att han är asexuell efter att vi suttit vid samma bord på The Noodle Bar mittemot kyrkan och pratat med honom en timme under en av våra första kvällar här i staden ... alla sorter, som sagt, varenda tänkbar variant och kompromiss, om man stoppade upp detta trottoarflöde under en enda minut och tog reda på alla de platser på jorden där dessa förbipasserandes föräldrar en gång kom till världen till exempel, far och mor, noggrant och systematiskt och utan att förolämpa någon, och sedan fäste sådana där små nålar med färgade huvuden i en jordglob, ja, då skulle man få en alldeles underbar spridning.

Liknande tankar har jag ägnat mig åt dagligen sedan vi kom hit, jag vet inte om det har att göra med att vi är stadda på en sorts flykt och att det ligger en viss betryggande konsolidering i att vandra i de här tillrättalagda mentala fårorna, *främlingsdikena* har någon kallat det, en dansk eller belgare alldeles säkert ... samtidigt som man inbillar sig att man befinner sig i stora vida världen, ja, givetvis är det så. Obruten mark.

Mångfaldens paradoxala enkelhet; kanske finns där också någonstans ett knappnålshuvud som betecknar Sarah. Jag dricker ur mitt kaffe och ser Winnie komma runt hörnet nere vid gitarrbutiken. Jag känner ett häftigt hugg i hjärtat; av alla dessa människor, i all denna myllrande mångfald, är det plötsligt bara henne jag ser. Jag vet att jag ibland önskat att vårt band inte vore så starkt. Att hon också vore en illusion att njuta av på behagligt avstånd. Just nu önskar jag det inte, det känns som om hon vore en del av mitt blodomlopp.

Vi kommer upp till vår lägenhet. Egentligen består den bara av ett enda stort rum; en köksavdelning löper längs en vägg, sovrummet är stort som en ordinär garderob och uppe under taket finns ett loft på några kvadratmeter där man kan lägga övernattande gäster. En i varje fall. Rummet går ända upp i nock, två stora takfönster ger en känsla av ateljé eller kyrka; Winnie tvekade inte en sekund när vi tagit oss uppför trapporna första gången.

Men vi har aldrig gäster. Winnie har burit upp sina dukar och sina målarattiraljer till loftet. Hon står däruppe — eller sitter, det finns nästan inte utrymme att stå — när hon arbetar, hon säger att ljuset som faller in genom de smutsiga fönstren är idealiskt, nästan för bra, det utgjorde ett hinder de första dagarna men inte längre.

Vi värmer upp en soppa från gårdagen i mikron, sedan sitter vi mittemot varandra över det höga Steienmeyerbordet i stål och glas: soppan, mörkt bröd med getost från Murray's formidabla ostbutik på Bleecker runt hörnet, var sitt glas vitt vin. Winnie kommer att vara berusad efter måltiden, hon har redan den där blicken.

Jag frågar om hon målat. Hon nickar och frågar om jag skrivit. Jag säger att jag faktiskt tror att jag kommit igång nu, hon ger mig ett lite skeptiskt leende.

"Kommit igång?" säger hon. "Menar du verkligen det?"

"Jag tror det", säger jag.

"I det där dystra biblioteket?"

"Ja."

"Jag skulle aldrig kunna arbeta där."

"Jag behöver inte så mycket ljus som du."

"Det är för mörkt oavsett vad man vill ägna sig åt. Det får mig att tänka på farfar."

Winnies farfar försökte hänga sig när Winnie var tio år. Repet brast, eller tvärslån han fäst det vid snarare. Han lever fortfarande, de senaste tjugo åren har han suttit på en anstalt i en förort till Rotterdam. Eller legat. Jag har aldrig träffat honom, sedan vi gifte oss har Winnie besökt honom två gånger.

Hennes föräldrar är döda, liksom mina. Jag har inga syskon, Winnie har en syster i London. Fram till att Sarah försvann hade de en del kontakt, fast bara mail- och telefonledes; jag har aldrig träffat henne, och det senaste året har det tunnat ut till ingenting. Jag tror det är Winnies beslut.

"Jag är inte säker på att det håller", säger jag. "Men biblioteket passar mig bra under alla omständigheter. Åtminstone tills vidare."

Winnie svarar inte. Någonting har hänt med henne den här dagen, jag ser det. Det är inte bara den milda berusningen, det är någonting annat också. En sorts febrig energi som hon försöker dölja, hon har ett uttryck i ögonen som inte fanns där igår, som jag inte sett sedan vi kom hit.

Någonting har hänt. Jag brukar falla för den ordkonstellationen men den här dagen gör jag det inte.

"Hur känner du dig?" frågar jag.

Så försiktigt vi samtalar, tänker jag. Vi närmar oss varandra med en hänsynsfullhet som bara maskerar sin motsats; våra ord faller lika naturligt och älskvärt som artigheterna före en duell eller småkakor efter en begravning.

Nej, så är det nu inte, inte riktigt. Men tystnaden har sina begränsningar, jag har svårt att bemästra den.

"Det har hänt någonting", säger hon och drar omedelbart några djupa andetag som om hon har svårt att få syre. "Idag har det hänt någonting."

"Vad?" frågar jag.

"Sarah", säger hon. "Jag förstår att hon lever. Nu förstår jag det äntligen."

4

Vi gick runt ett hörn och hamnade på en bar. Den hette Styx och såg föga inbjudande ut, men regnet gav oss inte möjlighet att välja och vraka. Vi hittade ett bord under en dyster Piranesi-reproduktion, hon bad om ursäkt för att hon trängde sig på mig på det här viset, och jag förklarade att jag för min del bara var tacksam för att komma undan en smula. Vi beställde en karaff rött vin och en ostbricka. Hon började berätta om sina omständigheter.

Att hon var konstnär. Att hon flyttat till Aarlach bara några månader tidigare efter att ha skilt sig från sin man, som också var konstnär och som bodde kvar i deras lägenhet i Berlin.

Att hon inte hade några baktankar — hon använde just det ordet, *baktankar* — och att jag absolut inte skulle känna mig tvingad att sitta kvar och prata med henne om jag inte hade lust. På nytt försäkrade jag att hon inte skulle känna någon oro för den sakens skull, och lade till att när det gällde mig så hade jag min skilsmässa på något längre avstånd, ett och ett halvt år lite drygt.

Jag betonade också att jag varit ute och talat om min bok i två månaders tid och att jag kände mig en smula sliten, både fysiskt och psykiskt.

Sedan måste vi ha pratat om skapandets villkor en stund, jag skulle tro att vi jämförde skrivandets och målandets skilda förutsättningar — det språkliga respektive det bildliga uttrycket — men jag har aldrig kunnat erinra mig exakt vad vi sa och säkert hittade

23

vi inte fram till några sanningar. Men jag vet att jag frågade om hon på något vis hjälpt till att arrangera kvällens författarevenemang, eftersom hon ingått i eftertruppen på restaurangen. Hon förklarade att hon var bekant med kulturredaktören på den tidning som sponsrade tillställningen, och att hon helt enkelt bett honom att få komma med på ett hörn.

"Och skälet?" undrade jag.

"Din bok", svarade hon omedelbart. "Ja, närmare bestämt den där dikten."

Jag sa att jag fann det svårt att ta henne på allvar på den punkten; hon satt tyst en stund utan att släppa mig med blicken, och jag tänkte att det såg ut som om hon fortfarande hade någonting kvar att avgöra. Som om hon ännu inte bestämt sig. Därefter böjde hon sig ner och tog upp ett svart anteckningsblock ur sin väska som hon placerat på golvet intill sin stol.

Hon bläddrade fram och tillbaka under några sekunder, sedan harklade hon sig och läste på nytt upp de rader hon citerat på restaurangen.

"sex fot under jord
hejdar sig i dagbräckningen två blinda maskar"

Jag nickade och erfor på nytt ett krypande obehag. Efter en kort paus läste hon två rader till.

"lystrar förvånade till rösten från ovan,
ändrar riktning och möts som av en händelse"

Jag muttrade något, gudvetvad, hon slog igen blocket och betraktade mig med ett nytt, närmast utmanande uttryck i blicken.

"Trädgårdsmästarens horisont" kom ut i september, eller hur?"

"Den tolfte, det stämmer."

"Du och jag har aldrig träffats förr?"

"Jag skulle ha kommit ihåg det i så fall."

"Bra. Och de fyra rader jag just läste upp kommer från den där fiktiva ryska poeten på sidan 226 i din bok?"

Jag ryckte på axlarna. Obehaget hade växt betydligt. "Javisst."

Hon drog hastigt på munnen och knäppte händerna runt glaset som stod framför henne på bordet. "Då kommer vi till pudelns kärna. Diktraderna jag läste upp kommer inte från din roman. Jag skrev dem själv i just den här anteckningsboken i mitten av maj. Kan du ge mig en acceptabel förklaring på det här?"

"Förlåt?"

Hon harklade sig och tog om. "Jag skrev de här raderna fyra månader innan *Trädgårdsmästarens horisont* kom ut. Exakt som de står i din bok. Ord för ord. Jag vill ha en förklaring."

Jag satt tyst. Tankarna gjorde volter i huvudet på mig.

"Det är inte möjligt", sa jag till slut.

En tanke stannade upp. Hon är galen, sa den. Kvinnan som sitter mittemot dig på den här förbannade baren i den gudsförgätna staden Aarlach är spritt språngande galen. Det borde du ha begripit med en gång.

Drick ur ditt glas och gå genast tillbaka till hotellet, lade den till.

Hon satt kvar med underarmarna vilande på bordet och betraktade mig allvarligt. Det gick några sekunder, sedan slog hon ner blicken och sänkte axlarna, som om en mjuk tveksamhet plötsligt fallit över henne.

"Jag vet att det låter omöjligt", sa hon långsamt och liksom överslätande. "Jag förstår det inte, jag heller. Jag fick en chock när jag läste din bok."

Kanske inte helt galen ändå, reviderade sig mina tankar.

"Det är inte så att du citerar en dikt som någon annan har skrivit?" fortsatte hon.

"Absolut inte", försäkrade jag.

Naturligtvis vet jag, och visste jag, att omedvetna stölder (och medvetna) förekommer i författarvärlden, det är helt enkelt inte möjligt att alltid hålla isär det man en gång läst och det man tror sig sitta och skapa.

Men fyra hela rader? Nej, jag höll det för fullkomligt uteslutet ... jag ska återkomma till detta, det ska jag naturligtvis, låt mig bara få hänga kvar i kronologin en smula först.

"Dagbräckning", sa hon. "Det är inget särskilt vanligt ord."

"Jag vet", sa jag. "Men jag tycker om det."

"Jag också."

"Får jag se?" bad jag. Hon öppnade anteckningsblocket igen, vred det runt och räckte över det. Jag läste. Det stämde, ord för ord; jag insåg att det givetvis var möjligt att hon skrivit av det från min bok och att hon bara ljög om tidpunkten. Samtidigt kände jag att jag inte ville ifrågasätta henne. Det skulle innebära att jag helt enkelt anklagade henne för att vara en lögnare. Jag noterade att de fyra raderna stod ensamma mitt på en sida, det fanns några överkryssade ord högst upp på samma sida; det rörde sig om ett vanligt spiralblock med hårda, svarta pärmar och det verkade vara till hälften fyllt av hennes anteckningar. De aktuella raderna stod på en högersida ungefär en tredjedel in i boken. Jag slog igen den och återlämnade den.

"Maj?" sa jag. "Du säger att du skrev det i maj?"

Hon nickade. "Natten till den femtonde", sa hon. "Jag minns det mycket väl. Det var den natten då jag bestämde mig för att lämna min man."

Tanken att hon var vansinnig presenterade sig för ett kort ögonblick igen. Jag jagade bort den.

"Skriver du mycket poesi?" frågade jag försiktigt.

"Till och från", sa hon. "Jag försöker. Ibland känns det som om bilderna inte räcker till. Det finns saker som måste uttryckas i ord, ja, det här är ju rätt självklart."

"Inte för alla", invände jag. "Har du publicerat någonting?"

Hon skakade på huvudet. "Nej. Jag har inget behov av att låta någon annan läsa. Behovet består i att få det formulerat, det där inre som gnager."

Jag förklarade att jag förstod vad hon talade om. Att lyrik och prosa kommer ur olika källor och att jag för egen del aldrig skulle drömma om att publicera en poesisamling. Dikten i *Trädgårdsmästarens horisont* fyller en annan funktion än den poetiska, jag tillstod att jag inte var helt klar över vilken denna funktion skulle vara, men att det ofta är så det är när det gäller de enskilda komponenterna i ett romanbygge.

Jag minns att jag verkligen satt och försökte utreda det här förhållandet en stund för henne på den där baren i Aarlach den där regniga novemberkvällen, men medan jag var i färd med det, var där en helt annan tanke som flöt upp i mitt medvetande, och jag avbröt mig.

"Vad är det?" sa hon. "Varför tystnar du?"

"Tidpunkten", sa jag.

"Tidpunkten?"

Jag drack en klunk vin och tänkte efter. "Jo", sa jag, "så är det faktiskt. Jag skrev också de där raderna i maj."

"Intressant", sa hon. "Jag har funderat över den aspekten. Tänkte faktiskt fråga dig om det."

"Boken gick till trycket i början av juni", förklarade jag. "Men jag kommer ihåg att jag inte hade den där dikten i hamn förrän några veckor före deadline. Ja, mitten av maj, skulle jag tro."

"Kanske den femtonde?" sa hon.

"Varför inte?" sa jag.

Vi satt tysta en stund. Ett ungt par kom och slog sig ner vid bordet intill oss. Hon lutade sig framåt och sänkte rösten.

"Tror du att jag ljuger?"

"Nej", sa jag. "Av någon anledning gör jag inte det."

"Du är inte rädd för att du träffat en galen kvinna?"

"Nej."

Hon såg på mig som om hon ville utröna sanningshalten i mina bägge förnekanden. Såvitt jag förstår klarade jag testet.

"Jag vill bara ha visshet", sa hon. "Jag vill försöka förstå hur någonting sådant här är möjligt."

En servitör kom och tog upp beställningar från det unga paret och vi satt tigande en stund igen. Sedan drog jag ett djupt andetag och försökte sammanfatta. "Två personer", sa jag, "en man och en kvinna som inte känner varandra, skriver vid ungefärligen samma tidpunkt fyra identiska diktrader. Ord för ord identiska. Nej, jag har ingen förklaring. Och jag håller med om att det är en smula chockerande."

"Har du en tro?" frågade hon.

"Nej", svarade jag. "Jag betraktar mig inte som troende."

"Inte i någon mening?"

"Vad betyder det? Jag tycker illa om förenklingar, det borde du veta om du läst min bok."

"Självfallet", sa hon. "Jag vill bara veta om du kan tänka dig att acceptera någon som helst typ av paranormal lösning?"

"Paranormal lösning?" sa jag lite irriterat. "Vad fan menar du med det?"

"Kalla det vad du vill", sa hon. "Du förstår vad jag menar."

Det gjorde jag naturligtvis. "Och hur är det för din del?" frågade jag. "Vilka lösningar accepterar du?"

Hon skrattade till. "Inte särskilt många", sa hon. "Men jag är i varje fall inte så inskränkt att jag bara köper det jag kan begripa."

"Så inskränkt är inte jag heller", försäkrade jag. "Men om du alltså kan tänka dig den sortens förklaringar, varför sitter vi då här?"

Hon lutade sig tillbaka och såg på mig med en blick som antydde ... ja, vad då? Att jag inte riktigt motsvarade hennes förväntningar? Att jag på något vis var en bedragare och att jag var skyldig henne att reda ut ett eller annat? Vad i så fall?

Eller kanske rörde det sig bara om den där naturliga, kvinnliga överlägsenheten som skymtade fram för ett ögonblick ur hennes läppars milda krökning. I alla händelser kände jag hur två helt motstridiga impulser sköt upp i mig. Den ena sa åt mig att slå näven i bordet, resa mig och gå därifrån. Den andra att jag skulle dra hennes ansikte till mig och kyssa henne.

Jag är för övrigt inte helt säker på hur motstridiga dessa impulser egentligen var.

"Men förstår du inte?" sa hon till slut. "Förstår du inte att jag åtminstone vill träffa den man som någonstans i sitt inre måste vara identisk med mig själv?"

Inför detta föredrog jag att sitta stum.

Även Winnie satt stum. Jag hällde upp det sista från karaffen i våra glas, vi såg varandra i ögonen med en sorts uttröttad djärvhet och drack ur. Jag bad servitören om notan och när jag betalat den och

29

Winnie återbördat sin svarta anteckningsbok till väskan, lade hon sin hand över min.

"Vågar du följa med mig hem en stund?"

"Varför använder du ett sådant ord?" frågade jag. "*Vågar?*"

"Förlåt", sa hon. "Det känns som om jag måste behålla ett visst övertag. Skulle du ha någonting emot att följa med mig hem, det är det jag vill säga. Jag bor bara fem minuter härifrån."

Det kändes som om jag stod med handen i en lotteritombola. Hälften ja-lotter, hälften nej-. Jag rullade upp den lilla pappers-cylindern och läste svaret.

"Ja", sa jag. "Jag tror jag både vågar och vill."

Den har hängt kvar i huvudet på mig alltsedan dess, den där bilden av lotteritombolan. En gång, det var några månader efter att Sarah fötts, berättade jag för Winnie om den. Hon gav mig ett slag med knuten näve rakt i ansiktet, min näsa sprang i blod, och medan jag stod ute i badrummet och försökte få stopp på flödet, minns jag att jag tänkte att det var precis vad jag förtjänade.

Det är också enda gången som det förekommit någon sorts hand-griplighet mellan mig och Winnie.

5

Jag förstår att hon lever. Nu förstår jag det äntligen.

Jag väljer att undvika ämnet. Det är inte första gången Winnie kommer med den här typen av påståenden och min vanliga reaktion är att ligga lågt. Ofta, men inte alltid, låter hon saken falla, och jag kan sällan avgöra om hon tolkar mitt ointresse som ren och skär skepsis. Att jag omyndigförklarar henne. Att det är därför saken faller.

Jag är också oklar över hur mycket min skepsis i så fall betyder för henne. Förmodligen ganska lite om det är en levande Sarah som ligger i den andra vågskålen. Doktor Vargas gav mig rådet att inte vara alltför ifrågasättande gentemot min hustru; han betonade det både när Winnie skrevs ut från sjukhuset och den sista gången vi sågs, någon vecka innan vi flyttade hit. Jag minns hans forskande och lite spelande blick: *Du förstår hur det här ligger till, eller hur? Du vet hur du måste handskas med henne om ni ska klara er igenom?*

Inte konfrontera. Inte utmana. Jag tolkade honom så. Inte försöka få min hustru att inse att vi med största sannolikhet förlorat Sarah för alltid. En tunn strimma av hopp kan hålla en människa vid liv längre än vad vi normalt föreställer oss. I de flesta fall ända fram till det naturliga slutet.

Lika sant är givetvis att ovissheten är värre att leva med än allting annat. Det finns olika sorters sanningar, var och en får finna den han eller hon står bäst ut med.

"Jag vill att du tittar på min målning", säger hon oförmodat när jag kommer ut från badrummet. "Jag tror jag har fångat allting alldeles som det ska vara, men du måste hjälpa mig med det sista."

Hon har redan hämtat ner duken från loftet, nu vänder hon den rätt och placerar den på en av köksstolarna. Tänder en spotlight och riktar den rakt mot tavlan. Jag har varit förberedd men kan ändå inte riktigt värja mig mot det starka uttrycket i bilden. Eller vad det nu kan vara frågan om. Duken är inte mer än 40 gånger 60 centimeter; äggoljetempera, det har alltid varit hennes favoritteknik, motivet är ett av de vanliga men den här gången äger bilden en nästan fotografisk skärpa.

En bit av vår gräsmatta i förgrunden, med en blekgul filt och några leksaksdjur. Den röda brevlådan och den låga stenmuren. Den parkerade gröna bilen. Sarah som står på trottoaren i sin korta blå klänning, sin lite ljusare blå kofta och sin lilla slitna axelväska. Hennes rödbruna hår som lyfts en aning av vinden, man får ett intryck av att hon stannat upp mitt i steget; stannat för att mannen som står framför bilen med vänstra handen vilande på motorhuven sagt åt henne att stanna. Han står lite nonchalant lutad på detta vis, med tyngdpunkten på höger ben; han är ganska lång och magerlagd, bär mörka skor och byxor, och en tunn rock som har nästan men inte riktigt samma nyans som bilen.

Han har en vit skjorta, uppknäppt i halsen och han har inget ansikte.

På andra sidan gatan står andra parkerade bilar. En svart, två röda, främre delen av en vit. Bakom bilarna syns det vita, låga trästaketet som inramar Henriksens tomt och till höger om detta tar Bluums manshöga buxbomshäck vid. Nederdelen av de bägge husen skymtar mellan diverse träd och buskar i tavlans överkant.

Längst ner till vänster har hon textat datumet i vitt: 2006-05-05, och klockslaget: 15.35. Det finns inget naturligt ljus i bilden, inget solsken, inga skuggor, allt är upplyst, varje enskild detalj framträder med samma obarmhärtigt demokratiska skärpa.

Jag sätter mig vid köksbordet utan att släppa målningen med blicken. Det är den fjärde eller femte tavlan med samma motiv som Winnie åstadkommit sedan hon började måla igen, alla de andra har hon kasserat, men ingen har haft samma självklara tydlighet som den här. Det liknar Hopper på sätt och vis, frånsett flickans uppbromsande rörelse. Jag får en föraning om att den här kommer hon att behålla. Hon har fångat själva ögonblicket, lyft det ur tidens skoningslösa ström och bevarat det.

”Det stämmer”, säger hon. ”Eller hur?”

”Ja”, säger jag. ”Det stämmer.”

”Det var så han stod medan han pratade med henne?”

”Ja, det var så han stod.”

”Och jag har fångat Sarah i rätt position?”

”Ja”, erkänner jag. ”Det har du.”

Jag inser också att det är jag som är betraktaren; eller rättare sagt att betraktaren av tavlan tycks befinna sig i just den position där jag befann mig klockan 15.35 den 5 maj 2006.

I vårt kök. Jag har stått vid kaffemaskinen, nu har jag gått fram med min nybryggda espresso till fönstret för att kontrollera att Sarah fortfarande sitter på filten på gräsmattan och leker med sina djur.

Det gör hon alltså inte. Hon står ute på trottoaren och samtalar med en okänd man i grön rock som just parkerat sin bil invid vår postlåda.

Winnie ser att jag ser. "Ja", säger hon. "Det är riktigt, jag har försökt hitta exakt din utkikspunkt. Nu vill jag bara att du hjälper mig med hans ansikte."

Jag har försökt beskriva detta ansikte i femhundrafemtio dygn. Varje timme av varje dag har jag försökt frammana linjerna i det. Jag har drömt om det, jag har suttit hos polisen och tittat på fotografier i hundratal; man har visat mig fantombilder, ibland har jag tyckt att det framträtt för mitt inre öga, men det har aldrig stannat kvar. Det har visat sig som ett fotspår i våt sand, som en hastigt falnande blixt på min näthinna, men det har aldrig fixerats.

Långsmalt, tror jag, har jag förklarat för de uttröttade polismännen. Mörkt hår förmodligen, ganska kortklippt antagligen. Inget skägg, inga glasögon.

Ålder?

Svårt att säga. Inte gammal, inte ung. Mellan trettiofem och fyrtiofem, kanske.

Förmodligen, antagligen, kanske.

"Det räcker", säger jag till min hustru. "Jag har sett nog, det är alldeles korrekt. Du kan ställa undan den."

Hon gör så, under tiden rotar jag fram en flaska rött vin ur förrådet. Utan att fråga häller jag upp i två glas och vi sitter tysta över bordet medan vi dricker ur och lyssnar till stadens alla ljud.

6

Regnet hade inte upphört men det var tunnare. Finstämdare; en slöja av små, små vattenpartiklar som drev omkring liksom lättje- fullt, utan att vilja landa, i den råa nattluften. Ett par grader kallare och det skulle ha varit snöflingor istället. Hon stack handen under min arm och tryckte sig en smula intill mig, jag kunde inte avgöra om det var ett tecken på att hon frös eller om det var någonting annat.

Vi skyndade genom folktomma, våtblänkande gator och efter knappt tio minuter hade vi tagit oss över en järnvägsbro, runt en kyrkogård och var framme. En stor hyreskasern i mörkt tegel, fyr- tio- eller femtiotal såvitt jag kunde bedöma; jag var inte säker på att jag utan vidare skulle kunna orientera mig tillbaka till mitt hotell. Men det finns väl taxibilar, tänkte jag. Till och med nattetid, till och med i staden Aarlach.

Hennes lägenhet låg högst upp. Hon låste upp med tre olika nycklar; jag tänkte att det var en smula märkligt. Om man behöver tre lås på sin dörr har man antingen något mycket värdefullt där innanför. Eller också är man rädd för någonting.

Hon visade mig inte runt, så jag fick ingen uppfattning om våningens storlek, men vardagsrummet var spatiöst med ett stort spröjsat panoramafönster ut mot en takterrass och mörka träd- kronor. Jag blev anvisad ner i en stor skinnfåtölj, hon försvann ut i köket och jag såg mig om. En bokhylla, två tavlor och en palm, det var det hela; förutom soffgruppen mitt på golvet och en inbyggd

35

eldstad. Ingen TV, inga mattor på det mörka, bredtiljade trägolvet. Snyggt, minns jag att jag tänkte. Stil.

Båda tavlorna var svagt spotbelysta, den ena föreställde en ensam fiskare i en enkel båt ute på en stilla sjö, den andra var nonfigurativ med stora röda ytor lagda över varandra i tjocka skikt. Båda saknade ram, båda var stora; en och en halv gånger en och en halv meter ungefär. Jag funderade på om det var hon själv som målat dem och när hon kom tillbaka med en drink i vardera handen frågade jag henne.

"Ja", sa hon. "Det är mina bilder. Där var jag lycklig, där mådde jag inte så bra."

Hon tecknade mot respektive fiskaren och den röda. Jag tänkte att jag absolut föredrog den som hon åstadkommit när hon mådde dåligt. Men jag sa det inte, förklarade istället att jag tyckte mycket om dem bägge två.

"Det tror jag inte", sa hon och ställde ner glasen på bordet. "Antingen tycker man om den ena eller den andra, så är det."

"Allright", sa jag. "I så fall väljer jag den röda."

"Kärlekens och blodets och revolutionens färg", konstaterade hon. Hon satte sig i fåtöljen mittemot, sparkade av sig skorna och drog upp benen under sig. Jag smuttade på glaset; Martini, lite gin, lite lime, om jag inte tog fel. En gnutta kanel, spetsigt och gott. Jag lutade mig tillbaka och undrade varför i helvete jag hamnat i den här feta fåtöljen med denna okända kvinna på andra sidan ett bord.

Kanske gjorde hon en liknande reflektion, i alla händelser satt vi båda tigande en stund efter att ha smakat av drinkarna. En kyrkklocka började slå någonstans ute i kvarteret; jag försökte räkna slagen men efter åtta avbröt hon mig.

"Vad betyder de för dig?"

"Va?" sa jag. "Vilka då?"

"Diktraderna förstås. Om maskarna. Hur tolkar du dem?"

"Tolkar?" sa jag. "Du kan väl inte begära att jag ska sitta och tolka mina egna ord?"

"Du menar att det är en sak för kritikerna?"

"Nej, men för läsarna. Om det hade behövts en förklaring skulle jag ha skrivit en fotnot."

Vi pratade om det här i några minuter. Och om ordet *dagbräckning* igen. Och om att man alltid — i någon mening — är främmande inför det man själv skapar; samma sak gäller naturligtvis för målare och kompositörer och vad det vara månde. Man har inte rätt att förvänta sig att upphovsmannen skall *förklara* sitt verk. Sedan berättade jag om blindheten som drabbat mig under kvällens uppläsning och vi kommenterade denna märklighet en stund utan att på minsta vis kunna bringa klarhet i vad som skett.

Inte heller lyckades vi bringa klarhet i hur två människor kan sitta var för sig, vid mer eller mindre samma tidpunkt och skapa fyra identiska diktrader.

När vi druckit ur drinkarna flyttade vi över till soffan. Jag tänkte att det väl var nu jag skulle ge mig i kast med att förföra henne, eller hon mig, men det blev inte så. Istället började hon berätta för mig om sitt liv; jag antar att jag bidrog med en del om mina egna omständigheter, men det var utan tvekan Winnie som stod för merparten av historieskrivningen.

Hon var född i Kairo, förklarade hon. Men uppväxt i London, Reykjavik och Rom. Hennes far var diplomat och familjen hade flyttat runt mellan hans posteringar. Bägge hennes föräldrar omkom sedan i en bilolycka när Winnie var sexton år gammal. Hennes syster Abigail var då arton. Under några år bodde de hos en äldre, svårmodig moster i Haag, men båda flickorna kastade sig snart ut på egna ben i livet. Samtidigt kom de ifrån varandra; Winnie blev antagen till en renommerad konstskola i Amsterdam, Abigail började läsa juridik i Oxford.

Efter ett år i Amsterdam träffade Winnie Frank, berättade hon, och efter ytterligare ett gifte de sig. Bägge två hade vissa framgångar som konstnärer, hon som bildkonstnär, han som skulptör, och i början av nittiotalet flyttade de till Berlin, som ansågs vara de unga konstnärernas Mecka i Europa. Winnie var då 24 år gammal.

Hon stannade i den myllrande och hektiska staden i sex år; fram till i maj innevarande år, då de skildes och hon valde att bosätta sig i Aarlach.

Lugn och ro, förklarade hon. Det var stillheten och det enkla livet som behövdes efter den tumultuariska Berlintiden. Det hade varit goda år, framförallt på det yrkesmässiga planet, men nu var det dags för förändring.

"Varför skildes ni?" frågade jag.

"Det var ett enkelt beslut", sa hon. "Han hade en annan. Och jag hade slutat att älska honom. Vi skulle ha förtärt varandra om vi hade fortsatt. Du är ju också frånskild, förstår du vad jag talar om?"

"På sätt och vis", svarade jag. "Men vi förtärde inte varandra."

"Vad gjorde ni då?"

Jag funderade på vad det egentligen var som fått Agnes och mig att gå skilda vägar; eller snarare funderade jag på vad jag skulle säga. Det fanns säkert ingen anledning att berätta sanningen även om jag skulle ha råkat snubbla över den i mina tankar. Och jag minns inte vad jag egentligen svarade.

Det skulle dröja ett halvår innan jag fick klart för mig att också Winnie föredragit att hålla inne med sanningen den där första kvällen.

Men vi älskade inte.

Gick inte till sängs tillsammans och började inte lägga hud mot hud. Efter ett par timmar och ett par drinkar ytterligare ringde hon efter en taxi. Vi bytte telefonnummer och kramades ett kort ögonblick ute i hallen, mer blev det inte. När jag tumlade ner i min hotellsäng var klockan kvart över tre, men jag kunde i varje fall gratulera mig till att inte ha några åtaganden följande dag — mer än ett tåg som skulle avgå långt in på eftermiddagen.

Jag var antagligen ganska berusad också, i varje fall var jag påtagligt bakfull när jag vaknade nästa morgon, och det var inte förrän i efterhand, kanske medan jag satt på det där tåget och blickade ut genom det smutsiga fönstret mot det ännu smutsigare november-landskapet, som jag började fundera över gårdagskvällens tre hörnstenar.

Blindheten.

Maskarna.

Winnie.

Men om de tänkbara inbördes sambanden mellan dessa tre företeelser gjorde jag mig inga som helst föreställningar. Varför skulle jag ha gjort det?

7

Vaknar tidigt efter en ond dröm, och beger mig ner till floden före sju. Det är en stilla, klar morgon. Vattnet är en spegel, New Jersey glittrar. Jag går söderut, ända ner till The Battery, med solen i ansiktet och i en växelström av motionärer. Rollerbladare, cyklister, joggare. Och hundar. Jag skulle önska att Winnie var med mig, att vi kunde gå här hand i hand, det är en morgon gjord för att läka själar.

Men hon ligger hemma och sover. Eller kanske låtsades hon bara i väntan på att jag skulle komma iväg. Vi drack vin och tittade på en hyrfilm igår kväll. Slank ut en stund efteråt, drack var sitt glas till på Arthur's Tavern, ett litet jazzhak på 7:e avenyn. Vi var berusade bägge två när vi kom i säng någon gång runt midnatt, Winnie mer än jag, men det hjälper inte. Vi får inte fatt i varandra under några omständigheter.

Jag köper en flaska vatten i ett av stånden i Battery Park och börjar återvända. Längs floden igen. Funderar på att gå in på det judiska museet som jag just läst om, men låter bli. Skjuter upp det; funderar över Winnies målning istället. Den fotografiska exaktheten och det där ansiktet som inte vill träda fram.

Men i mitt minne är det inte ett fotografi. Det är en filmsekvens på knappt tio sekunder. Jag står där i köksfönstret med min espressokopp i handen, jag är alldeles orörlig och jag betraktar det som sker därute.

Mannen i den tunna gröna rocken som säger något och gör en gest med handen. Sarah som nickar och pekar upp mot huset. Kanske förklarar hon att det är där hon bor, men hon vrider aldrig på huvudet, hon upptäcker inte att hennes pappa står i köksfönstret och bevakar henne. Istället skrattar mannen och kanske skrattar Sarah också. Han sträcker ut sin hand mot henne, hon tvekar en sekund, inte mer än en sekund, sedan fattar hon den. Varför i helvete fattar hon hans hand? Han leder henne runt bilen, öppnar höger bakdörr och släpper in henne. Går tillbaka till förarsidan, kliver in, startar och kör iväg.

Jag dricker aldrig ur mitt kaffe. Jag lämnar koppen på diskbänken och rusar ut på gatan.

Det är för sent. Bilen har redan försvunnit i den långsträckta kurvan borta vid idrottsplanerna. Mitt samtal till polisen inregistrerades klockan 15.43, åtta minuter efter att Sarah försvunnit. Om jag inte först försökt få fatt i Winnie, hade det kommit in två–tre minuter tidigare ändå, men det skulle inte ha förändrat någonting.

Ni handlade föredömligt, herr Steinbeck, förklarade kommissarie Schmidt vid upprepade tillfällen, jag kommer tydligt ihåg det. Oftast drog han med handen över sina kinder och sin haka när han sa det, som om han ville kontrollera att han inte glömt att raka sig, och han lät lika melankolisk varje gång. Även om man gör det rätta blir resultatet inte alltid därefter, jag tror det var denna enkla sanning han ville förmedla.

De flesta barn som försvinner har varit borta i åtskilliga timmar innan någon förälder ringer till polisen. *Ni betedde er precis på det sätt man skall bete sig i sådana här situationer, herr Steinbeck, ni har ingenting att förebrå er.*

Det hjälper inte. Har inte hjälpt oss en millimeter under sjutton månader, och gör det inte den här morgonen längs Hudson heller.

41

Jag kommer in i biblioteket bara några minuter efter att man öppnat, men mr Edwards är redan på plats. Han häller just upp en mugg te ur sin termos och tecknar frågande åt mig. Vill jag också ha?

Jag tecknar tillbaka att jag nöjer mig med min vattenflaska. Han nickar och böjer sig över sina böcker och sina papper. Jag slår mig ner vid mitt bord och gör detsamma.

Fast jag har bara mitt anteckningsblock och mina pennor. Mina hågkomster och mina nötta ord. En annan dag, bestämmer jag, en annan dag ska jag acceptera hans invit till ett samtal. I varje fall föreställer jag mig att detta ingick i erbjudandet. Men jag är inte säker, det är möjligt att mr Edwards månar om sin integritet mer än vad de flesta amerikaner gör.

Jag börjar skriva omedelbart. Utan att lägga särskilt stor vikt vid stil och valörer försöker jag beskriva vårt första möte. Berättar om blindheten och om de där diktraderna och slås av hur aningslös jag måste ha varit. Men samtidigt: varför skulle jag ha anat någonting? *Vad* skulle jag ha anat? Det är naturligtvis ingen konst att i efterhand konstatera både det ena och det andra. På samma vis som jag antagligen i framtiden, om något år eller kanske bara några månader, kommer att se på den här hösten i New York med en annan sorts blick. Det är ju så det är; vi kan aldrig riktigt förstå vad som pågår och vad som kommer att pågå. Bara det som varit kan vi försöka närma oss med vissa pretentioner på kunskap.

två blinda maskar ... inte förrän efteråt, när jag lämnat både Aarlach och serien av författarframträdanden bakom mig, erinrade jag mig hur de där raderna kommit till mig. I ett enda svep, ord för ord, som om jag hört en röst recitera dem inom mig och att det bara varit frågan om att lyssna och skriva ner dem.

Så går det kanske ofta till, men det förefaller alltså dessutom som om Winnie ska ha tecknat ner sina rader mer eller mindre vid samma tidpunkt. Kanske hörde hon samma röst. Natten mellan den 14 och 15 maj 1999; jag i mitt arbetsrum i Maardam, hon i sin lägenhet på Sebastianstrasse i Berlin. Denna omständighet är obegriplig, inte ens så här långt i efterhand kan jag få rätsida på den.

Jag sitter och skriver, nästan utan att lyfta blicken från papperet, i två timmar. Klockan kvart över tolv lämnar jag biblioteket, men jag låter min portfölj, mitt block och mina pennor ligga kvar på bordet. Jag vandrar upp till Monster Sushi på Hudson Street för att äta lunch. Sitter vid ett av borden på trottoaren och medan jag äter ringer jag till Winnie. Jag får inget svar, jag vet inte om hon står och målar eller om hon simmar. Eller om hon bara inte vill tala med mig. Jag känner mig med ens oerhört sorgsen; det är en förnimmelse med nästan fysisk tydlighet, en kramp eller en plötslig frost i bröstet, i trakten runt hjärtat. Jag beställer ett glas sake för att jaga bort det onda med, trots att klockan bara är ett och trots att jag har åtminstone två arbetstimmar kvar på biblioteket.

Det är när jag sedan korsar Barrow Street och kastar ett öga åt vänster, som jag får syn på henne. Winnie, min hustru på gott och ont; också hon är på väg över Barrow, fast åt motsatt håll och på parallellgatan Bedford. Femtio meter ifrån mig på sin höjd, nej, säkert inte mer än fyrtio; hon går med raska steg, som om hon vore på väg mot någonting viktigt och är en smula försenad. Hon är klädd i sin korta gula klänning och hon försvinner bakom en skåpbil och ett hörn efter några sekunder.

Jag hejdar mig och tvekar ett ögonblick. Skyndar sedan efter henne, men när jag kommer fram till Bedford och spejar efter henne är hon redan borta. Jag fortsätter upp till Christopher Street, tittar åt höger och åt vänster, men hon finns ingenstans.

Ingenstans. Jag rycker på axlarna och går tillbaka till mitt bibliotek på Leroy.

Några timmar senare återvänder jag hem och hon står i duschen. Hennes gula klänning liksom trosor och behå ligger på sängen. När hon kommer ut i rummet, naken sånär som på en handduk virad om håret, berättar jag att jag sett henne på Bedford under lunchen.

"Bedford?" säger hon. "Jag har inte gått på Bedford idag."

Jag tycker att hon dröjer med svaret en halv sekund för länge, men det kan vara inbillning.

"Är du alldeles säker?" frågar jag.

"Naturligtvis är jag säker", säger hon. "Jag har varit och handlat på Union Square, annars har jag varit hemma hela dagen. Jag har försökt måla det där ansiktet, men det går inte utan din hjälp."

"Jag är ledsen", säger jag. "Jag måste ha sett fel."

Men jag är inte övertygad. Och hon har inte återkommit till det där hon påstod igår. Att hon förstod att Sarah skulle vara i livet. Jag är i och för sig tacksam för den sakens skull, men det är egendomligt att hon bara nämnde det en gång utan att sedan komma med några förklaringar.

Jag undrar om det är dags för mig att kontakta doktor Vargas, men jag bestämmer mig för att vänta en tid.

Hon sätter sig på en stol och börjar gnugga håret torrt. Hon är fortfarande alldeles naken och jag känner en häftig längtan efter henne.

8

Det dröjde nästan två månader innan vi sågs igen.

Vi ringde inte, vi skickade inga brev eller mail. Millennieskiftet ägde rum under denna tid, utan att några av Y2K-farhågorna infriades. Det gick fortfarande att använda datorer; jag liksom de flesta andra i min bransch hade av säkerhetsskäl dragit ut vartenda skrivet ord på papper. Jag kastade cirka tvåtusen ark i soporna några dagar in i januari, jag har alltsedan dess undrat hur mycket skog det där förbannade pratet om det totala datahaveriet kostade. Och hur mycket pengar de falska säkerhetsoperatörerna drog in.

I mitten av januari tillbringade jag en dryg vecka i min förläggares stuga i Górabergen. Jag åkte skidor, skrev, läste och drack Glühwein i min ensamhet, och liksom i december hade jag henne i tankarna. Inte hela tiden, men då och då, jag vill inte förneka det.

Min förläggare, Pieter Wachsen, kom upp och gjorde mig sällskap den andra helgen. Vi åkte två längre skidturer, vi åt och drack omständligt och gott, och vi diskuterade ett och annat rörande min nästa bok, som skulle komma ut till hösten. Han är gott och väl tjugo år äldre än jag men vi har alltid haft ett ärligt och förtroendefullt samarbete. Jag brukar ibland tänka att han egentligen förstår mina böcker bättre än vad jag själv gör.

På söndagens eftermiddag åkte vi gemensamt taxi till järnvägsstationen i Gernten, det närmaste samhället på cirka 30 kilometers avstånd. Eftersom det var söndagskväll var tåget knökfullt av resenärer som utnyttjat veckoslutet till allehanda friluftsaktiviteter, men vi hade reserverat platser och kom att sitta mittemot två kvinnor, som redan var försjunkna i tidningar och böcker när vi klev på.

Den ena av dem var Winnie Mason.

Det dröjde några sekunder innan jag insåg det, och hon lyfte inte blicken ur sin bok. Eller också gjorde hon det så flyktigt att hon inte hann känna igen mig. Jag satt på platsen mittemot henne och kände en plötslig förlägenhet. Som om den intimitet som ändå rått mellan oss den där kvällen i Aarlach för två månader sedan fortfarande hängde kvar och inte gick att hantera i tågkupéns halvoffentliga öppenhet. Naturligtvis kunde jag heller inte bli sittande och låtsas att jag inte identifierat henne, det skulle bara göra saken värre. Jag harklade mig och lutade mig fram emot henne.

"Två blinda maskar", sa jag.

Hon sänkte boken och såg på mig, och det var under de närmast följande sekunderna som allt avgjordes. Jag har förstått det, kanske förstod jag det redan då. Hon behöll sitt allvar, nämligen; reagerade inte genom att brista ut i skratt eller förvåning, visade överhuvudtaget inga tecken på att vara överraskad över att med ens sitta mittemot mig igen.

Som om det bara rört sig om en tidsfråga innan det var dags.

"Hej", sa hon bara, och mellan mina bultande tinningar tolkade min hjärna detta som: Jaså, du kommer nu?

Det finns en gräns för hur lång tid man kan se en annan människa i ögonen. Bortanför den gränsen övergår allt till att vara någonting annat, och man är oftast där tidigare än man kunnat ana. Man hinner inte förbereda sig. Jag kände en kort, hastig svindel som förflyktigades och försvann i och med att tåget satte sig i rörelse igen.

Pieter Wachsen lade möjligen märke till att någonting egendomligt försiggick mellan mig och denna för honom okända kvinna, för han hostade en smula uppfordrande och släppte ner en bunt dagstidningar i knät på mig.

"Pieter Wachsen", förklarade jag. "Och det här är Winnie Mason."

De tog i hand och hälsade. Det gick tre tysta sekunder. Winnie slog igen sin bok.

"Jag tänkte just gå till restaurangvagnen och dricka en kopp kaffe", sa hon. "Kan du inte göra mig sällskap?"

Hennes "du" var uttalat med exakt så mycket tydlighet att det uteslöt min förläggare utan att verka sårande.

Vi blev kvar i restaurangvagnen i en och en halv timme. När Pieter Wachsen senare på kvällen skjutsade hem mig i sin bil från stationen i Maardam, konstaterade han bara: "Jag antar att det där var mer än en flyktig bekantskap. Man kanske ska gratulera?"

Jag minns inte vad jag svarade. Någonting undvikande antagligen, men i själva verket visste jag att mitt liv gått runt ett hörn, och att ganska mycket av sådant som fram till den här dagen förefallit eftersträvansvärt och väsentligt redan fått vika undan och bereda plats för det omskrivna och självförhärligande tillstånd som brukar kallas förälskelse.

Helt enkelt.

Följande helg kom hon och besökte mig i Maardam, och om det ditintills förekommit någon sorts tveksamhet om var vi hade varandra, så var den från och med nu som bortblåst. Vi inledde vårt förhållande genom att i stort sett tillbringa två hela dygn i sängen, och där fanns en lätthet och en lekfullhet i våra kärleksbestyr som jag aldrig tidigare upplevt.

47

Det hade inte Winnie heller, det tillstod hon utan reservationer. "Men naturligtvis", lade hon till, "så måste det vara när den ena blinda masken hittar den andra. Vi är menade för varandra, vi kan välja att erkänna det eller att försöka förneka det. Vad tycker du?"

"Jag tycker vi erkänner det", svarade jag.

"Tycker jag också", sa Winnie.

Därvid blev det. Under våren tillbringade vi mer och mer tid tillsammans; än var det jag som reste till henne, än kom hon till mig, men vi hade var sitt havererat förhållande bakom oss och intalade oss att inte ha bråttom. Åtminstone var detta vad vi formulerade i ord för varandra, men i maj månad bestämde vi oss. Jag hade fått tre stipendieveckor i Barcelona, Winnie följde med mig, vi bodde i en trång tvårummare på en tvärgata till Ramblas och efter sju dagar i denna den mest erotiska staden i Europa förlovade vi oss. Det var en regnig dag, kvällen innan hade vi sagt att om det regnar någon dag under vår vistelse, så förlovar vi oss, och svaret lät alltså inte vänta på sig. Några veckor efter att vi kommit hem flyttade hon in hos mig på Gerckstraat i Maardam.

Men det fanns villkor; omständigheter som jag måste känna till innan jag tog emot henne under samma tak. Winnie var mycket tydlig på den punkten. Den regniga morgonen innan vi förlovade oss åt vi frukost i sängen, och medan vi gjorde det förklarade hon att hon inte varit helt sanningsenlig beträffande sitt tidigare liv. Och lögner i början av ett förhållande var som sprickor i grunden till ett hus; jag minns att hon uttryckte sig på precis det viset och att jag tyckte det lät en smula veckotidningsfilosofiskt. Men jag påpekade det inte, naturligtvis inte; frågade istället vad det var för lögner hon hade att bekänna.

"Det gäller mitt förra förhållande", sa hon och borstade bort smulorna från täcket. "Det där jag berättade om att jag lämnade Frank i maj förra året ... ja, det stämmer alltså inte."

Hon gjorde en paus. Jag väntade.

"Men det är ingen lögn i egentlig mening", fortsatte hon. "Det är en stor sorg, och jag har inte orkat prata om den. Inte ens med dig."

"En sorg?" frågade jag.

"Ja."

"Fortsätt", bad jag.

Hon borstade smulor ytterligare en stund innan hon gick vidare. "Jag bestämde mig aldrig för att lämna Frank", sa hon. "Det var inte så, det var han som lämnade mig. Han och vår dotter Judith. Hon var fyra år. De ..."

Hon avbröt sig på nytt, drog några djupa andetag och såg ut att samla kraft. Jag är inte säker på att jag verkligen förstod vad som skulle komma innan vi var där, men i efterhand har jag alltid velat inbilla mig det. En sorts uppgivenhet, som jag aldrig hade sett hos henne tidigare, stod plötsligt skriven i hennes ansikte och i hela hennes hållning. Den var tydlig som en blodfläck på ett vitt lakan, och hon placerade sina händer på ömse sidor om huvudet. Som om hon ville hålla det samman, såg det ut, sedan blundade hon och viskade med sprucken röst:

"Han somnade bakom ratten. De körde rakt in i en betongpelare på vägen mellan Cottbus och Berlin. Det har gått sexhundrafem dagar sedan det hände."

Hon steg upp ur sängen och gick fram till fönstret. Stod där en stund alldeles orörlig med armarna längs kroppen medan hon tycktes betrakta folklivet ute på gatan. Jag såg att hon var ett villebråd, skadat och utlämnat åt all världens rovdjur och mörka krafter,

49

och att vad som framförallt ankom på mig var att försvara henne. Att hon var alldeles värnlös och att min viktigaste uppgift var att erbjuda just skydd. Inte bara nu utan för all framtid.

Men jag sa ingenting, alla ord vägde för lätt. Jag betraktade hennes späda gestalt i fönsterrektangelns motljus, medan jag tänkte att jag älskade henne och att jag inte kände någon tvekan inför min uppgift. Hon hade förlorat sin make och sitt barn; vissa sår slutar aldrig att blöda men man kan leva med ett visst svinn.

I varje fall måste man intala sig att det går. Efter en kort stund fortsatte hon ut till badrummet och låste in sig där i tjugo minuter. När hon kom ut igen bad jag henne fortsätta sin berättelse, om där nu fanns någon fortsättning. På nytt blev hon stående vid fönstret ett slag, sedan kröp hon ner i sängen och drog mig intill sig med en sorts hunger som jag anade var omättlig.

Vi älskade brutalt, en kamp på liv och död.

Förlusten av Judith och Frank hade satt djupa spår. Hon berättade att hon lagt in sig frivilligt på en psykiatrisk klinik efter begravningen, och att hon stannat där i två månader. Så länge hade det dröjt innan hon överhuvudtaget kunde se någon möjlighet att leva vidare för egen del. Det var framförallt förlusten av dottern hon inte kunde acceptera. Trädet överlever sin frukt men barn ska inte dö före sina föräldrar. Även om hon egentligen inte hade någon tro, hade det under denna tid förefallit henne som ett alldeles naturligt steg att helt enkelt förenas med Judith på andra sidan. Kanske också med sin man men det var underordnat.

Det var för dessa tankars skull hon lagt in sig på kliniken, förklarade hon. När hon skrevs ut hade hon också fått bukt med dem, hon tänkte inte ta livet av sig men hon visste att det inte var någon ljus vandring som väntade henne. Hon visste också en annan sak: hon skulle aldrig mer ha barn.

Det var alltså detta villkor hon inte ville undanhålla mig. Framförallt detta. Även om vi gifte oss och blev man och hustru enligt lagens och kyrkans bokstav, så kunde hon inte tänka sig att föda barn en gång till. Hon hade all förståelse för att jag kanske inte kunde acceptera det, men hon hade inget val. Att få ett barn och leva med risken att det en dag kunde försvinna ifrån henne, var både en psykisk och en fysisk omöjlighet för henne.

Hon formulerade det just så. En psykisk och en fysisk omöjlighet.

Jag tvekade inte särskilt länge inför detta villkor. Jag var knappt trettio år gammal, mina föräldrar var döda; att överföra min genetiska unicitet till kommande släktled kändes inte som någon tvingande nödvändighet. När det stod klart att Agnes, i mitt förra förhållande, inte kunde få barn, var det hon som dukade under för beskedet, inte jag. Det var den grundläggande orsaken till att vi bröt upp, men det var hennes avgörande, inte mitt.

"Det är dig jag älskar, Winnie", betygade jag. "Om du inte vill ha barn, är det så det får bli."

Hon såg länge och allvarligt på mig.

"Om du säger samma sak om en vecka, så gifter vi oss."

I augusti flyttade vi till en större lägenhet på Keymerstraat. Vi gifte oss på ambassaden i Rom den 30 oktober, och på dagen tre månader senare, den 30 januari 2001 — och nästan exakt ett år efter att vi hade träffats på det där tåget mellan Gernten och Maardam — förklarade Winnie för mig att hon var gravid.

9

Jag äter lunch med Frederick Grissman på August på Bleecker. Jag har skjutit upp det två gånger, att göra det en tredje vore en förolämpning.

Jag känner inte Frederick Grissman och har ingen lust att lära känna honom. Han är min personlige tränare på gymmet där jag går. Han är inkluderad i startpaketet; två timmars instruktion om hur man använder maskinerna för att få önskad effekt, sedan kan man utnyttja honom och betala, om man anser att det behövs. Jag anser inte att det behövs, men under de två obligatoriska mötena har vi börjat prata.

Han är en välbyggd man i trettioårsåldern, jag tror att han är homosexuell men har inte velat fråga. Det är heller inte viktigt i den här delen av världen. Men han vet att jag är hetero. Dessutom vet han att jag är författare, det är därför han varit så angelägen om att äta lunch med mig. Grissman är också författare, nämligen, han har bara inte publicerat någonting ännu. Ingenting annat än ett par noveller — den ena, som jag har läst men inte förstått, i ansedda The New Yorker. Han har åtminstone en roman i datorn, han går i åtminstone tre skrivarcirklar och han har åtminstone två misslyckade självmordsförsök bakom sig.

De senare ligger långt tillbaka i tiden. Innan han började skriva, åtta respektive sex år sedan, det senaste försöket har en direkt koppling till 9/11, eftersom hans partner befann sig i World Trade Center när det hände och begravdes i massorna. Detta har han bara nämnt som i förbigående, kortfattat och sammanbitet, och hans sätt att formulera sig gjorde att jag inte säkert kunde bestämma könet på partnern. Jag frågade heller aldrig, det kan faktiskt ha rört sig om en kvinna.

Grissman är dessutom skådespelare. Har haft en del mindre roller på off-off Broadwayteatrar, och han inleder lunchkonversationen genom att berätta att han varit på audition för En handelsresandes död. "Det gick åt helvete som vanligt", säger han och skrattar ihåligt. "Jag klantade till det. De kommer att ta vem som helst eller lägga ner pjäsen, bara för att slippa se mig."

"Jag beklagar", säger jag.

"Det behöver du inte göra", säger han. "Förresten tror jag regissören avskydde mig bara för att jag är vältränad. Jag funderar på att börja kröka ordentligt, det verkar vara det som behövs för att man ska få de riktiga rollerna. Det där Jack Nicholson-ansiktet. Fast min far dog av skrumplever, jag kanske har det naturligt, har jag berättat om min far?"

Jag svarar inte. Petar i mig det sista av pastan och tänker att öppenheten i den här stan ibland kan kännas kväljande. Vem som helst använder vem som helst som sin terapeut.

Sedan frågar han efter min fru. När han nämner Winnies namn är det som om han talar om en bakelse. En läcker liten cup cake från Magnolia Café. Han har bara träffat henne en enda gång, men jag förstår att han tycker att hon är en uppenbarelse.

"Hur mår din underbara fru?" frågar han. "Kan hon hitta sin inspiration i den här galna staden? Kan hon hitta glömskan?"

Av någon anledning har jag berättat för honom om Sarah. Medan vi sitter på August inser jag att jag ångrar allt jag överhuvudtaget sagt till Frederick Grissman, och det som irriterar mig mest är att jag inte kommer att kunna undvika honom. Jag har betalat en förfärande hög avgift för att kunna utnyttja gymmet uppe på Greenwich Avenue under ett års tid, och varje gång jag går dit riskerar jag att stöta på honom.

Jag förklarar för honom att min underbara fru mår bra, och att jag har lite bråttom. Vi hoppar över både dessert och kaffe, delar på notan, och när jag tagit farväl av honom i hörnet av Grove och Bleecker, känner jag den vanliga blandningen av lättnad och dåligt samvete. Jag tål inte folk längre, jag har ännu inte fyllt fyrtio och jag håller på att bli en enstöring.

Men det är inte bara irritationen över Grissman som skaver inuti mig den här dagen. Det är någonting med Winnie också. Någonting som hon inte berättar; kanske det där med att Sarah skulle vara i livet. Hon har inte återkommit till det, som om det är något jag inte förstår eller kan göra mig en korrekt föreställning av. Jag antar att det rör sig om en inre övertygelse som hon drabbats av; hon kan ha haft en dröm där Sarah dykt upp och berättat att hon lever, sådant har hänt en eller två gånger tidigare.

Hon vill förstås undvika min skepsis. Som sagt. Jag retar mig på mig själv, det hör också till saken. Jag tassar i hennes utkanter som katten runt het gröt men vad tusan ska jag göra? Vad?

Den där bilden av henne i den gula klänningen på Bedford sitter kvar på min näthinna. Tog jag verkligen fel? Skulle jag ta miste på min egen hustru på fyrtio meters håll? Jag håller det för uteslutet. Någonting har hänt med Winnie de senaste dagarna, hon håller på att förändras och jag känner mig mer och mer utesluten. Eller också är jag bara trött; jag har sovit dåligt flera nätter i rad, och jag önskar att jag helt enkelt kunde ställa henne mot väggen och gå rakt på sak. Vad är det frågan om, Winnie? Vad är det som håller på att hända? Vad fan? Men vi har inte längre den relationen och doktor Vargas har instruerat mig mycket noggrant angående de här sakerna: *Ta inte ifrån henne hoppet. Låt henne drömma om en god lösning, du behöver inte understödja det, men du får inte krossa det med förnuftets brutala brödkavel.*

Förnuftets brutala brödkavel? Han tycker om att formulera sig, doktor Vargas. Jag funderar återigen på om jag borde kontakta honom, men beslutar att skjuta upp det några dagar. Ytterligare några. Jag köper en mugg kaffe på Out Of the Kitchen i hörnet av Hudson och Leroy och tar med den bort till biblioteket. Mr Edwards nickar vänligt mot mig från sitt hörn, som vanligt, men vi är inte i närheten av att börja tala med varandra. Jag sjunker ner vid mitt bord, blundar och drar fem djupa andetag. Betraktar de fortfarande alldeles gröna träden ute i parken några sekunder, lyssnar till bollspelarnas rop, innan jag börjar skriva där jag slutade för två timmar sedan.

På kvällen går vi ut och äter på A.O.C., en liten fransk krog på Bedford alldeles runt hörnet från vår bostad. Winnie verkar akut bekymrad över någonting, hon är inte närvarande och efter ett och ett halvt glas vin kryper det fram.

"Barbara ringde", säger hon. "Jag vet inte varför jag svarade, jag vill inte ha någon kontakt med henne."

"Var det därför hon ringde?" frågar jag. "För att hon ville ha kontakt?"

Winnie rycker på axlarna. "Jag antar det. Hon kommer ner till New York om ett par veckor, men jag sa att vi kanske skulle vara bortresta då."

Jag nickar. Barbara är en av Winnies mammas kusiner. Hon flyttade till USA någon gång på sjuttiotalet; bor några dagsresor västerut, utanför Billings i staten Montana. Winnie har aldrig träffat henne, inte jag heller förstås, men hennes mor upprätthöll en viss kontakt, tydligen. Jag vet inte hur hon känner till att vi befinner oss på Manhattan, kanske har det förmedlats via någon annan släkting. I alla händelser fick Winnie ett mail ifrån henne redan några dagar efter att vi flyttat in på Carmine Street.

"Jag tror inte hon är riktigt klok", säger Winnie. "Min mor tyckte aldrig om henne, hon är gift med en organisk biodlare och de producerar en massa makrobiotiska grönsaker. Förutom honung och bidrottninggelé, förstås. Herregud, hon måste vara över sjuttiofem, karln hennes ser ut som Dostojevskij!"

"Hur vet du det?"

"Jag har sett kort på dem. De står framför sin röda lada som ett par riktiga nybyggare, jag tror till och med att han har en högaffel i handen. Nej, om det är några människor vi ska undvika att träffa, så är det Barbara och Fingal Kripnik."

"Kripnik?" säger jag.

"Bara det", säger Winnie.

Jag märker att det ändå roar henne en smula att få beskriva dem på det här viset, och för ett kort ögonblick är det den gamla Winnie som sitter mittemot mig vid restaurangbordet. Hon har en enkel svart klänning som hon köpte första veckan här i New York och hon är mycket vacker. Alldeles intill oss sitter ett par i tjugofemårsåldern; de ser nyförälskade ut, huvudena nära varandra över bordet, hon har en bok bredvid tallriken och då och då läser hon valda rader för sin älskade. Viskar dem in i hans öra så att de inte ska spilla ut i resten av lokalen; jag försöker få syn på vad det är för bok, men lyckas inte. Jag tänker att det på många sätt skulle vara lättare att leva om minnet fungerade som en dator, där man helt enkelt kunde radera ut de saker man inte står ut med och inte kan hantera. Två förlorade barn, till exempel. I mitt fall bara ett. *Delete* och gå vidare.

Fast i så fall skulle Fingal och Barbara Kripnik vara bortsuddade för längesedan, och vi skulle inte ha någonting att prata om. Winnie tystnar efter en stund och blir sittande och kisar över min axel ut genom fönstret. Jag vrider på huvudet; en behaglig ström av människor och taxibilar passerar förbi på den trånga gatan därute, men jag tror inte hon ser dem. Jag förstår att hon tänker på Sarah, det är någonting med hennes ögon som gör att jag alltid vet när det är detta som fyller henne. Pupillerna krymper, drar sig tillbaka, som om de inte längre accepterar sin uppgift att släppa in ljus i medvetandet. De bilder som kommer till Winnie föds inuti henne, ur det gamla, inte det omgivande: pilgrimsmusslorna på våra tallrikar, vinet i våra glas, de svartvita, inramade fotografierna på väggarna, människorna runtomkring oss på denna fullpackade, sorlande kvarterskrog i världens navel och min egen sorgliga gestalt. Likadant med hennes andra sinnen, för övrigt; de ligger i träda i väntan på en återkomst.

"Va?" säger hon efter en stund, trots att jag inte yttrat något. "Vad sa du?"

"Jag frågade bara om du har målat någonting idag?" säger jag.

Hon skakar på huvudet. "Jag väntar på det där ansiktet."

Hon tittar en smula uppfordrande på mig. "Jag är ledsen", säger jag. "Jag försöker, men det fungerar inte."

Vad skulle det tjäna till om jag verkligen kunde minnas det? tänker jag. Vad skulle vara vunnet med det? Om vi faktiskt lyckades identifiera mannen som förde bort vår dotter? Jo, naturligtvis, ingenting kunde väl vara viktigare, men det är som om mina tankar bara vill förneka den här kvällen. Radera ut och glömma, som sagt. Varken Winnie eller jag har ännu fyllt fyrtio, det är ju faktiskt möjligt att vi har ett stort stycke liv kvar i oss bägge två. Hon lägger sin hand över min på bordet. "Det gör ingenting", säger hon. "Jag vet ändå att hon lever."

Ett plötsligt illamående skjuter upp i mig. Jag lämnar bordet och letar mig ut till toaletten.

Senare på kvällen, kanske är det efter midnatt, ligger vi vakna i vår säng och stirrar upp genom vårt lilla takfönster. Tysta ligger vi där, sida vid sida på rygg, och avståndet mellan oss känns längre än avståndet till stjärnorna däruppe. En minnesbild dyker upp, den är från sommaren innan Sarah försvann. Jag vill helst inte tänka på det, men det finns inget försvar mot bilderna. Inte den här tiden på dygnet, jag önskar att sömnen inte kommer att svika mig den här natten också.

Vi hyrde ett hus utanför Oostwerdingen. Inte ända ute vid kusten, ett par kilometer inåt land innanför dynerna låg det. En gammal medfaren, svackande träkåk, den hade tillhört en ganska framstående konsertpianist, men efter hans död hade den hamnat i arvingarnas händer. Eftersom de tydligtvis var osams om allting, kunde de heller inte enas om att antingen utnyttja huset eller sälja det. Istället hyrde de ut till sommarturister. Det var i varje fall den information vi fick i förtroende av mäklaren.

Det var stort och charmigt men inte alldeles bekvämt, för att göra en lång historia kort. Vi flyttade in i början av juni och bodde där till mitten av augusti. Både Winnie och jag hade en del arbete med oss.

Jag höll på med det som skulle bli min sjätte roman (arbetsnamn *Den springande punkten*, fortfarande outgiven trots mer än sexhundra sidor oorganiserad text), Winnie målade för en utställning i Hamburg med vernissage i oktober.

Det var en på många sätt rik sommar, denna den sista innan allt förändrades. Men den bild som dröjer sig allra starkast kvar, är alltså den där kvällen då vi plötsligt inte hittade Sarah.

Vårt hus låg en smula enslig till, i utkanten av en liten by som hette Wermlingen. Tomten omgärdades i två väderstreck av lövskog, företrädesvis bok-, i de två andra av sädesfält. Vanligtvis arbetade jag på den skuggiga verandan inåt den vildvuxna trädgården, Winnie brukade stå och måla på övervåningen där två stora takfönster gav ett ordentligt ljusinsläpp. Sarah, som var van att sysselsätta sig själv, höll nästan alltid till i trädgården, där hon hade en plastbassäng som vi fyllde med friskt vatten varje morgon, en gammal gunga som hängde i ett äppelträd och ett litet indiantält där hon samlade alla sina leksaker.

Så var det den här kvällen också, men när jag, som jag tagit för vana, kastade en blick upp från datorn för att se efter att hon var på plats, kunde jag plötsligt inte upptäcka henne. Jag reste mig från den knarriga korgstolen, ropade hennes namn men fick inget svar. Jag gick ut i trädgården, tittade in i tältet trots att jag visste att det egentligen var för litet för att rymma henne, ropade ännu en gång.

Inget svar. Jag gick runt huset, återvände upp på verandan, och fortsatte in i vardagsrum och kök medan jag oavbrutet ropade hennes namn. Winnie kom ner från övervåningen och undrade vad som stod på. Jag sa som det var, att jag inte visste var Sarah blivit av.

Winnie bleknade och sjönk ner på en köksstol, knäppte händerna framför sig och såg på mig med en blick som jag inte sett hos henne förr. För en sekund fick jag för mig att hon skulle svimma. Hon var vit i ansiktet och hon andades med öppen mun.

"Leta reda på henne", viskade hon. "Snälla Erik, leta reda på henne."

Men själv blev hon sittande kvar vid bordet, orörlig som en staty. Jag anade, mer än förstod, vad som rörde sig i huvudet på henne, och jag gjorde mitt bästa för att behålla mitt lugn. "Det är ingen fara", sa jag. "Stanna kvar härinne du, så går jag ut och letar reda på henne."

"Är du säker på att hon inte är här i huset?" frågade Winnie, fortfarande med en röst som inte riktigt bar.

"Jag tror inte det", sa jag. "Men om du kollar runt inomhus, så går jag ut och tittar efter."

Hon gjorde dock ingen min av att vilja lämna sin plats vid köksbordet. Jag nickade, strök henne lite valhänt över ryggen och gick ut. Tittade på klockan, den var några minuter över halv sju, det skulle inte börja mörkna på ett par timmar än.

Jag sökte först, ännu en gång, igenom trädgården, sedan började jag planlöst leta i allt vidare cirklar; i bokskogen, längs den smala och otrafikerade väg som passerade huset, utefter de traktorstigar som löpte i olika riktningar över sädesfälten.

Jag vet inte hur lång tid som förflöt, förmodligen inte mer än tio minuter eller en kvart, och medan jag letade och ropade efter Sarah visste jag att jag under inga förhållanden kunde återvända inomhus utan vår dotter. *Inte utan min dotter*, titeln på en spektakulär bästsäljare, studsade fram och tillbaka i huvudet på mig, jag minns att jag tyckte att det var opassande av någon anledning. Som de flesta föräldrar förmodligen gör — oavsett livsåskådning och tro — i en sådan här situation, bad jag också till Gud, en ordlös, förvirrad bön om att ingenting måtte ha hänt henne, om att jag var beredd till vilka uppoffringar som helst, bara inte detta ...

När jag äntligen mötte henne var det den vackraste bild jag någonsin skulle komma att få se i mitt liv. Omedelbart visste jag detta. Ingenting skulle någonsin kunna överträffa detta. Om allt skulle stanna för gott i något ögonblick, kunde det lika gärna göra det nu.

Hon kom gående utefter en av stigarna över fältet, den mogna säden räckte henne nästan över huvudet, hon gick och småsjöng för sig själv och hon bar på en stor bukett av vilda blommor. Den nedgående solen låg och vilade på skogsranden i väster.

"Sarah", ropade jag och när hon fick syn på mig skrattade hon med hela kroppen på det sätt som bara ett lyckligt barn kan göra.

"Jag har plockat blommor till mamma och dig", sa hon. "Titta."

När vi kom in i köket satt Winnie fortfarande kvar vid bordet. När hon såg oss trodde jag på nytt att hon skulle svimma. Hon lyfte upp Sarah i famnen, kramade henne så hårt att det måste ha gjort ont, men Sarah bara skrattade. "Blommor", sa hon. "Det finns tusen blommor därute. Titta, mamma."

"Gode Gud", viskade Winnie. "Låt det aldrig mera hända."

Men tio månader senare hände det igen. Även denna gång bad jag böner. Mer och mer har jag kommit att betrakta episoden i Wermlingen som ett förebud.

10

Vi talade mycket lite om Judith och Frank. Jag tog upp det några gånger, men Winnie ville ogärna berätta detaljer och jag såg att det berörde henne illa att behöva återvända till det. De hade varit på väg hem från Cottbus till Berlin; Frank hade varit sysselsatt med ett större arbete i Cottbus och ibland tog han med dottern för att avlasta Winnie. Arbetsdagarna kunde bli långa, när olyckan hände var klockan över elva på kvällen, den troliga orsaken var att han somnat bakom ratten.

Mycket mer än så fick jag aldrig veta. Man måste ha rätt att glömma, sa Winnie. Förlåt mig, men jag klarar inte av att tala om det, jag är tacksam för att du respekterar det.

Jag kunde konstatera att detta stämde; de få gånger vi berörde olyckan blev Winnie alltid inåtvänd och dyster under flera timmar efteråt. När hon sedan mot sin uttryckta önskan blev gravid igen, fanns det förstås ännu mindre skäl att påminna om vad som varit. Det var alltså i slutet av januari som hon berättade för mig om i vilket tillstånd hon befann sig, och vid den tidpunkten hade hon själv redan vetat om det i fem dagar och accepterat faktum.

Kanske hade hon slarvat med pillren, det tillstod hon, kanske hade det inte varit alldeles omedvetet. Hon tyckte uppenbarligen om den där glidande oklarheten, och det gjorde jag också.

Tillfället hon valde att berätta för mig var en smula ovanligt; åtminstone antar jag det, jag har ingen personlig erfarenhet att luta mig emot. Hon gjorde det i en biosalong, det hade gått ungefär

62

fem minuter av filmen när hon lutade sig intill mig och viskade: Vi ska barn, Erik.

Först förstod jag inte vad hon sa — någon i bänkraden bakom prasslade med ett papper — men när hon upprepat det och jag till fullo inhämtat budskapet, började jag förstås uttrycka alla de glada och överraskade klumpigheter som rann upp i huvudet på mig, men Winnie placerade bara ett pekfinger över mina läppar och sa åt mig att koncentrera mig på filmen.

Den hette "Svarta dagar, vita nätter", jag tror den var kanadensisk och jag minns inte en enda scen ur den.

Sarah föddes den 28 oktober 2001, två dagar före vår bröllopsdag. Graviditeten hade löpt problemfritt, frånsett de sista veckorna då Winnie fick ont i ryggen och blev tvingad att tillbringa mesta tiden halvliggande bland diverse kuddar i vår vardagsrumssoffa. Själva förlossningen tog fyra timmar från det att vi kom in till sjukhuset, och Winnie förklarade att det varit ungefär en tiondel så smärtsamt som då hon födde Judith.

Vi hade nu flyttat ännu en gång, till Saaren, där vi köpt ett hus i utkanten av staden. Ett barnvänligt och ganska typiskt övre medelklassområde med parker, skolor, bibliotek, köpcentrum och övervägande egnahem. Jag märker att jag har svårt att skriva om den här tiden, men jag vet att jag måste; det är ju ändå detta som är själva syftet. Till dels i varje fall, om där nu finns något syfte. Jag intalar mig att det är nödvändigt; det är någonting jag försöker begripa eller åtminstone få syn på, en sorts förklaring eller korrespondens alldeles i utkanten av mitt synfält; jag förstår inte varifrån denna tankefigur kommer men jag känner att hela det här livsavsnittet som jag borde försöka sätta ord på — alla dessa dagar och månader och år som flöt förbi och som kändes så meningsfulla och pulserande medan de pågick; samtidigt som de måste ha burit på någonting hemlighetsfullt och svåråtkomligt, och kanske i längden destruktivt — med ens tycks ha sjunkit ner i ett bortglömt och historielöst träsk och att det överhuvudtaget inte tjänar någonting till att försöka fiska upp dessa inbillade nycklar.

Nycklar till vad? frågar jag mig. Låsa upp eller stänga till? Vad kan man göra med livet förutom att försöka leva det?

Således bodde vi där, på Wallnerstraat 24 i stadsdelen Zwingen i Saaren i fem års tid. Jag, Winnie och vår dotter Sarah. Så var det, historielöst eller inte: både tiden och platsen är obevekligen inskrivna och fastnaglade i kategorin Obestridliga Fakta.

Eftersom både jag och Winnie hade fria yrken, brydde vi oss inte om att skaffa någon barntillsyn de första åren, men från och med september 2004 hade vi en au pair-flicka. Hon hette Anne och kom från Norge, vi delade henne med familjen Nesbith i samma kvarter. Hon arbetade fyra dagar i veckan hos Nesbiths, där hon också hade ett rum på övervåningen. De hade två barn, Emily och Casper, och måndag till torsdag lämnade vi Sarah där; på fredagarna kom Anne och Nesbith-ungarna hem till oss, och Winnie och jag såg till att hålla oss borta. Uträttade ärenden inne i centrum den veckodagen, och unnade oss oftast också att äta lunch på Kramers nere vid floden eller på Mephisto.

Enligt de här rutinerna — undantagandes sommaren 2005 som jag redan beskrivit — levde vi ända tills Anne lämnade Saaren och flyttade tillbaka till Trondheim. Det var i april 2006, ungefär en månad innan Sarah försvann, den direkta orsaken var att hon under ett halvårs tid haft ett förhållande med herr Nesbith. Troligtvis längre ändå men det vidgick de aldrig.

Naturligtvis drabbades jag av en del framträdanden på olika orter i samband med att mina böcker kom ut, och Winnie reste bort några gånger när hon hade utställningar, men frånsett dessa avbrott höll vi oss hemma på Wallnerstraat.

Vi hade aldrig något större umgänge i Saaren. Winnies syster Abigail annonserade vid två eller tre tillfällen att hon ämnade besöka oss, men hon kom aldrig. Det gjorde däremot ett par av mina gamla ungdomskumpaner, en kväll och en morgon vardera, noga räknat, men varken Winnie eller jag gjorde några ansträngningar för att skaffa nya bekantskaper. Ganska snart upptäckte vi att vi båda två var utpräglade individualister och att vi egentligen trivdes bäst ensamma eller möjligen i sällskap av varandra. Vi var oss själva nog; under långa perioder var Winnie närmast besatt av sitt målande. Hon kunde hålla på och arbeta mellan tio och tolv timmar varje dag — vi hade byggt om garaget till ateljé — och jag antar att jag i rättvisans namn var lika fördjupad i mitt arbete som Winnie i sitt. Tidvis i varje fall; jag skrev min fjärde och min femte roman i Saaren, och när man betraktar alltihop i backspegeln och von oben — det är också den enda utsiktspunkt som står mig till buds — så ser man att det måste ha varit en period av intensivt och lyckligt skapande för oss bägge två. Vårt förhållande tycktes fungera, vi älskade ofta och innerligt, och även om vi alltså nästan inte hade några vänner, kändes det som om vi inrättat och levde våra liv på det sätt vi själva hade valt. En sorts treenighet av familjeliv, kärlek och skapande arbete, en konstellation som det förmodligen är få människor förunnat att få uppleva.

Åtminstone var det detta vi försökte intala oss medan det pågick, naturligtvis förstod vi att där vilade ett stråk av extravagans över vårt äktenskap, vi brukade säga till varandra att det var en sorts nåd, men det skadade i varje fall ingen annan. Vi fick också gott gensvar för vår möda från recensenter och allmänhet. Varje gång Winnie hade en ny utställning försvann de flesta av hennes verk redan under den första veckan, och båda mina romaner hamnade högt på bestsellerlistorna. Som jag redan nämnt gjordes också film på bägge två — den senaste gick upp på biograferna ett par månader innan Sarah försvann och jag minns att vi efter galapremiären, och efter att ha druckit oss glatt berusade på champagne och allt möjligt annat, lite häpet kunde erkänna för varandra att vi var på väg att bli förmögna.

I backspegeln och von oben.

Sarah var ett lyckligt barn. Jag vågar påstå det, och samtidigt som jag skriver det kommer en duns från fönstret ovanför bordet där jag sitter — en fågel eller en förlupen boll från bollplanen, jag vet inte, det syns inga spår — jag höjer blicken och sänker den; tittar på den fem ord långa meningen jag just formulerat och ryggar till inför tempusvalet och med vilken enkel automatik jag gjort det.

Sara *var* ett lyckligt barn.

Betyder det att jag förutsätter att hon är död? Jag tror inte det, inte nödvändigtvis, men vad finns det för anledning att förmoda att hon *är* ett lyckligt barn? Jag kan inte uttala mig om det, och eftersom *Sarah* och *nu* är begrepp som inte kan vistas i samma rum eller i samma mening, kan jag bara tala om henne i förfluten tid. Så är det och jag är den förste att beklaga det. Jag börjar om.

Sarah var ett lyckligt barn. Jag vågar påstå det, där fanns en sorglöshet och en bekymmerslöshet som liksom omgav henne från hennes första andetag i livet. Hon var alltid nöjd; kinkade aldrig, inte ens när hon var trött. Herr och fru Nesbith berättade att Emily och Casper bråkáde en hel del när de var ensamma på tu man hand, men aldrig när Sarah var med. Bägge två älskade att leka med henne, och hon älskade att leka med dem. Hon tycktes betrakta livet och världen runtomkring henne med just en sådan glad nyfikenhet och en sådan grundmurad tillförsikt, som man, när man försöker förenkla livet ner till de allra mest basala beståndsdelarna, önskar att alla människor fått med sig i bagaget. Jag vet att jag som tonåring läste en bok om en mycket gammal själ som skickades ner till jorden en sista gång, trots att den bara hade ett mycket litet antal år kvar, trots att den måste ta med sig ett barn tillbaka till himlen — men själen bad envetet om att ändå få göra en sista resa och till slut gick Vår Herre med på saken. Att sprida lycka och glädje under en begränsad tid måste ju ändå vara bättre än att inte sprida det överhuvudtaget. Bland alla tröstebilder som dök upp efter Sarahs försvinnande, var det nog den här berättelsen som återkom med störst envishet.

Hon hade trots allt funnits. Hon hade skänkt oss mening och tillfredsställelse och glädje under ett fåtal år. Hon hade varit ett lyckligt barn. Hade det varit bättre om hon aldrig blivit född?

En gång, bara vid ett enda tillfälle, frågade jag Winnie vad hon ansåg om detta, och hennes svar kom omedelbart, som en ripost på en fäktstöt.

Naturligtvis hade det varit bättre om hon aldrig fötts.

Naturligtvis.

Det dröjde bara två dagar från det att Sarah försvunnit innan Winnie försökte ta sitt liv. Jag hittade henne i badkaret med uppskurna pulsådror och en urdrucken whiskyflaska, men snitten var lite för dåligt gjorda och jag upptäckte henne lite för tidigt för att hon skulle lyckas i sitt uppsåt.

Den psykiatriska klinik där hon så småningom hamnade hette Rozenhejm. Den var vackert belägen ett tiotal kilometer söder om Saaren, på en sydsluttning med mängder av fruktträd varav många stod i full blomning när Winnie togs in. Under hela sommaren företog vi långa, varsamma promenader utefter dessa sluttningar, ner mot floden Meusel. Tysta gick vi där vid varandras sida; ibland, i synnerhet de första veckorna när Winnie inte ville eller ens tilläts lämna avdelningen, vandrade jag ensam.

Skillnaden var häpnadsväckande liten.

11

Någonting i utkanten av mitt synfält får mig att avbryta mitt skrivande och titta upp.

En rörelse av något slag. Någon som lämnar rummet, antagligen, eller som bara ändrar position vid ett av borden längre in; jag vet inte, jag har ingen anledning att fästa mig vid vad det kan ha rört sig om.

Det viktiga är att jag höjer blicken och ser ut genom fönstret, och att jag blir sittande på det viset en stund. Inte särskilt länge, fem–tio sekunder på sin höjd, men tillräckligt för att jag ska få syn på henne ute på Leroy.

Det är naturligtvis en enastående tillfällighet att det sker i precis rätt ögonblick. Eller också är det inte alls någon tillfällighet och i så fall vill jag inte tänka på hur förklaringen ser ut. I alla händelser är det första gången jag tittar ut genom fönstret på hela morgonen; jag är helt säker på detta, jag har suttit och skrivit mycket koncentrerat i mer än två timmar, och när jag nu ser min hustru skynda förbi därute på trottoaren drabbas jag av ett par sekunders svindel.

Eller någonting därmed besläktat. Jag kan inte riktigt beskriva känslan, men det är som om tillvaron utanför mitt eget medvetande och utanför den text jag varit fördjupad i, slirat ur sin bana och plötsligt är mig alldeles obekant. Främmande och hotfull.

Var befinner jag mig? Vad är det för dag och år? Vad håller jag på med och vad är det för en kvinna som promenerar förbi ute på gatan och som tycks mig så välkänd?

Vem är jag, kort sagt?

Det stabiliseras efterhand. Jag lämnar mitt bord i all hast, får ett förvånat ögonkast av mr Edwards, men inom en halv minut är jag ute på trottoaren. Det är i lagom tid för att se henne vika runt hörnet borta på Hudson. Jag följer henne med långa, energiska steg; den här gången tänker jag inte tappa bort henne. Jag räknar efter och kommer fram till att det gått fem dagar sedan jag såg henne försvinna på Christopher Street.

Hon har samma gula klänning idag; en liten kofta dessutom eftersom det är en smula svalare i luften. Jag håller mig tjugo–trettio meter bakom henne medan vi rör oss norrut längs Hudson Street. Det är gott om folk på trottoarerna, jag tror inte hon skulle upptäcka mig även om hon vred på huvudet.

Men hon vrider inte på huvudet; hon går med bestämda steg, jag får ett tydligt intryck av att hon vet vart hon är på väg och att hon är en smula försenad. Hon fortsätter fram till Bethune Street, här svänger hon till vänster, ner mot floden, sedan till höger på Greenwich Street, in i Meatpacking District, och innan vi är där förstår jag vad som är slutmålet.

Pastis. Den famösa krogen på Little West 12th Street.

Mycket riktigt. Hon slinker in genom dörren på hörnet som en vaktmästare håller upp; jag blir stående ett stycke ut på det ojämna kullerstenstorget och undrar hur jag ska bete mig.

Ser på klockan. 12.30, ingen ovanlig tid för ett lunchmöte.

Ett planerat lunchmöte, det är ingen idé att gå på Pastis utan att boka bord först. Inte ens en vardag mitt i veckan — om man inte vill tillbringa en halvtimme eller en timme i baren först.

Så vad då? tänker jag sedan. Min hustru äter lunch med en bekant på Pastis. Vad skulle det vara för anmärkningsvärt med det? Varför reagerar jag plötsligt som en svartsjuk paranoiker?

Jag vet inte. Jag går och ställer mig i skuggan invid husväggen på Little West 12th och funderar. Inser att jag knappast kan följa efter henne in på restaurangen; vi har ätit här en gång tillsammans, det var just så brokigt och gott och larmande som ryktet föreskriver, men jag skulle ha svårt att förklara att jag gått ända hit för att äta lunch i min ensamhet. Man sitter inte ensam på Pastis, i varje fall inte en människa av min kaliber, det är lite för dyrt och jag är inte tillräckligt egocentrisk.

Alltså får jag nöja mig med att konstatera att hon sitter därinne. Om jag frågar henne när vi ses senare på eftermiddagen, resonerar jag mig fram till, och om hon då kommer med en nöjaktig förklaring ... ja, vad finns det då att orda om eller oroas inför?

Jag rycker på axlarna. Fortsätter ner till floden och börjar vandra tillbaka bland motionärer och hundägare. Blir stående en stund i höjd med 10:e gatan och samtalar med en av de senare. Han heter Scott och har en engelsk bulldog som måste vila en stund innan han orkar promenera hem till Bank Street. Hunden bär det ovanliga namnet Empire State Building och han har lagt sig till rätta tvärs över mina fötter. Kanske hoppas han att jag skall bära honom.

Det är mest Scott som pratar, det framkommer snart att han är bankman och islamofob. Jag och Empire State Building ägnar oss åt att stirra ut över vattnet. Världen är bisarr och godtycklig, tänker jag. Den hänger inte ihop, hur mycket vi än tycker om att föreställa oss att den gör det.

Den nöjaktiga förklaringen uteblir.

"Jag tyckte jag såg dig slinka in på Pastis", säger jag när jag kommit hem några timmar senare.

71

"Pastis?" säger Winnie utan att se upp från blocket som hon sitter och skissar i.

"På lunchen", säger jag. "Jag gick förbi. Tog en promenad upp till Chelsea."

"Jag har inte varit på Pastis idag", säger Winnie och hennes tonläge är så avspänt och ointresserat att jag aldrig skulle misstänka att hon ljög. Om jag inte visste.

Om jag inte visste. Vad är det som pågår? tänker jag på nytt. Vad fan har hon för sig? Jag ångrar att jag inte klev in på restaurangen och ertappade henne; att plötsligt stå här och behöva utmana henne känns verkligen inte tilltalande.

Att framhärda i min ståndpunkt och faktiskt påstå att hon ljuger. Att jag följt efter henne ända från biblioteket och att ... nej, det vore att dra skam över både henne och mig. Om det är någonting vårt förhållande inte är betjänt av i nuvarande läge, så är det skam och öppen misstro. Jag bestämmer mig för att tiga. Bita ihop och se till att hitta bättre strategier inför framtiden.

Strategier? Vad är det för ord jag använder? Vad är det som pågår, som sagt?

"Vill du ha ett glas vin?" frågar jag.

"Tack", säger Winnie. "Men bara om vi har något vitt i kylen."

Hon lyfter fortfarande inte blicken från skissblocket. Jag hittar en halvdrucken flaska.

Senare på kvällen åker vi tunnelbana upp till Lincoln Center och lyckas få två tjugodollarsbiljetter till Rigoletto. Varken Winnie eller jag är särskilt begeistrad i opera — i varandras sällskap har vi sett kanske tre eller fyra föreställningar — men under den berömda kvartetten märker jag plötsligt att tårarna väller upp i mig. Det går inte att hejda och omedvetet trevar jag efter Winnies hand i mörkret. Jag finner den, eller möjligen är det hon som finner mig, och medan den smärtsamt vackra sången klingar och klingar ut, känner jag en oväntad förtröstan. Kanske bottnar det i det triviala faktum att musiken — i synnerhet operamusik — har förmågan att gå via öronen rakt ner i hjärtat, utan att behöva ta omvägen via huvudet. Och att det är just lidandet som förenar oss människor, mer än någonting annat. Efteråt, medan vi står nere i tunnelbanan vid 63:e gatan och väntar på tåget, frågar jag Winnie vad hon anser om detta.

"Hur är det med din konst egentligen?" säger jag. "Dina bilder, måste de gå in i medvetandet innan de går in i hjärtat? Och finns det något annat än lidandet som är värt att skildra?"

Vi har naturligtvis talat om de här sakerna förr, många gånger och i varierande ordalag, men jag blir ändå överraskad över hennes svar.

"Stackars Erik", säger hon. "Det är så lite du förstår. Det är därför jag inte orkar förklara Sarahs återkomst för dig."

"Sarahs återkomst?" säger jag.

"Ja."

Jag står tyst och betraktar henne en god stund innan jag säger:
"Du kan väl försöka åtminstone."

"En annan dag", säger Winnie och sedan kommer tåget och lägger alla ord i aska.

12

Poliserna jag talade med — efter att kommissarie Schmidt var färdig med mig — hette Tupolsky och Vendler. En man och en kvinna, båda i fyrtiofemårsåldern, båda professionellt vänliga och tillmötesgående.

"Finns det någon i er bekantskapskrets som skulle kunna ligga bakom det här?" frågade inspektör Vendler. Jag minns att jag tyckte hon var vacker, på ett milt, nordiskt vis — och att jag, medan jag satt och försökte leta efter tänkbara förövare i vår tunna bekantskapskrets, undrade över varför hon blivit polis. Varför kvinnor överhuvudtaget blir poliser.

"Nej", svarade jag när jag inventerat färdigt. "Jag är rätt säker på att det inte ligger till så. Jag såg honom ju och jag kände inte igen honom."

"Kan ha varit en bulvan", föreslog inspektör Tupolsky. "Det finns ingen inom er familj som kan ha haft motiv för att röva bort er dotter?"

"Varken min fru eller jag har någon familj", sa jag. "Praktiskt taget inte, i varje fall."

"Ni har båda varit gifta tidigare?"

"Ja. Men det har ingenting med det här att göra. Min fru förlorade sin make och sin dotter i en olycka för flera år sedan. Min förra fru bor i Spanien, vi har ingen kontakt."

"På så vis", kommenterade Vendler. "Nåja, vi vill bara utesluta det motivet. Har ni lagt märke någonting ovanligt den senaste tiden?"

74

"Ovanligt?" sa jag.

"Med tanke på Sarah", preciserade Tupolsky. "Personer som …
ja, som betett sig ovanligt på något sätt?"

"Nej."

"Främmande människor som funnits i närheten av ert hem, till
exempel?"

Jag tänkte efter och skakade på huvudet. "Nej, det finns ingen-
ting sådant."

"Säkert?"

"Inte som jag kan erinra mig i varje fall."

"Märkliga telefonsamtal?"

"Nej."

"Okända nummer på nummerpresentatören?"

"Nej, jag har kontrollerat det."

"Utmärkt. Det är i alla fall bra om du funderar lite i de här ba-
norna framöver. Det kan räcka med minsta misstanke, och tveka
inte att kontakta oss om du kommer på någonting."

"Naturligtvis. Jag förstår."

Vendler tog över.

"Ni har inte fått något meddelande från förövaren sedan det
hände?"

"Nej. Varför frågar ni det?"

"Kidnappning. Det kan ju tänkas att någon är ute efter pengar. Få
er att betala en större summa för att ni ska få er dotter tillbaka."

Jag skakade på huvudet.

"Det har inte förekommit någon sådan kontakt?"

"Nej."

Vendler kastade en hastig blick på sin kollega innan hon fortsatte.

"Vi vill uppmana er att inte hålla inne med det i så fall. Under inga förhållanden. När det rör sig om den här typen av brott, brukar gärningsmannen alltid varna för att blanda in polisen. Det är inte ovanligt med grova och otäcka hot."

"Jag förstår", sa jag. "Men vi har alltså inte fått något sådant meddelande."

"Om det skulle dyka upp, kan ni lita på att vi sköter det med diskretion", sa Tupolsky. "Det är i alla lägen bäst att låta oss veta."

Jag upprepade att jag var helt införstådd med den saken och sedan pratade vi inte mer om kidnappningsalternativet.

Det fanns andra alternativ, nämligen.

"Du såg honom", konstaterade Vendler. "Men du har hittills inte kunnat lämna något utförligare signalement."

"Jag minns hur han var klädd", påpekade jag. "Och bilen var grön, ganska ny, men jag är inte intresserad av bilmärken och förresten ser alla likadana ut nuförtiden."

"Man i yngre medelålder", läste Tupolsky från ett papper. "Grön, tunn rock, mörka byxor. Medellängd, antagligen brunt, kortklippt hår."

"Kan ha varit svart."

"Vi har noterat det. Inget ansikte?"

"Det vill inte framträda. Det var på tjugofem meters håll också."

"Ska vi titta på lite fler bilder?" föreslog Vendler.

Jag ryckte på axlarna. "Varför inte?"

Winnie förhördes aldrig av någon polis.

Hennes tillstånd tillät inte det, och det fanns ingen anledning. Doktor Vargas förklarade att Winnie så småningom måste försöka närma sig vad som hänt och acceptera det — oavsett vilket öde som drabbat Sarah — men att det med tanke på hennes nuvarande psykiska status var för tidigt. Alldeles för tidigt. Vi hade varit i kontakt med doktorn redan samma dag som Sarah försvann — ett och ett halvt dygn innan jag hittade Winnie i badkaret — han kom på ett sent, hastigt hembesök och skrev ut två olika medicinska preparat. Ett för sömnen, ett för nervkontrollen, som han uttryckte det på sitt en smula gammalmodiga vis.

Såvitt jag förstår accepterade polisen doktor Vargas förhållningsorder utan större invändningar, men inspektör Vendler bad mig uttryckligen att ställa frågor till Winnie.

"Du står henne närmast. Om någon kan komma henne in på livet är det du. Det är förstås inte troligt att hon sitter inne med informationer som skulle kunna hjälpa oss, men man kan aldrig veta."

"Man kan aldrig veta", upprepade Tupolsky.

"Självfallet", svarade jag. "Jag kommer att prata med henne så snart tiden är mogen."

Det är svårt att säga om tiden någonsin blev mogen.

Winnie stannade kvar på Rozenhejm till början av november, ett halvt år i det närmaste, och jag besökte henne varje dag. Doktor Vargas försökte då och då få mig att hoppa över en eller ett par dagar, men jag lyssnade aldrig på det örat. Det ingick i min överlevnadsstrategi att sätta mig i bilen och åka ut till Rozenhejm; det var den enda betydelsefulla handling jag utförde under detta halvår, det var på den spiken mitt förnuft och mitt liv hängde. Jag försökte skriva, det blev inte en rad; jag försökte läsa, se på teve, gå på bio och teater, ingenting förmådde väcka ett uns av intresse i mig. Jag lämnade två klassiska konserter efter att ha suttit och försökt lyssna en halvtimme. Jag förlorade nästan tio kilo i vikt.

Det enda jag förmådde koncentrera mig på var de dagliga mötena med Winnie.

Jag träffade också en terapeut under denna svåra tid; en kvinna vid namn Hertha Baussmann. Hon tog emot mig två gånger i veckan, tisdagar och fredagar, i ett dystert rum med fördragna gardiner på Ruyderstraat bakom järnvägsstationen i Saaren. Jag blev inte bättre, men heller inte sämre, och varje gång försvann ännu en meningslös timme ur mitt liv.

Winnie och jag samtalade mycket lite, oavsett om vi vandrade i den vackra naturen runt Rozenhejm, eller om vi — någon enstaka gång när vädret var otjänligt — höll oss inomhus på kliniken. Jag brukade fråga hur hon mådde och om hon sovit ordentligt under natten, hon brukade inte svara på någotdera. För egen del tog hon sällan initiativ till samtal, det ankom på mig att hitta öppningar i hennes tystnad, och då och då lyckades jag verkligen. Det rörde sig oftast om ämnen och företeelser långt borta från våra egna liv och vår egen verklighet: indiankulturer, Neo Rauchs bildspråk, möjligheten att genomföra en fotvandring till Santiago de Compostela.

Vi berörde sällan Sarahs försvinnande. Det kändes tidigt som ett tabu, i varje fall när det var jag som tog upp saken. Oftast var det liktydigt med att en dörr stängdes; Winnie kunde stanna mitt i steget, vända om och börja vandra tillbaka till kliniken utan att ta minsta notis om min närvaro.

Vid enstaka tillfällen kunde dock Winnie själv nämna Sarah vid namn. Orsaken var alltid densamma: på något vis hade hon fått reda på att vår dotter fortfarande var i livet, men det var ofta en smula dubiöst hur denna kunskap kommit till henne. Det vanligaste var att hon fått något slags budskap i en dröm.

78

Fast jag minns ett undantag. Det var nere vid floden. Vi hade stannat upp i höjd med den gamla vindbron; det var en vacker höstdag med hög, klar luft och starka färger. Jag tog fasta på det sistnämnda och sa:

"Det är precis sådana här färger Sarah tycker om när hon målar."

Winnie såg sig omkring. "Inte riktigt", sa hon. "Hon undviker det röda."

"Är det inte likadant med dig?" frågade jag. "Det är sällan man hittar rött i dina tavlor. Jag kommer bara ihåg den där du hade på väggen i Aarlach när vi träffades."

"Jo", sa Winnie. "Vi har det draget gemensamt, Sarah och jag. Vi är lite rädda för det röda."

Sedan log hon, det vara bara under en kort sekund och det syntes att det kom som en överraskning för hennes anletsdrag. Men det fick mig att förstå att någonting hade hänt inuti henne. Att det kanske fanns en väg tillbaka.

En månad senare lämnade Winnie Rozenhejm. Under den tid hon suttit där hade jag sålt vårt hus på Wallnerstraat och hyrt en liten lägenhet i Maardam. Varken Winnie eller jag kunde tänka oss att stanna kvar i Saaren efter det som hänt, och vi visste nog också att Kellners Steeg vid Grote torg i Maardam bara var en temporär lösning.

Det dröjde heller inte mer än tio månader förrän vi hade stuvat in allt vårt bohag i ett förråd och satt oss på flyget till New York. *Fyra koffertar och två tomma hjärtan.*

I frågan om vad som hänt med vår dotter Sarah hade polisen vid det laget ännu inte fått upp något spår, men enligt uppgift arbetade man fortfarande med fallet.

13

Dagen efter Winnies besök på Pastis öppnar mr Edwards oförmodat ett samtal. Strax före halv tolv kommer han över till mitt bord och slår sig ner mittemot mig.

"Mr Steinbeck", säger han. "Förlåt att jag tränger mig på er, men jag tänkte fråga om jag får bjuda er på lunch?"

Jag funderar i två sekunder innan jag accepterar.

"Tack gärna. Ja, det verkar ju som om vi är arbetskamrater."

Han skrattar uppskattande. "Sitter i samma båt i alla fall. Café Cluny på 4:e gatan brukar vara bra, då får man en liten promenad också. Behövs för blodomloppet, åtminstone i min ålder."

Jag accepterar det förslaget också och vi ger oss av med en gång. Mr Edwards säger att han är hungrig och att det alltid är bäst om plats före halv ett.

Under promenaden byter vi mest ord om vädret och om stadsdelen. Mr Edwards är född i Lafayette i Louisiana, men har bott hela sitt vuxna liv i New York. De senaste tjugo åren på Greenwich Avenue i hörnet av Jane Street. Han har sett många andra städer och kvarter i världen, påstår han, men det finns ingenting som kan mäta sig med West Village.

Jag säger att jag visserligen bara bott här i någon månad, men att jag hittills inte upptäckt någonting som jävar hans påstående.

Vi får ett fönsterbord ut mot Abingdon Square, vi beställer var sin köttbit och en sallad, och efter ett par ögonblick av lätt förlägenhet frågar han vad det är för slags skrivarbete jag är sysselsatt med. Jag berättar att jag är författare och att jag tror mig hålla på med en roman.

Han skrattar igen, ett djupt, förnöjsamt skratt, och jag kommer på mig med att undra över hans livshistoria. Är han gift? Har han varit? Har han barn och barnbarn och vad har han ägnat sig åt? Men det är ingen brådska, det känns att vi kommer att ha tid. Istället returnerar jag hans fråga:

"Vad skriver du själv?"

Han lutar sig tillbaka och ägnar några sekunder åt att simulera eftertanke. "Ett slags memoarer, tror jag."

Jag nickar. Dricker en klunk vatten och väntar.

"Ingenting märkvärdigt. Jag har inget förlag eller någon agent, det är mera för min egen skull. Man vill gärna räta ut frågetecken när man blir gammal, ett och annat i varje fall. Det klarnar en smula när man får ner det i skrift, men det behöver jag kanske inte upplysa en författare om?"

"Nej", säger jag. "Det är riktigt, i bästa fall fungerar språket på det viset."

"Du menar att det kan vara tvärtom också?"

"Jag är rädd för det", säger jag.

Han sitter tyst med ett småleende på läpparna. "Jag antar att du är gift?" säger han efter en stund.

Jag tillstår att det förhåller sig på det viset och frågar hur det står till för hans del på den fronten. Vi är artiga som gamla mandariner.

"Har varit", konstaterar han lite sorgset. "Min fru dog för tio år sedan. Vi fick aldrig några ungar, men vi hade det bra tillsammans. Ett kvarts sekel så när som på ett par månader."

Våra köttbitar och våra sallader anländer och vi äter en stund under tystnad. Jag funderar över hur snabbt han kopplade ihop mitt påstående om att språket kan vara ett hinder med frågan om jag var gift, men bestämmer mig för att inte vandra vidare på den stigen. Funderar också på hur gammal han kan vara. Runt sjuttio, förmodligen, kanske uppemot sjuttiofem, men varken kropp eller huvud förefaller särskilt skröpligt. Trots den krånglande höften höll han ett gott tempo under promenaden.

"Gott?" frågar han och tecknar med gaffeln mot min tallrik. Som alla amerikaner har han skurit sitt kött i småbitar och sedan lagt bort kniven.

"Alldeles utmärkt", försäkrar jag.

"Man behöver aldrig äta dåligt i den här stan", säger han. "Om en krog får dåligt rykte måste de som regel stänga inom ett halvår. Folk går någon annanstans."

Jag förklarar att det stämmer med min korta erfarenhet. Jag vet i och för sig ingenting om restauranger som måste slå igen, men jag och min hustru är eniga om att vi nog aldrig ätit så gott och så varierat som i New York.

"Vad sysslar hon med?" frågar han påpassligt. "Din hustru."

"Konstnär", svarar jag. "Hon är bildkonstnär."

Det känns som om jag skulle vilja säga någonting ytterligare om Winnie och om vårt förhållande, och om skälen till att vi bosatt oss här, men jag hittar inte de rätta orden. Inte de rätta undanflykterna; mr Edwards ser det på mig, antagligen, för han utvecklar en liten bekymrad rynka ovanför ena ögonbrynet. Vi äter vidare utan att säga något.

"Vad har du själv haft för yrke?" frågar jag sedan. "Jag antar att du gått i pension?"

"En alldeles riktig förmodan", säger han och torkar sig en smula

82

omständligt med servetten om munnen. "Det är sex år sedan jag slutade arbeta. Jag har visserligen åtagit mig ett och annat fall sedan dess, men det har varit under speciella omständigheter."

"Fall?" frågar jag.

"Förlåt", säger han och ler hastigt. "Jag arbetade som privat-detektiv de sista tjugo åren. Jag glömde att säga det."

"Privatdetektiv?"

"Ja. Efter tjugo år som polis startade jag eget, så att säga."

Han skrattar sitt djupa skratt igen. "Det är betydligt glamorösare på bio och i böcker, det kan jag försäkra."

"Jag kan tänka mig det", säger jag. "Är det alltså frågetecken från yrkeslivet som behöver rätas ut i memoarerna?"

"Ett och annat", upprepar mr Edwards och ser tankfull ut. "Ett och annat."

Vi unnar oss kaffe och en tårtbit också, och det är när vi fått detta på bordet, som han kommer med sin överraskande fråga.

Eller sin iakttagelse, snarare.

"Det är någonting som bekymrar dig, eller hur, mr Stein-beck?"

"Varför tror du det?"

"Jag har inte kunnat undgå att lägga märke till det. De senaste dagarna i synnerhet. Förlåt mig, jag vill absolut inte vara påträng-ande, och om du ..."

"Nej då", avbryter jag. "Du är inte alls påträngande. Och det är alldeles riktigt att ... att mitt liv är en smula komplicerat för tillfället."

"Aha?"

Han lutar sig tillbaka med kaffekoppen halvvägs till munnen.

83

Betraktar mig med den där rynkan över ögat igen. Jag tycker plötsligt att han påminner om magister Verbausen, min gamle modersmålslärare från läroverket i Linden — så som han brukade se ut när man inte riktigt motsvarat hans förväntningar. När han just hade efterlyst en förklaring till någon särskilt illa vald formulering i den senaste uppsatsen.

Jag blundar hastigt bort magister Verbausen och försöker bestämma mig.

"Det ser ut som om du sitter och försöker bestämma dig", säger mr Edwards och dricker ur sin espresso. "Rätta mig om jag har fel."

Det avgör saken.

Under en timmes tid berättar jag om läget för mr Edwards. Vi har bytt till ett café på Christopher och när jag är färdig känner jag mig som om jag äntligen blivit av med en infekterad tand. En förstoppning, en obetald skuld, vadsomhelst.

Hur mr Edwards känner sig vet jag inte. Han har lyssnat till hela min historia utan att komma med särskilt många inpass eller frågor. Jag har också vinnlagt mig om att vara så noggrann och så kronologisk som möjligt, men jag inser förstås att där måste finnas oklarheter. Jag har själv svårt att begripa och beskriva min livssituation, och för en utomstående betraktare förefaller det antagligen ännu mera ohanterligt.

Eller också ser ett friskt öga tydligare. Det sägs ju att det ska vara så, och kanske är det med den outtalade förhoppningen jag valt att utsätta mr Edwards för mitt lidandes historia. I alla händelser är det de senaste dagarnas utveckling som intresserar honom mest — han uttrycker givetvis sin djupa sympati och sitt deltagande när det gäller Sarahs försvinnande och Winnies självmordsförsök — men det är framförallt min hustrus nuvarande roll han undrar över: hennes påstående att hon vet att vår dotter är i livet, hennes tavla, hennes förnekanden bägge gångerna jag sett henne i West Village.

"Du är säker på att det var hon?" vill han veta. "Hundraprocentigt säker?"

"Hundraprocentigt", säger jag. "Nåja, låt oss säga nittio i det första fallet och hundra i det andra."

"Hundra när det gäller Pastis?"

Jag nickar. Mr Edwards suger in kinderna och kisar, jag antar att det är ett uttryck för tvivel och mild förundran. Kanske överväger han under några ögonblick möjligheten att han sitter mittemot en mytoman. Författare och mytomaner bor grannar i Dantes Inferno, det är ingen nyhet.

"Vad tror du då?" frågar han efter en halv minuts tystnad. "Vad har du själv för förklaring?"

Problemet är att jag inte har någon förklaring, och jag tillstår detta. Han frågar om han uppfattat det rätt, att relationen mellan mig och min hustru genomgått en radikal förändring i och med vår dotters försvinnande.

Jag tillstår detta också. "Hon är förändrad", säger jag medan jag med blicken följer en färgad, långbent kvinna, som går förbi på den motsatta trottoaren och drar en stor röd resväska efter sig. "Oerhört förändrad, ibland tycker jag att hon är helt obegriplig för mig. Men jag älskar henne, förmodligen mer än jag någonsin gjort."

Kvinnan stannar upp, säger något i en mobiltelefon. Sätter sig ner på en bänk och lutar huvudet tungt i händerna. Kanske gråter hon. Efter en stund reser hon sig och går vidare.

"Det är inte det välbekanta som blir objektet för vår dyrkan", säger mr Edwards. "Det är det obekanta och det främmande. Nå, hur har du tänkt agera i framtiden? Under förutsättning att det fortsätter, vill säga ... du kan väl inte bara vara en åskådare hur länge som helst?"

"Jag vet inte", säger jag och rycker på axlarna. "Jag vet sannerligen inte."

Han sitter en stund och rullar ett mynt över knogarna innan han bestämmer sig. På nytt erinrar han om magister Verbausen.

"Om det är så att jag kan vara till hjälp på något sätt, så kan du räkna med mig. Som jag nämnde har jag haft ett och annat återfall."

Jag tackar honom utan att riktigt förstå vad det är jag tackar för. Vi betalar och återvänder till biblioteket.

14

Mina böcker har översatts till en handfull språk.

Tre större: tyska, franska, italienska; två mindre: estniska och isländska. För ett antal år sedan köpte ett amerikanskt förlag de engelska rättigheterna till två av mina romaner, jag fick ett första förskott, men sedan gick förlaget i konkurs och projektet dog. Man hann dock komma så långt i hanteringen att man kontrakterade en översättare — en ung man vid namn Peter Brockenmeyer — som i sin tur hann med en första grovöversättning av mitt debutverk *Kvällarna på S:t Stefan's*. Vi träffades som hastigast under en förlagslunch på bokmässan i Frankfurt 2003, och vi har utväxlat ett dussintal mail genom åren.

Peter Brockenmeyer bor med sin flickvän i Park Slope i Brooklyn, och på något sätt har han fått reda på att jag och min fru flyttat till New York. Två gånger har de bjudit oss att komma hem till dem på middag, två gånger har vi skjutit upp det — men lördagen den 29 september sätter jag och Winnie oss på R-tåget och lämnar Manhattan för första gången sedan vi anlände i början av augusti.

Det är dagen efter mitt långa samtal med mr Edwards; jag har sovit illa under natten och medan vi sitter och skakar på tåget har jag svårt att hålla mig vaken. Jag minns nästan ingenting av Brockenmeyer från mötet i Frankfurt, och Winnie har känts frånvarande under hela eftermiddagen. Vi har inte fått sittplatser bredvid varandra, hon sitter mittemot mig, inklämd mellan en jättelik svart man med iPod och en liten asiatiska med rosa handväska. Jag tänker plötsligt att de är lika främmande för mig alla tre. Vi utgör en kvartett godtyckliga och fristående människor på ett tåg, i en stad där det bor 59 000 människor per square mile, om en olycka inträffade, om vårt tåg rände in i ett annat tåg till exempel, eller om tunneln där vi färdas fram rasade ihop, skulle vi alla först bli uppgrävda i maklig takt och sedan nergrävda igen i den okände soldatens grav, det vore den bästa lösningen.

Motvilligt släpper jag taget om dessa pimpinetta alienationstankar. Konstaterar istället att jag också gruvar mig på ett banalare plan: för att träffa min skrinlagda översättare. För att träffa hans partner. För att åka till Park Slope; såvitt jag förstår är stadsdelen befolkad av två sorters människor: dels riktigt framstående författare med åtminstone två Bookernomineringar och en Pulitzer i bagaget, dels kulturella och litterära wannabes med svarta hornbågade glasögon och skallarna fullproppade med citat av Ginsberg och Tatler.

"Vad heter de nu igen?" frågar Winnie när vi klivit av tåget.

"Peter och Martha", förklarar jag för tionde gången. "Vad är det med dig? Vill du att vi ska strunta i det och åka hem?"

"Vi kan väl lika gärna gå dit när vi kommit så här långt", säger Winnie. "Borde vi inte ha en blomma med oss, förresten? Eller är det för borgerligt?"

Vi hittar en blomsterbutik alldeles utanför stationen och köper sju gerberor i olika kulörer. Peter och Martha bor på 4:e gatan, högst upp i ett femvåningshus i brunt tegel. Ingen hiss, det luktar jasminris i trappuppgången och två–tre andra saker som jag inte kan eller bryr mig om att identifiera, men jag förstår att den kulturella guldåldern i stadsdelen inte smittat av sig på fastighetsunderhållet. I varje fall inte i den här kåken på den här gatan — men Park Slope är kanske Park Slope i lika hög grad som The Village är The Village. Det är lite gränslöst och lite vidsträckt och det ska vara så här.

Vi ringer på och släpps in i en trång hall av en kvinna som ser ut som en lillasyster till Liza Minelli i Cabaret. Mycket riktigt heter hon också Martha Bowles, hon tar emot våra gerberor med ett försiktigt leende. Som om hon aldrig sett blommor förr. Hon förklarar att Peter står i köket och att det var hemskt roligt att vi kunde komma. Sedan ropar hon på honom och ger oss var sin röd drink i höga glas.

Peter Brockenmeyer ser ut som Elvis Costello gjorde i sin ungdom, jag minns plötsligt att jag gjorde samma jämförelse i Frankfurt för fyra år sedan, han är klädd i svart polotröja och ett stort förkläde som gör reklam för BAM, Brooklyn Academy of Music. Han pussar Winnie på båda kinderna och tar mig i hand.

"Så fantastiskt roligt att ni är här", säger han. "Martha och jag har verkligen sett fram emot att få träffa er. Fantastiskt roligt."

Varför i helvete då? tänker jag och hoppas att hans entusiasm bara är ett utslag av sedvanlig amerikansk överdrift. Vi dricker var sin stadig klunk av drinken, som är god, en sorts hemmagjord mojito med smak av lime, mynta, jordgubbar och kanel. Peter återvänder ut i köket, Martha, Winnie och jag slår oss ner runt ett svart glasbord och börjar konversera.

Jag mår illa. Vi talar om i tur och ordning: New York, Europa, Barcelona, president Bush (som ingen amerikan jag mött så här långt röstat på eller sympatiserar med), Brooklyn, Paul Auster, drinken, Coney Island och hundraser (det sistnämnda föranlett av en brun jycke som kommer och hälsar efter fem minuter, han heter Truman och ser ut att vara hundra år gammal; Martha förklarar att han är en rescue dog och att han nog inte har lång tid kvar att leva; de har haft honom i två år, när han nosat färdigt på alla närvarande linkar han tillbaka och lägger sig i sovrummet). Winnie sköter pratandet rätt bra, jag sväljer mitt illamående tillsammans med resten av drinken och ser mig om i rummet.

Det är trångt och fullbelamrat. Oregelbundna, hemmabyggda bokhyllor från golv till tak, en alkov med ett uppdukat matbord — Peter lägger sista händerna vid det, pilar ut och in från köket som en svala med ungar och ropar kommentarer om hur matlagningen går — dvärgpalmer, afrikanska träskulpturer, glasade affischer från gamla filmer: North by Northwest, Rear Window, Citizen Kane. Men också ett piano; jag frågar vem det är som spelar och Martha tillstår att det är hon. Hon jobbar som musiklärare på en skola i Brooklyn Heights, förutom att hon skriver kulturartiklar för tre eller fyra tidningar och arbetar på en roman. Peter är ju framförallt översättare men arbetar också på en roman. De brukar läsa högt för varandra och ge varandra respons och konstruktiv kritik. Bägge två har gått och går fortfarande kurser i creative writing, Martha är en smula bekant med en före detta flickvän till Harrison Moore. Jag har alltid haft för mig att Moore var homosexuell men protesterar inte.

Vi sätter oss till bords, äter först kryddstarka pilgrimsmusslor, sedan en god och knallgul paella. Dricker en större mängd rött vin. Martha och Winnie blir ganska berusade och finner varandra; efter desserten, plommon i madeira med citronsorbet, flyttar de över till soffan och utbyter feminina erfarenheter. Jag och Peter Brockenmeyer är också tämligen berusade och sitter kvar vid bordet medan vi dryftar viktiga frågor såsom berättarperspektiv i allmänhet, Virginia Woolfs i synnerhet, postmodernism och demokrati i Europa versus USA, romanen och filmen Timmarna, Sylvia Plaths självmord samt det gåtfulla poängräknandet i baseball.

Men jag håller hela tiden ett öga på Winnie borta i soffan; det är längesedan jag sett henne på så gott och frimodigt humör som ikväll. Flera år faktiskt, jag känner en dunkel avund och en irritation över att det inte är min förtjänst och över att det inte är riktat mot mig. Samtidigt tycks hon mig främmande, på samma sätt som hon framstod som en fullständigt obekant kvinna tidigare på tunnelbanetåget; jag har svårt att förstå att det verkligen är Winnie Mason, min hustru, som sitter där och skrattar tillsammans med denna lilla ettriga Martha Bowles, och eftersom skillnaden mellan sken och verklighet är så liten både i den här staden och i mitt eget liv för tillfället, får jag för mig att alltihop bara är en scen ur en film; det är Sally Bowles och någon biroll som håller på med en tagning därborta i soffan, jag förstår inte riktigt vad jag själv och Peter Brockenmeyer har för funktion i sammanhanget, kanske är vi producenter eller kameramän eller scriptor, jag uppfattar att han just blivit klar med en längre och uppenbarligen lyckad utläggning om gudvetvad. Han tar en stadig klunk vin och väntar på min kommentar, jag ursäktar mig och förklarar att jag behöver gå på toaletten.

Klockan är kvart i ett när vi kommer ner till tunnelbaneperrongen. Winnies goda humör har runnit av henne, nu är hon bara trött och berusad.

Mitt eget tillstånd är ungefär likadant, dessutom retar det mig att vi måste vara främlingar för varandra på det här viset. Jag vet att tillfället är alldeles fel valt, men där vinet går in går vettet ut och det förbannade tåget bara dröjer och dröjer.

"Varför ljuger du för mig, Winnie?" säger jag.

"Va?" säger Winnie. "Vad sa du?"

"Jag frågade varför du ljuger för mig. Jag vet att du för mig bakom ljuset och jag skulle gärna vilja veta varför."

"Jag förstår inte vad du talar om", säger Winnie.

"Det är jag säker på att du gör", säger jag.

"Det gör jag inte", säger Winnie.

"Jag talar om den där lunchen på Pastis", säger jag. "Det är den jag talar om, och om den där eftermiddagen när jag såg dig på Bedford. Du påstår att jag misstog mig bägge gångerna, men du vet lika väl som jag att det inte är sant. Du var där, helvete också, Winnie, jag vet att du var där!"

Hon skakar på huvudet utan att se på mig. Glor på en fet, svart råtta som springer över spåren istället.

"Någonting pågår som jag står utanför", fortsätter jag när jag förstår att hon inte tänker säga någonting, "och jag vill att du berättar vad det är frågan om. Jag *kräver* det. Du har inte ... du har inte ens förklarat varför du tror att Sarah är i livet, du utesluter mig från allting och jag tänker inte finna mig i det längre. Tycker du det är konstigt att jag blir förbannad? Är vi fortfarande man och hustru eller hur vill du att jag ska förhålla mig egentligen?"

Jag har fått ur mig allthop i en enda strid ström och i ett aggressivt tonläge som jag aldrig använt efter olyckan, knappast före heller eftersom jag alltid berömt mig av att vara en sansad människa med starkare ord än knytnävar, och Winnie blir sittande stel och tyst med händerna hårt knäppta i knät. En lång stund sitter hon på det viset och stirrar ut över de mörka spåren, fortfarande syns inte tillstymmelsen till ett tåg och inte någon mer råtta, men det är gott om folk på perrongen; det muttras här och där över tidtabeller som inte följs och att man aldrig kan lita på den här jävla tunnelbanan, men längre bort spelar tre mörka män jazz — tenorsax, klarinett och gitarr — så stämningen är lite blandad. Medan jag väntar på svar från min hustru, lyssnar jag omedvetet till denna kluvna kör av irriterade röster och stillsamt svängande musik; jag känner hur berusningen långsamt överger mig och ersätts av en svällande hopplöshet. Det går rätt lång tid, flera minuter; till slut vrider hon på huvudet och tittar på mig; jag kan skönja en annan sorts hopplöshet i hennes ögon, eller också är det någonting annat, jag vet inte vad. Jag kan inte tolka henne längre. Jag kan inte tolka någonting, jag är bara trött och illamående.

"En vecka", säger hon i ett tonfall som plötsligt låter nästan vädjande. "Ge mig en vecka, Erik. Jag kan inte berätta någonting för dig just nu."

Orden stockar sig i strupen på mig, kanske försöker de ställa sig i rad och formulera en eller annan ståndpunkt — och på något vis förstår jag att hon talar sanning. Jag lyckas inte säga någonting. Jag nickar och lägger armen om hennes axlar. Våra hopplösheter lutar sig mot varandra och tåget dröjer.

15

På söndagsmorgonen ger sig Winnie iväg för att simma redan klockan halvnio. Hon lovar att vara tillbaka före tre, men förklarar inte vad hon tänker ägna sig åt förutom träningen.

Eller har hon för avsikt att tillbringa fem–sex timmar i bassängen? Knappast troligt, men jag frågar inte. Tystnaden har blivit vår naturliga umgängesform och jag har hennes begäran om en veckas moratorium i gott minne. *Moratorium?* Kanske är det inte rätt uttryck i sammanhanget, men jag har alltid tyckt om det ordet; det har en omisskännlig klang av död och determinism, ändå betyder det egentligen bara "anstånd". Ett uppskjutande av någonting obehagligt och oundvikligt, jag tänker att det är precis så det förhåller sig med själva livet och själva döden. Varje dag, varje år, varje timme är naturligtvis ett uppskjutande; ibland också någonting annat, men alltid i varje fall detta.

Jag duschar, äter frukost, och eftersom Leroybiblioteket håller söndagsstängt tar jag tåget upp till Fort Tryon Park. Vädret är utmärkt och jag kan gott sitta i parken och skriva några timmar. För en gångs skull känns det en smula angeläget; jag behöver reda ut ett och annat, kanske inte hitta svar, men ställa ett antal relevanta frågor åtminstone. Och uppe i Tryon Park får man sitta i fred, Winnie och jag besökte Cloistermuseet under vår första vecka i stan, och jag förstod att inte många människor söker sig så här långt norrut på Manhattan.

Jag hittar en bänk instoppad i ett yvigt buskage, men ändå med god utsikt över floden och ett par hundra meter av George Washington Bridge. Jag tänker att det är en enastående plats, denna historiska park; när Rockefeller köpte området och skänkte det till folket i New York, köpte han också ett stort stycke mark på andra sidan Hudson — så att man inte skall behöva sitta här och ha en massa oskön bebyggelse för ögonen. Bara det mäktiga vattendraget — floden som flyter åt två håll och den otvivelaktiga källådern till stadens suveränitet — en hög förkastningsbrant och vildmark.

Men jag ignorerar allt detta, sänker blicken mot mitt anteckningsblock och bestämmer mig för att börja från nollpunkten.

Onsdagen den 5.5.2006, skriver jag högst upp på en ny högersida. *Vad var det som hände?*

På ett kliniskt ytplan är det ju enkelt att beskriva. Oerhört enkelt; en fyraårig flicka vid namn Sarah Mason-Steinbeck sitter och leker på gräsmattan framför sitt hem på Wallnerstraat i staden Saaren. Det är eftermiddag, klockan har just passerat halv fyra. Vår i luften, vackert väder. Utanför på gatan stannar en medelstor, ganska ny, grönaktig bil. En man i yngre medelålder kliver ur, lockar till sig flickan och börjar prata med henne. Efter en stund samtycker hon till att kliva in i bilen och följa med honom. Flickans pappa iakttar själva avfärden från ett fönster på cirka tjugofem meters håll. Nästan omedelbart inser han att flickan med stor sannolikhet blivit bortrövad och ringer till polisen. Sjutton månader senare är Sarah Mason-Steinbeck fortfarande försvunnen och varken polisen eller någon annan har en aning om hennes öde.

Detta om den kliniska nollpunkten. Tilläggas kan att polisen under hela den tid som gått aldrig lyckats presentera någonting som ens med en välvillig tolkning skulle kunna kallas ett spår eller en ledtråd. Tilläggas kan också att utredningshypotes A1 — att förö-varen förgripit sig på flickan, därefter dödat henne, därefter grävt ner henne på okänd plats — på intet vis är oförenlig med att dylika spår eller ledtrådar saknas. Tvärtom; det behövs egentligen bara att han varit en smula noggrann, en smula försiktig, samt haft ett rimligt mått av tur på sin sida.

Möjligen bör han också ha haft något slags motiv. Någon typ av sjuk drift, åtminstone. Under den närmast föregående tioårsperio-den har ingen liten flicka i trakten av Saaren råkat ur för samma sak som Sarah. Inte under de följande sjutton månaderna heller. Det finns inga omedelbara tecken som tyder på att vår dotter råkat ut för en seriemördare.

Jag gör en paus och lyfter blicken. Lutar mig tillbaka på bänken och ser mig omkring. Det är svårt att förstå att man fortfarande befinner sig på Manhattan. Fort Tryon Park är en inkarnation av begreppet fridfullhet, och att det rör sig om en konstruktion för-stärker snarast intrycket. Man är inte längre bort från Metropolitan Opera eller Fifth Avenue än tio minuter i en taxi. Jag läser igenom min redogörelse för nollpunkten och övergår till nutid.

Hypotes B3? Sarah är i livet?

Vad är det som får Winnie att hävda detta med sådan bestämd-het? Var kommer det ifrån?

Är det blott och bart fråga om inre övertygelse? Någonting hon drömt eller fantiserat fram? Håller hon i så fall på att bli galen igen?

Eller finns där faktiskt någonting yttre? Finns där någon sorts fog för vad hon påstår? Vad i så fall? Och varför har hon inte åter-kommit till det?

Frågorna är både berättigade och besvärande. Framförallt

under tiden på Rozenhejm återkom Winnie några gånger till sådana här saker. Via syner eller tecken eller drömmar hade hon fått olika typer av fingervisningar om hur vi kunde återfinna vår dotter. Vi skulle ringa det eller det telefonnumret, åka till den eller den adressen, eller leta efter en person med ett visst namn. Eller vissa initialer. På doktor Vargas inrådan försökte jag heller inte tala Winnie tillrätta eller motsätta mig hennes förslag alltför kraftigt. Det hände att jag satt på caféer och väntade på att en kvinna med röd regnkappa skulle dyka upp, att jag ringde till vilt främmande människor på telefon och att jag letade efter hemliga meddelanden i annonser i dagstidningar — en gång tillbringade jag fyra timmar på en bänk utanför en lekpark i samhället Gimsen och försökte få syn på Sarah bland horderna av dagisbarn — men varje gång kunde jag meddela min hustru att jag tyvärr inte sett skymten av vår dotter. Doktor Vargas menade ändå att detta var rätt metod; att ta Winnies varsel en smula på allvar. Att ta ifrån en människa hoppet påskyndar ingen läkningsprocess. Naturligtvis måste man sätta gränser när det blir alltför fantasifullt, förklarade han, men det finns absolut ingen anledning att hålla sig med snäva och inskränkande gränser. I sinom tid måste man kanske acceptera de mörkaste av fakta, men varför nedkalla mörkret i förtid?

Ja, varför? tänker jag medan jag betraktar en svart och rostig pråm som långsamt passerar under bron därute på det mångbefarna vattnet. Om hundra år är vi alla döda.

Det var alltså framförallt under sjukdomstiden, dessa sex månader, som Winnie hemföll åt sådana här fantasier. Jag vågade kalla dem fantasier på den tiden, och jag förstår inte vad det är som får mig att tveka inför samma beteckning den här gången, ett år senare på en bänk i Fort Tryon Park i staden New York. Men så är det; någonting säger mig att förutsättningarna är annorlunda nu. Winnie är inte psykiskt sjuk längre, hon sköter sin medicinering; vi har lämnat det gamla bakom oss och håller på att börja ett nytt liv i en annan del av världen.

Ja, just så vill jag verkligen intala mig att det förhåller sig; jag *måste* intala mig det med jämna mellanrum för att inte min egen tillvaro skall slira ur sin bana, och om ... om nu min hustru påstår att vår dotter verkligen är i livet, vill jag inte att det ska vara ett tecken på att hon är på väg tillbaka in i sjukdomens mörker. Så är det naturligtvis. Jag har behov av en frisk Winnie – en någotsånär frisk Winnie åtminstone – mina krafter skulle inte räcka till för en ny period av galenskap. Gode Gud, tänker jag, låt henne inte förlora förståndet, låt inte allt gå över styr. Låt någonting inträffa som gör att vi får en smula hopp igen.

Men att Sarah verkligen skulle vara i livet? Jag vågar nästan inte tänka tanken.

Jag märker att jag faktiskt sitter och ber, och samtidigt som jag gör det vill jag be Gud om ursäkt – för jag har verkligen inte varit någon duktig eller trägen vingårdsarbetare; långt därifrån, sådana som jag har ingen rätt att komma med krav eller ohemula önskemål eller ens böner. Men ändå. *Ändå?*

Jag dricker en klunk vatten ur min medhavda flaska och försöker hitta tillbaka till den där nyktra frågan: Vad är det som fått Winnie att tro att Sarah skulle vara i livet? Vad är det *i den här staden* som givit henne tecknet? Om jag nu alltså förutsätter att det inte bara kommit från en dröm eller en inbillning.

Och plötsligt erinrar jag mig att det var Winnie som valde New York. Det var hon, inte jag, som hittade denna tillflyktsort bland alla tänkbara platser på jorden, när vi väl bestämt oss för att lämna allt gammalt bakom oss. Jag var omedelbart med på förslaget, och det var också jag som sedan skötte allt praktiskt, men initiativet kom från henne. Så var det verkligen, men inte förrän idag, denna ljumma höstsöndag i Fort Tryon Park, tar jag upp denna omständighet till beskådande. Vi hade talat lite löst om Rom eller London eller Barcelona, utan entusiasm, men en morgon, det var några dagar in i januari, förklarade Winnie att hon hade drömt om New York under natten — en vandring över Brooklyn Bridge som hon gjort med en väninna en gång för många år sedan, närmare bestämt — och att hon tyckte att om vi ändå skulle flytta, så var det lika bra att lägga ett hav mellan det gamla och det nya. Precis som immigranterna till det här landet gjort i alla tider.

Jag var som sagt inte svår att övertala och jag tyckte om det där uttrycket: ett hav mellan det gamla och det nya. Även om det på intet sätt visat sig fungera, så är det åtminstone en vacker bild.

Jag kommer ingen vart med frågorna. Inte med motiven bakom Winnies New York-initiativ och inte med någonting annat heller. Istället hör jag plötsligt Sarahs röst i huvudet: *Pappa, nu måste du komma och titta på vad jag har byggt!*

Alldeles tydligt hör jag henne; det måste vara alldeles innan hon försvann, kanske rentav samma förmiddag. Hennes röst framkallar bilden också. Hon sitter vid sitt skrivbord och har just blivit färdig med en riddarborg. Jag står i dörröppningen, har stått där en stund utan att Sarah märkt det. När hon ropat att jag ska komma och titta, vrider hon på huvudet och får syn på mig. I sin förvåning över att jag redan är på plats, råkar hon slå ut med armen och halva bygget far i golvet. Vi ägnar tjugo minuter åt att bygga upp det igen tillsammans, ja, när jag tänker på det, förstår jag att det verkligen hände samma förmiddag.

Jag lämnar min bänk, vandrar runt en stund i parken med bultande hjärta, innan jag återvänder till tunnelbanestationen på 190:e gatan. Jag har svårt att andas. Hur kan en röst höras så tydligt efter så lång tid?

16

"Det är bara ett förslag", säger mr Edwards. "Det kan knappast skada och jag tar inget betalt."

"Jag är tacksam för erbjudandet", säger jag. "Men jag vet inte riktigt."

"Du tycker det är opassande för en man att låta bevaka sin hustru?"

"Ja", säger jag. "Jag har aldrig gjort någonting sådant här. Inte tänkt tanken, ens. Det förefaller ... ja, opassande, precis som du sa."

Mr Edwards nickar och rättar till glasögonen. "Många män i din situation tänker så. Jag skulle vilja påstå att alla *goda* män gör det. När en karl misstänker sin kvinna för någonting, faller en skugga över honom själv. Det är oundvikligt, och var och en måste komma till rätta med det på egen hand – och ta ställning. Men du behöver absolut inte bestämma dig här och nu. Mitt erbjudande kvarstår."

Jag tackar honom på nytt. Vi sitter ute i James Walker Park med var sin kaffemugg. Biblioteket i ryggen, röda och blå ungar som tränar baseball på planen ut mot Hudson Street för ögonen. Jag försöker verkligen överväga hans förslag, vad det skulle vara som talar för och emot det, men jag har svårt att komma till beslut. Det känns alldeles tydligt att jag är framme vid en gräns. Överträda eller inte överträda, det är frågan. Mr Edwards lutar sig tillbaka och tänder en av sina smala, ljusbruna cigarrer.

"Det var någonting igår också, har jag uppfattat det rätt?"

"Ja", säger jag och suckar. "Det var någonting igår också. I varje fall ..."

"Ja?"

"I varje fall ville hon inte berätta var hon hade varit."

"Lång tid?"

"Över sju timmar. Men hon hade simmat en stund också. Antagligen."

"Inga antydningar om er dotter?"

"Inga antydningar om någonting."

"Jag förstår."

Jag undrar vad det är han förstår. För egen del känns det som om jag förstår allt mindre, och det är antagligen irritationen över detta som får pendeln att svänga över.

"Hur?" frågar jag. "Hur skulle det gå till i så fall?"

"Å", säger han och blåser ut ett rökmoln. "Ett rent rutinärende. Jag skulle tro att jag följt efter mer än tusen människor i den här staden. Av olika skäl."

"Och om du tappar bort henne?" Jag tänker på hans höft och hans ålder.

Han harklar sig och rätar en smula på ryggen. "Jag brukar inte tappa bort mina objekt, mr Steinbeck. Men om det ändå skulle ske, så är väl ingen större skada skedd. Som sagt. Då kan man göra ett nytt försök vid ett senare tillfälle."

Jag dricker en klunk kaffe och funderar.

"När?" säger jag.

"När du vill", säger han. "Jag kan ställa mig utanför er port imorgon bitti, så får vi se vart hon tar vägen. Ligger inte Grey Dog Café mittemot på Carmine Street?"

Jag bekräftar att det är så.

"Utmärkt", säger mr Edwards belåtet. "Då kan jag sitta där och suga på en kaffe och vänta på att hon lämnar er bostad. Ingenting kunde vara enklare."

"Det är inte säkert att hon går ut imorgon. Hon kanske stannar hemma och målar."

"Jag sitter kvar en stund så får vi se. Men det är du som brukar gå hemifrån först?"

"Ja. Oftast i varje fall."

"Då så", sammanfattar han. "Vad säger du? Tycker du inte det kan vara värt ett försök?"

Jag tvekar.

"Hon kommer aldrig att få reda på det", tillägger han.

Jag tvekar ytterligare. Sedan nickar jag.

De där diktraderna i *Trädgårdsmästarens horisont*, som ändå förde samman mig och Winnie Mason, höll sig snart borta från våra liv. Efter att vi diskuterat det egendomliga sammanfallet den där första kvällen i Aarlach — att vi båda två, var för sig, tycktes ha komponerat dem mer eller mindre i samma ögonblick — pratade vi nästan aldrig mer om det.

sex fot under jord
hejdar sig i dagbräckningen två blinda maskar …

Naturligtvis dök det upp i mitt huvud emellanåt, liksom jag antar att det gjorde i Winnies, men av någon anledning tog ingen av oss upp det till vidare diskussion. Inte heller nämnde vi märkligheten för någon utomstående; kanske uppfattade vi bägge två dikten som ett slags privat och hemligt band, något som höll oss samman, men som det inte var nödvändigt eller ens lämpligt att skylta med. Ja, jag tror faktiskt att det förhöll sig på detta vis.

En gång — vid ett enda tillfälle — blev jag dock både påmind och en smula uppskakad. I en artikel i den ansedda litteraturtidskriften P.A.C. påpekade nämligen en kritiker vid namn Simon Frazer, att raderna om maskarna i min roman i själva verket var en översättning — eller åtminstone en tolkning — av en dikt av den franske lyrikern Bernard Grimaux ur hans samling *Les Lettres toxiques* från 1929. I artikeln återgavs dikten in extenso, bara åtta rader, och trots min ganska dåliga franska kunde jag konstatera att Frazer utan tvivel hade rätt. Mina — och Winnies — rader sammanföll alldeles otvetydigt med de sista fyra raderna hos Grimaux.

Vad jag också omedelbart kunde konstatera var att jag aldrig tidigare stött på Grimaux' namnlösa dikt, vilket naturligtvis kändes som en lättnad. Möjligen tyckte jag mig känna igen hans namn någonstans ifrån, men jag var helt klar över att jag aldrig läst så mycket som ett ord av vad han skrivit.

När jag samma kväll introducerade Grimaux för Winnie, visade det sig att hennes okunskap om denne franske poet var lika gedigen som min egen.

"Bernard Grimaux?" sa hon. "Aldrig hört talas om karln. Vem är det? Varför frågar du?"

Av något skäl, som jag inte riktigt kan redogöra för, berättade jag inte för henne hur jag stött på hans namn. Inte då och inte senare. Jag förklarade bara att han skrivit en dikt som påminde en smula om de där maskraderna. Några dagar senare letade jag dock upp honom på nätet, och fick bland annat veta att han dött i New York 1933, blott 34 år gammal. Han hade lämnat Frankrike ett år tidigare efter att hans hustru och dotter omkommit i en båtolycka i Medelhavet. I ingen av de bägge artiklar jag läste berättades det exakt hur Grimaux själv avlidit, men mellan raderna tyckte jag mig förstå att han tagit livet av sig.

När jag sitter på biblioteket och skriver om Bernard Grimaux är det tisdag, och mr Edwards plats är tom. Trots att jag dröjer mig kvar nästan till stängningsdags dyker han inte upp, och det är med en känsla av lätt oro som jag beger mig hem till Carmine Street.

17

"Skulle du vilja påstå att du förstår din hustrus situation?"

Det är en typisk Hertha Baussmannfråga. En regnig tisdag eller fredag i september eller oktober; gardinerna i hennes murriga mottagningsrum på Ruyderstraat är sorgfälligt fördragna för att stänga ute allt omgivande.

"Om jag förstår Winnies situation?" säger jag.

"Ja."

Jag dröjer några sekunder med mitt svar. "Både ja och nej", säger jag sedan.

"Vad betyder det?" säger Hertha Baussmann.

"Det betyder", säger jag och försöker övervinna den trötthet jag känner över att behöva sitta och förklara sådant här för dessa trubbiga öron, "det betyder att jag inser vilket trauma det måste innebära att förlora två barn, men att jag inte är säker på vilken mening du lägger i ordet *förstår*. Det finns en gräns som vi aldrig kommer innanför."

"Ursäkta", säger hon och drar hastigt på munnen. "Jag glömmer att du är ordkonstnär. Men om vi struntar i alla tänkbara dubbeltydigheter, kan du berätta för mig på vilket sätt Winnie har förändrats sedan er dotter försvann? Den allra viktigaste förändringen."

"Hon vill inte leva längre", säger jag.

Hertha Baussmann nickar och klottrar en stund med sin gammaldags reservoarpenna på blocket som hon alltid har liggande framför sig på bordet. Jag tror inte hon skriver något begripligt;

kanske vill hon ge intrycket av att anteckna viktigheter, men jag har lagt märke till att det oftast bara rör sig om obegripliga krumelurer. Förmodligen är det hennes strategi för att vinna tid och fundera.

"Det är en ganska väsentlig förändring, eller hur?"

"Jag har svårt att föreställa mig någon större", instämmer jag. "Antingen vill man leva eller också vill man dö. Det är en helvetes skillnad."

"Otvivelaktigt", nickar hon. "Och du har själv inga tankar åt det hållet?"

"Att ta livet av mig?"

"Ja."

"Naturligtvis har jag det. Jag tror det är tankar som alla förnuftiga människor umgås med till och från."

"Nåja", säger Hertha Baussmann. "Det här har vi ju pratat om tidigare. Och jag respekterar din ståndpunkt. Men det är en annan sak jag har undrat en del över."

"Jaha?" säger jag och tänker att detta också är ett återkommande mönster i våra samtal. Hertha Baussmann vill att jag ska förklara saker för *henne*. Omständigheter som *hon* inte begriper. Jag är inte säker på den terapeutiska motiveringen bakom denna taktik, men kanske finns där en. I vilket fall som helst brukar jag svara, eftersom jag inte vill göra henne besviken eller verka oartig.

"Jo, alltså", utvecklar hon. "Du har ju berättat att din hustru innan ni gifte er förklarade att hon aldrig mer kunde tänka sig att föda barn. Vad var det som fick henne att ändra sig?"

"Hon blev gravid", säger jag.

"Helt enkelt?" säger Hertha Baussmann.

"Helt enkelt", säger jag. "Är det inte det som får de flesta kvinnor att bestämma sig för att föda?"

Hon lägger ifrån sig pennan. Jag noterar att det är en Parker. "Och om vi flyttar frågan ett steg bakåt, så att säga: Vad var det som fick henne att bli gravid? Förlåt, att *vilja* bli gravid?"

Jag suckar. "Jag är ledsen", säger jag. "Nu tror jag att vi har kommit innanför den där gränsen."

Hon rynkar pannan och är uppenbarligen inte nöjd med mitt svar. "Hur uppfattar du våra samtal egentligen?" frågar hon. "Vet du, ibland får jag för mig att du tycker det rör sig om schackpartier som du måste vinna på det ena eller det andra sättet."

"Inte alls", säger jag. "Jag har inget som helst behov av att vinna dem."

Sent i november, det bör ha varit vid en av våra sista träffar, men inte den allra sista, ställde hon följande fråga:

"Om er dotter verkligen kom tillbaka välbehållen, hur tror du då att din hustru skulle hantera en sådan situation?"

Jag minns att jag svarade att jag tyckte det var en märklig fråga av två skäl; dels för att den fokuserade så starkt på Winnie när det trots allt borde vara jag som var huvudpersonen i våra samtal — dels för att i frågan tycktes finnas inbakat ett negativt svar.

"Ett negativt svar?" undrade Hertha Baussmann.

"Jag fick för mig att du antydde det."

"Antydde vad?"

"Att det skulle påverka Winnie i negativ riktning om Sarah kom tillbaka."

Hertha Baussmann förnekade detta med bestämdhet. "Absolut inte", protesterade hon. "Jag tyckte bara det kunde vara värt att fundera över den problematiken. Det kan ju trots allt bli så."

"Förvisso", svarade jag. "Det är en högst möjlig utveckling, eller hur?"

"Högst möjlig", instämde Hertha Baussmann. "Beträffande min fokusering på din hustru, så bottnar den förstås i din egen fokusering på henne. Det finns tre människor i ditt liv. Den första är din försvunna dotter Sarah, den andra är din hustru Winnie som du bär på dina händer, den tredje är du själv."

Jag svarade inte eftersom jag inte uppfattade något frågetecken.

"Den tredje är du själv", upprepade hon och tittade på mig med sin stränga blick, så att jag skulle förstå att jag förväntades lära mig något. I vissa ögonblick kunde hon verkligen påminna om rektorn för något gammalt ärevördigt flickläroverk, Hertha Baussmann, och jag valde att bara utmana henne lite försiktigt.

"Förmodligen en riktig beskrivning", sa jag. "Men den omvända ordningsföljden är inte särskilt lyckad, den heller. Det är åtminstone min uppfattning."

Hon blängde ytterligare en stund, sedan brast hon ut i sitt torra skratt.

"Vet du, Erik Steinbeck", sa hon och slog igen sitt block. "Jag är säker på att du kan manipulera både dig själv och hela världen med dina ordkonster, och att du har alla förutsättningar att komma helskinnad ut ur det här."

Det fick mig att känna mig just så genomskådad att jag inte längre hade lust att betala hennes arvode.

18

Mr Edwards ser en smula trött ut på onsdagsmorgonen — men samtidigt professionell och ivrig, och jag förstår att han egentligen inte har någonting emot att få gästspela på sina gamla hemmaplaner.

"Vi tar en kaffe på the Kitchen", säger han. "Så får jag avlägga rapport i lugn och ro."

Vi skyndar genom ett tunt regn de få meterna bort till Out Of the Kitchen i hörnet av Hudson Street. Lokalen är tom, det är bara tidig förmiddag och vi slår oss ner vid ett bord med fönster ut mot Leroy.

"Jag trodde du skulle komma till biblioteket igår eftermiddag", säger jag. "Jag satt kvar tills de stängde."

Han nickar och skedar skum från sin latte. "Jag hade ett läkarbesök också. Tro inte att jag ägnade hela dagen åt din fru."

Han tar fram ett svart anteckningsblock ur portföljen och bläddrrar fram och tillbaka i det under några sekunder. Jag sitter tyst och väntar.

"Alltså", säger han och harklar sig omständligt. "Det här är vad jag har att berätta."

Jag känner en mild smak av metall på tungan.

"Din hustru lämnade ert hem på Carmine Street igår strax efter klockan elva på morgonen. Hon gick till tunnelbanestationen på sjätte avenyn och tog ett V-tåg upp till 34:e gatan. Här klev hon av och promenerade till 36:e, där hon gick in på badet mellan 5:e och 6:e avenyerna. Tillbringade i stort sett tre timmar där, och ..."

"Herregud", avbryter jag. "Inte är det meningen att du ska behöva …"

Han viftar avvärjande med handen. "Inget problem. Det ligger en liten italiensk restaurang mittemot. Och jag har alltid lektyr med mig. Att sitta och vänta är den grundläggande beståndsdelen i allt detektivarbete."

Jag nickar. "Och sedan då?"

Han vänder blad i anteckningsblocket och harklar sig på nytt. "Nu kommer vi till det intressanta. Hon lämnade badet klockan 2.35, slank in på en deli och åt soppa med bröd och sallad mellan 2.45 och 3.00 ungefär. Sedan fortsatte hon söderut längs 7:e avenyn ner till Perry Street. Här svängde hon höger och fortsatte över 4:e och Bleecker, och alldeles efter Bleecker, på nummer 95, gick hon uppför trappan — utan att tveka, det kan vara värt att notera — ringde på och blev insläppt efter tio sekunder. Det är ett fyravånings townhouse, och hon stannade därinne i åtminstone fyrtiofem minuter. Tyvärr var jag tvungen att avbryta mitt uppdrag klockan fyra för att hinna med mitt läkarbesök."

"95 Perry Street?" säger jag.

"Exakt", säger mr Edwards, kliar sig på hjässan och nickar. "Inte mer än fem–sex kvarter härifrån i själva verket."

"Utan att tveka?"

"Utan att tveka."

"Vad … jag menar, vad gjorde hon där?" frågar jag dumt.

Mr Edwards tar en klunk kaffe, slickar skum från läpparna och skjuter ut glasögonen på nästippen. "Jag kan inte svara på det", säger han. "Det finns ingen naturlig bevakningspunkt på den adressen, jag hade ingen insyn. Men jag tog mig uppför yttertrappan, naturligtvis, och kontrollerade vilka som bor där. Varsågod."

Han snurrar runt blocket så att jag kan läsa själv. "Det är bara tre lägenheter, tydligen", lägger han till. "Skulle tro att de båda översta planen är en etagehistoria."

Jag studerar namnen uppifrån och ner.

Lenovsky
Grimaux
Perriman

Innan jag hunnit hitta den absurda kopplingen pekar han med pennan på det mittersta namnet. "Den här figuren", säger han. "Jag vet inte vad du tycker, men kanske är det honom det gäller. Det satt en liten metallbricka bredvid hans namn. *Parapsychological Advice and Psychic Readings.*"

"Psychic Readings?" säger jag.

"Ja, jag vet inte", muttrar mr Edwards och rycker på axlarna. "Vad tror du själv?"

Jag svarar inte. Jag har ingen uppfattning om vad jag tror. Mr Edwards pratar en stund ytterligare om att han är beredd att kontrollera min hustrus förehavanden lite noggrannare någon gång under de närmaste dagarna, men jag har svårt att lyssna koncentrerat till honom. Jag håller mig i bordskanten och försöker få tillvaron att stabilisera sig. Min varseblivning har fått sig en ordentlig törn, känns det som. Gula taxibilar glider förbi utanför fönstret, regnet har tilltagit, en tunn liten servitris med mörkt, kortklippt hår sitter uppkrupen på en hög pall borta vid kassan och filar naglarna. Jag försöker förstå varför en fransk surrealistpoet, som tog livet av sig 1933, bär samma namn som den teckentydare och spåman, som min hustru besöker med anledning av att vår dotter blivit bortrövad.

sex fot under jord …

Samma stad, sjuttiofyra år senare. Jag bestämmer mig för att — så snart verkligheten normaliserats — ta reda på ett och annat på egen hand, innan jag utnyttjar mr Edwards igen.

"Du ser blek ut", säger han.

"Jag sov lite illa i natt", förklarar jag.

Bernard Grimaux föddes i Rouen 1899 och dog i New York trettio-fyra år senare. Jag läser de kortfattade uppgifter om honom som jag hittar på nätet i biblioteket. Under sin korta levnad publicerade han fyra diktsamlingar, varav den tredje, *Les Lettres toxiques*, utan tvekan räknas som hans främsta. Det är också här han för första gången fullt ut framstår som surrealist. Hans sista samling, *Les Meubles obscurantes*, kom ut 1932, samma år som han flyttade till New York efter att hans hustru och deras fyraåriga dotter omkommit i en tragisk båtolycka i Medelhavet utanför Collioure nära den spanska gränsen. För *Les Lettres toxiques* belönades Grimaux med det prestigefyllda priset P.S.C.P. 1930.

Det är i stort sett allt jag hittar om honom. Om hans korta tid i New York — inte mer än ett halvt år av allt att döma — står inte en rad.

Förutom att han dog. Antagligen för egen hand; även här tycker jag mig kunna utläsa detta.

Om parapsykologen på 95 Perry Street vet jag ännu så länge ingenting, men när jag googlar på namnet Grimaux får jag över 58 000 träffar och jag börjar inse att sammanträffandet kanske inte är fullt så märkligt som jag inbillat mig. Bernard Grimaux ger 13 900 träffar, de flesta handlar inte om min poet — utan om en berömd arkitekt, som inte alls tog livet av sig i New York. Jag

113

känner ju ännu inte till förnamnet på Perry-mannen, men han står i varje fall inte i telefonkatalogen, så mycket lyckas jag konstatera medan jag fortfarande befinner mig på biblioteket. Jag börjar också drabbas av ett behov av att se min hustru — och av att konfrontera henne med de uppgifter jag fått genom mr Edwards försorg. Plötsligt känns det som om det vore bråttom; klockan är bara några minuter över två när jag nickar ett kort adjö åt honom och skyndar ut genom portarna.

Redan innan jag hunnit korsa 7:e avenyn har tveksamheten börjat sätta klorna i mig. Det är som vanligt. Eftertanken är beslutsamhetens äldre syster.

Vad tjänar det till att ansätta Winnie om hennes besök på Perry Street? Är det egentligen någonting att bråka om, om hon vill söka en smula övernaturlig hjälp? Eller tröst, antagligen är det detta det är frågan om. Inte kan det ligga någonting ont i att hon ger efter en smula för den här typen av inbillning? Är det inte i själva verket i linje med doktor Vargas rekommendationer?

Eller?

Hon är inte hemma. Jag ringer till hennes mobil men får inget svar. Vankar omkring ett slag i vår lilla lägenhet i en skavande och tilltagande rastlöshet, innan jag går ut och sätter mig på den lilla italienska restaurangen i hörnet av Carmine och Bleecker. Jag beställer en liten karaff rött vin och en sallad. Från min position ute på trottoaren har jag god uppsikt över vår port; om Winnie återvänder medan jag sitter här, kommer jag inte att missa henne.

Efter en timme har jag druckit ur vinet, ätit upp salladen och läst New York Times. Druckit en kaffe och ett glas grappa dessutom

114

och samtalat en stund med Carmencita Velasquez, en kraftfull puertoricanska som arbetar i den katolska kyrkan mittemot. Hon känner alla i kvarteret och pratar med alla; en av hennes viktigaste uppgifter är att slussa barn över gatan när de är på väg till eller från skolan, och varje morgon och eftermiddag ser hon till att trafiken på Carmine och Bleecker står absolut stilla under några minuter. Om någon taxi- eller busschaufför blir irriterad och tutar, brukar hon gå fram till vederbörande fordon och slå in en buckla i plåten med knytnäven. Barnen är livet och framtiden, menar Carmencita Velasquez. Själv har hon åtta stycken, men till och med det yngsta har lämnat tonåren och flyttat hemifrån.

Hon vet att jag skriver och själv läser hon en del. Men hon har inte mycket till övers för unga, västerländska författare. Med "unga" menar hon folk under femtio.

"Ni har inte upplevt något", konstaterar hon och placerar armarna i kors över sin imponerande barm. "Det är det som är problemet. Ni har varit fulla, ni har försökt para er, ni har svikit i kärlek en smula eller blivit svikna. En del av er har haft ångest i några dagar. Det räcker till tre dåliga kapitel, sedan är det stopp, rätta mig om jag har fel."

Jag bjuder henne på ett glas vin, och funderar på att berätta att jag också har en försvunnen dotter och en hustru på gränsen till nervsammanbrott i bagaget, men bestämmer mig för att låta bli. Kanske har hon rätt, kanske borde jag lägga ifrån mig pennan för gott och sluta inbilla mig någonting.

"Ta inte illa upp", säger hon när hon ser min rådvillhet. "De som verkligen har något att berätta, har varken tid eller råd att göra det, så enfaldigt är det uträknat i den här världen."

Någon ropar på henne från kyrktrappan tvärs över gatan, hon

dricker ur sitt vin och lämnar mig. Jag betalar och går hem. Känner mig håglös och trött, och undrar hur länge man egentligen kan hålla på och leva utan att ha minsta vilja i kroppen.

Klockan är kvart över åtta när Winnie kommer hem, och vid det laget har jag druckit ytterligare tre glas vin.

Eller fyra, jag minns inte. Regnet smattrar mot vårt takfönster, om man bara tände ett par stearinljus skulle det bli stämningsfullt på gränsen till romantiskt.

Men jag har inte tänt några ljus.

19

"Minns du vad den där poeten hette?"

Det är en genomtänkt spelöppning, och trots att vinet brusar i mina ådror är jag mycket uppmärksam på hennes reaktion.

"Poeten? Vad då för poet?"

"Den där franske surrealisten, han som hade skrivit om maskarna innan du och jag gjorde det. Kommer du inte ihåg?"

"Jodå, men jag minns inte vad han hette. Varför frågar du?"

Jag rycker på axlarna och försöker spela oengagerad. "Jag kom att tänka på honom bara. Gri-? Var det inte någonting på Gri-?"

"Ingen aning. Hur mycket vin har du druckit?"

"Ett par glas. Var har du varit?"

Hon svarar inte, och hon gör detta som om det vore den naturligaste sak i världen: att bara ignorera min fråga. Hon går ut i badrummet; jag hör henne sätta på duschen och det dröjer åtminstone tjugo minuter innan hon kommer ut i rummet igen. Det regnar oavbrutet mot vårt takfönster och det börjar bli ganska mörkt, men jag har fortfarande inte tänt några ljus. Hon har en handduk om kroppen och en om håret. Jag tänker att det ju faktiskt kan vara så att hon mycket väl vet vad parapsykologen heter, men att hon glömt bort poeten, precis som hon påstår. Samtidigt som jag tänker detta, känns det som om jag gör det utifrån ett behov att förlåta henne. Att jag vill tolka allt till det bästa.

"Hur mår du egentligen?" frågar jag.

Hon svarar inte. Går bort till garderoben, torkar sig en stund och trär ner sin slanka kropp i sitt mångfärgade målarställ. Jag upprepar min fråga.

"Hur mår du, Winnie?"

"Jag vet inte riktigt", svarar hon och betraktar mig hastigt. Kanske också en aning irriterat. "Jag trodde vi kommit överens om att inte hålla på och fråga varandra hur vi mår. Det tjänar ju ingenting till."

Jag kan inte erinra mig någon sådan överenskommelse och försöker förklara detta för Winnie. Men jag märker att hon inte lyssnar. Hon går upp på loftet och börjar rådda bland sina dukar och penslar och tuber istället.

"Jag skulle behöva måla en stund", säger hon. "Har du någonting emot det?"

"Jag känner inte igen dig", säger jag.

"Va?" säger Winnie. "Vad sa du?"

"Jag känner inte igen dig", upprepar jag.

"Från när då?" frågar hon.

"Vad menar du?"

"Känner du inte igen mig från den jag var på sjukhuset? Eller den jag var för tre år sedan? Eller den jag var i förra veckan?"

Jag märker att hon är irriterad på allvar nu. Samtidigt tycker jag att hennes fråga är motiverad.

"Ingetdera", svarar jag. "Ingetdera."

Det dröjer en stund innan hon säger någonting ytterligare.

"Du gick med på en vecka", påminner hon.

"Jag vet", säger jag. "Det har gått fyra dagar."

"Kan du sätta på lite musik", säger Winnie. "Gärna cellosviterna, om du hittar dem. Jag behöver arbeta en timme, bara."

"Dricker du ett glas vin med mig sedan?"

"Kanske det", säger Winnie, min hustru. "Kanske det. Sätt på Bach nu, så får vi se."

Jag gör henne till viljes och beslutar mig för en promenad i regnet.

När jag kommer tillbaka är klockan tio och Winnie befinner sig fortfarande uppe på loftet. Jag har tillbringat den senaste halvtimmen på en bar på Bedford. Druckit en öl och en mojito och suttit och sugit på min ensamhet. Jag vet att jag är berusad och att jag borde gå direkt i säng; istället klättrar jag uppför stegen till Winnie.

Hon sitter framför en liten mörk duk och duttar försiktigt med penseln; jag ställer mig bakom hennes rygg och försöker se vad det föreställer. Det lyckas inte, kanske föreställer det ingenting alls. Ingen av oss säger något. Bachs cellosviter hörs fortfarande ur högtalarna, hon måste ha varit nere och satt på dem på nytt. Jag skulle vilja lägga händerna på hennes axlar, men det går inte. Jag tänker att avståndet mellan oss aldrig varit större än i just det här ögonblicket, men också att hon kanske faktiskt tänker precis samma tanke, och att det på något paradoxalt sätt förenar oss. Det goda med det onda.

I denna stumma men möjliga förening blir vi också kvar en lång stund. Winnie duttar mörk färg på sin mörka målning, jag står orörlig och betraktar hennes förehavanden. Ingenting händer, mer än att stadens ljud då och då gör sig påminta. Sirener, hundskall och skratt. Jag funderar på om vi skulle kunna fortsätta på det här viset i evighet. I timmar och dagar åtminstone, eller tills vi dog av svält eller uttorkning, två fastfrusna gestalter på en meningslös och samtidigt alldeles sanningsenlig målning; det känns inte som om tiden går, ingenting förändras, inte ens cellosviterna tar slut, och kanske var det det här Pascal talade om.

Eller kanske är det bara banala tankar som kläcks som ormungar i min berusade skalle. Ja, förmodligen är det så. Jag drar en djup suck, tar mig nerför stegen och går in i badrummet.

En kvart senare ligger jag i sängen och har släckt ljuset. Winnie är kvar uppe på loftet. Jag antar att hon fortfarande duttar mörk färg på sin mörka målning. Jag knäpper händerna men inga ord kommer till mig.

Senare under natten vaknar jag av att hon gråter. Hon ligger på sida, bortvänd ifrån mig och hennes kropp skakas av snyftningar. Försiktigt lägger jag en hand på hennes skuldra, men det förändrar ingenting. Hon gråter och gråter, jag stryker lätt över hennes bara hud och undrar om hon är vaken eller om hon ligger och drömmer. Det slår mig att skillnaden kanske inte är så stor, för antagligen drömmer hon om den verklighet som sömnen borde ha befriat henne ifrån. Det ska inte vara så, det tjänar inget syfte, ändå är det på det viset.

Fast gråten öppnar en dörr på glänt, jag märker att hon är närmare nu än för några timmar sedan uppe på loftet. Kanske är det hennes svaghet jag behöver, tänker jag. Kanske är det så enkelt; hela tiden, ända från Sarahs försvinnande fram till vår avresa till New York, har jag burit henne på mina händer — utan att jag lyckas förhindra det presenterar sig denna Hertha Baussmannska formulering i mitt huvud — men efter att vi kommit hit, på dessa åtta–nio veckor bara, har hon förändrats. Blivit starkare, tycks det som, fått en inriktning och något slags mål och är det inte denna plötsliga styrka som får mig att tappa fotfästet? Jag har inte längre någonting att bära på händerna och vad i hela friden ska jag då ta mig till? Vad måste jag nu gå till botten med, vad skall jag bruka dessa händer till? Är … är patienten i själva verket nödvändigare för doktorn än det omvända? Jägaren och bytet?

Jag fnyser åt mina tankar. Erinrar mig återigen Hertha Bauss-manns giftiga kommentarer om författarens krumbukter; Car-mencita Velasquez' också, förresten. Den unkna och ofrånkomliga narcissismen. Klockan är halv fyra på morgonen. Vargtimme. Winnie gråter och gråter. Jag betraktar min hand på hennes arm och undrar om den känner sig lika vilsen som den ser ut. Under några ögonblick blir den plötsligt suddig och jag minns den där blindheten som drabbade mig i Aarlach när jag träffade Winnie för första gången. Får för mig att samma sak kommer att hända igen, men efter att jag blundat några sekunder återvänder min syn med sedvanlig kapacitet.

På morgonen vaknar jag sent och innan jag stigit ur sängen vet jag att Winnie lämnat mig. Hela lägenheten luktar frånvaro, och jag hittar hennes lapp på bordet när jag kommer ut ur badrummet.

Det är bara några rader.

Käraste Erik,
jag ger mig av nu och kommer att stanna borta en tid. Var snäll och försök inte leta reda på mig. Jag hör av mig om några dagar, jag måste få vara ensam i det här, du skulle ändå inte förstå. Det gäller Sarah.
Kram, Winnie

Jag läser det om och om igen. Räknar orden. Jag vet inte varför jag gör det, men de är fyrtioåtta stycken.

Det gäller Sarah?

Jag sjunker ner vid bordet och lutar huvudet i händerna. Mina tinningar bultar, jag vet mig ingen råd.

II

20

Jag har en återkommande dröm.

Jag sitter vid ett bord i ett rum utan fönster. Väggarna är kala, det är varmt och en gammaldags fläkt uppe i taket vispar runt luften till ingen nytta. Mittemot mig sitter en man och en kvinna, båda i fyrtiofemårsåldern, båda uniformsklädda. Till en början verkar de inte bry sig om min närvaro, de studerar en mängd dokument som de då och då skickar mellan sig under lågmälda kommentarer. Jag försöker uppfatta någonting av vad de säger, men lyckas aldrig. Kanske talar de också ett språk jag inte förstår.

Efter en stund — jag kan inte bedöma hur lång tid som gått, men varje gång, i varje enskild dröm, upplever jag en plågsam väntan på att någonting ska hända — samlar kvinnan ihop alla papper och riktar uppmärksamheten mot mig. Det gör mannen också, och det är alltid i just det ögonblicket jag upptäcker att de är polisinspektörerna Vendler och Tupolsky.

Och när jag inser detta känns det också — varje gång — som om jag suttit och vetat om det, men i hemlighet önskat att det rört sig om några helt andra människor.

Men de är alltid Tupolsky och Vendler, och det är alltid Tupolsky som börjar. På ett språk jag förstår blott alltför väl.

"Herr Steinbeck", säger han och lutar sig en smula framåt över bordet. "Det finns ett alternativ som vi hittills inte har diskuterat med er."

Han låter mycket formell. Jag nickar och försöker intala mig att jag inte har en aning om vad han syftar på.

"Ett alternativ?" säger jag.

"Exakt", säger Tupolsky. "Det är viktigt att vi inte försummar någonting. Vi vill ju alla veta vad som har hänt med er dotter. Eller hur?"

"Naturligtvis", säger jag.

Tupolsky byter en blick med Vendler och får ett papper. Men innan hon lämnar över det, kontrollerar hon först själv vad som står på det; det sker med en sorts utstuderad långsamhet, och med samma noggranna precision från dröm till dröm. Medan jag sitter och svettas och iakttar deras förehavanden, får jag för mig att det i själva verket inte är frågan om någon dröm, utan om en filminspelning. Tredje eller åttonde eller femtonde omtagningen av en scen som är så misslyckad att den, om det finns något slags omdöme kvar i världen, kommer att klippas bort ur den färdiga filmen, men vad vet jag; och även denna reflektion återkommer med irriterande envishet.

"Vi har ju inte så många vittnen", säger Tupolsky.

Jag svarar inte.

"Faktum är att vi bara har en enda vittnesuppgift att luta oss emot, och det är er, herr Steinbeck."

Jag förklarar att jag inte förstår vad det är han vill säga.

"Vi har samtalat med en del grannar", säger inspektör Vendler. "Alla vi fått fatt i, alla som var hemma vid den aktuella tidpunkten."

"Sammanlagt elva personer i kvarteret", sufflerar Tupolsky från sitt papper.

"Ingen av dem har lagt märke till någon främmande grön bil i

126

grannskapet", säger Vendler. "Och ingen främmande man i grön överrock."

"Vart vill ni komma?" frågar jag.

"Det finns inga vittnen", upprepar Tupolsky. "Vi har bara era uppgifter att gå efter. Om vi ska komma till rätta med det här måste vi noga beakta alla omständigheter."

"Noga beakta alla omständigheter", repeterar Vendler.

"Till exempel den omständigheten att era uppgifter kanske inte stämmer", säger Tupolsky. "Vad hade ni för förhållande till er dotter egentligen, herr Steinbeck?"

Vid den här tidpunkten i samtalet förstår jag att det gäller att uttrycka precis så mycket upprördhet som stunden kräver, men varje gång misslyckas jag med det. Dels beror det på att jag hinner tänka efter, och den naturliga omedelbarheten går förlorad — men dels, och framförallt, på att dörren bakom Tupolsky och Vendler öppnas och en kvinna kommer in i rummet.

Hon ställer sig mitt emellan de bägge polisinspektörerna, placerar en hand på varderas axel, som om hon vill markera att det är hon som har det avgörande ordet i det här. Jag förstår att det verkligen är en sorts tribunal jag står inför och samtidigt ser jag också vem hon är.

Agnes, min första hustru. Hon har färgat håret, fått större byst och vuxit ett par decimeter, ser det ut som, men utan tvivel är det hon. Hon är klädd i en egendomlig, åtsittande guldlamédräkt; den passar verkligen inte in i ett förhörsrum — på något slags galapremiär, snarare. Den klär henne fruktansvärt illa och jag kan för mitt liv inte begripa vad hon har i den här drömmen att skaffa.

Varje gång blir jag till lika delar förvånad och upprörd över detta.

Men hennes upprördhet är större, betydligt större.

"Var har du gjort av vår dotter?" väser hon mellan sammanbitna tandrader. "Vad har du gjort med vårt barn?"

"Lugna ner dig", säger jag. "Du hör inte hemma här. Vi har inga barn tillsammans, det vet du mer än väl, för du är steril."

Hon ignorerar mitt påpekande fullständigt.

"Du är skyldig!" skriker hon. "Skyldig, skyldig, skyldig!"

"Till vad då?" försöker jag protestera, men samtidigt som jag säger det råkar jag kasta en blick på mina händer. De är fulla av blod, och jag skyndar mig att gömma dem under bordsskivan. Det är för sent, i alla avseenden för sent.

"Händerna på bordet, händerna på bordet!" ropar alla tre i kör och nu börjar drömmen tappa alla rimliga proportioner. Jag reser mig från min stol och börjar springa för att komma undan, rummet upplöses, jag befinner mig i en skog, i ett kraftigt motlut, men jag vet att jag måste ta mig uppåt för mina förföljare är mig i hälarna, jag krockar med allehanda träd, snubblar över rötter och stenar och faller omkull i stickiga buskage. Mina händer är fortfarande såriga och blodiga. Fåglar flyger upp och skränar och trots att jag hela tiden arbetar mig uppåt kommer jag så småningom fram till en bred flod. Vattnet är strömt, jag förstår att det inte är möjligt att simma över, men när jag hör mina plågoandar på bara några stegs avstånd kastar jag mig ändå i. Jag måste ta mig över till andra sidan, men istället dras jag ner i en stark malström; sugs i virvlar nedåt, nedåt, och någon gång under denna virvlande spiralrörelse vaknar jag också.

Alltid vaknar jag i denna virvel och med en lätt känsla av illamående och yrsel — men samtidigt lättnad. Lättnad över att ha klarat mig undan.

Det förekommer variationer från dröm till dröm, det gör det naturligtvis, men i det stora hela går det till på samma vis. Det börjar med förhörsrummet, fortsätter i skogen och slutar i malströmmen, och bara sedan vi anlände till New York har jag säkert drömt den ett halvdussin gånger.

På det hela taget tycker jag att sömnlösheten är att föredra.

21

Jag stöter ihop med Peter Brockenmeyer på Barnes & Noble vid Union Square. Det är måndagen den 8 oktober — tjugo dagar kvar till Sarahs födelsedag, tjugotvå till Winnies och min bröllopsdag — om förmiddagen; fortfarande pågår frukt- och grönsaksmarknaden i regnet ute på torget. Jag sitter och bläddrar i The New Yorker på caféet på tredje våningen när han plötsligt står framför mig. Jag har inte sovit på tre nätter.

Inte sedan Winnie lämnade mig; när jag tittar upp på Peter Brockenmeyer dansar gula fläckar i utkanterna av mitt synfält. Under några sekunder inser jag inte vem han är, men så klarnar det.

"Erik", säger han. "Så fruktansvärt trevligt att se dig."

Jag inser att jag inte tackat honom för senast, och skyndar mig att göra det. Han nickar mot den tomma stolen mittemot mig; jag ser att han har en mugg kaffe i handen och tecknar åt honom att slå sig ner.

"Jävla väder", säger han och tittar ut mot Union Square. "New York är känt för sina höstar, jag vet inte vad det här betyder."

Jag muttrar någonting till svar. Han hostar lite generat.

"Ska träffa Martha om tio minuter, måste bara värma mig med lite kaffe först. Hur mår Winnie?"

"Bra", säger jag. "Fast jag är inte säker. Hon har stuckit."

Jag vet inte varför jag säger det, och Peter Brockenmeyer vet definitivt inte hur han ska hantera det.

"Stuckit", säger han och tittar sig nervöst omkring. Som om han är rädd att jag talat för högt och avslöjat en skamlig hemlighet. "Jag menar ..."

Han hittar ingen fortsättning, dricker av sitt kaffe och bränner sig på läpparna istället. "Jävlar också", upprepar han och torkar sig runt munnen med en servett.

"Jag skojade", säger jag. "Hon är på besök hos en släkting i Boston, bara. Kommer tillbaka imorgon."

"Tänkte väl det", säger min översättare och skrattar ansträngt. Jag märker att han inte riktigt tror på mitt tillrättaläggande.

"Jag måste nog lämna dig nu", säger jag och ser på klockan. "Har ett möte om några minuter."

Han nickar, jag kommer på fötter och trasslar mig ut mellan borden.

När jag kommer hem till Carmine är jag genomblöt. Jag byter kläder och slår mig ner framför datorn. Klickar fram min mail och tittar efter om det kommit något svar från doktor Vargas.

Icke. Det har gått fyrtioåtta timmar sedan jag mailade honom, jag kontrollerar ännu en gång att mitt meddelande verkligen blivit ivägskickat, sedan lägger jag mig på sängen och ber om en timmes sömn.

Det förunnas mig inte. Jag ligger ändå kvar och vilar i väntan på att klockan ska bli två, den tidpunkt då Leroybiblioteket öppnar på måndagar. Frågorna dansar som trötta bålgetingar i mitt huvud, samma frågor som dansat sedan i fredags morse. Jag orkar inte ens föreställa mig några svar längre, men jag förstår att jag måste ta mig ur ensamheten. Om ingenting annat gör det, så kommer den att göra mig galen.

Men tanken på att diskutera läget med en sådan som Peter Brockenmeyer känns ännu mindre tilltalande.

"Låt oss gå ut i parken ett slag", säger mr Edwards. "Jag tror regnet har dragit sig tillbaka."

Vi gör så. Sätter oss på var sin tidning på en bänk intill boule-banan. Dricker en klunk ur våra kaffemuggar som vi varit inne och köpt på Out of the Kitchen. Jag tänker att det skulle kunna vara en scen ur en gammal engelsk spionfilm. Två luggslitna agenter som träffas för att oavlyssnat kunna utbyta informationer med varandra. Tänker sedan att det är en fullständigt meningslös liknelse, bara ett uttryck för att jag håller på att tappa kontrollen. Mr Edwards för in en annan aspekt.

"Edgar Allan Poe brukade ströva omkring här på sin tid."

"Poe?" säger jag. "Här?"

Han nickar. "På den tiden var det en gravplats. Ett potter's field, om du vet vad det är. Det är rätt många parker i stan som har den historien. Hursomhelst så lär det ha varit här som han skrev The Raven. Eller fick inspiration till den, åtminstone. *Once upon a midnight dreary . . .* ja, du vet?"

Jag bekräftar att jag vet vad ett potter's field är, och att jag känner till The Raven. Vi sitter tysta och begrundar platsens betydelse, jag menar *platsens betydelse* i en vidare mening, åtminstone är det detta jag ägnar mig åt. Tänker att det är svårt att hålla en viss sorts samband på avstånd, en viss sorts korrespondenser . . . *'Tis some visitor, I muttered — Only this, and nothing more.*

"Sedan i fredags, alltså?" säger mr Edwards efter en stund. "Du säger att hon varit borta sedan i fredags?"

"Stämmer", säger jag och skjuter undan Poe. "Hon gav sig iväg tidigt på morgonen."

"Idag är det måndag", konstaterar han. "Betyder det att du inte har hört ifrån henne på tre dagar?"

"Jag antar att det betyder det", säger jag. "Bland annat."

Mr Edwards sitter tyst en stund medan han stryker med handen över sitt kala huvud och betraktar en grupp flickor som sparkar en boll mellan sig på andra sidan nätet. "Vad är det som pågår egentligen?" säger han sedan. "Jag måste säga att jag inte tycker om det här. Det känns olycksbådande, du måste vara förfärligt orolig, är det inte så?"

"Har inte sovit på hela helgen", tillstår jag. "Nej, jag mår inte riktigt bra."

"Vad var tanken med er flytt till New York?" frågar han efter en ny paus. "Jag trodde poängen var att ni skulle komma ifrån den där tragiska historien med er dotter? Få det på avstånd, så att säga."

"Det trodde jag också", säger jag. "I den mån jag trodde någonting alls."

"Jag hänger nog inte riktigt med här", säger mr Edwards. "Det var din hustrus idé, har jag fattat det rätt?"

"På sätt och vis", säger jag. "Men vi kom nog fram till beslutet tillsammans."

"Och nu har hon alltså fått upp ett spår efter er dotter?"

"Hon påstår det. Nej, förresten, det påstår hon inte alls. Det är bara något hon antyder."

"Antyder?"

"Ja. På sin höjd antyder."

Han nickar men säger inget.

"Herregud, jag vet inte", fortsätter jag samtidigt som Poe dyker upp igen för mitt inre öga, den där berömda dagerrotypen. Som om han sitter och lyssnar till vårt samtal; med anteckningsbok i handen antagligen. "Vi talar ju knappast med varandra. Jag har

133

faktiskt ingen aning om vad det är som håller på att hända. Hon är försvunnen, hon lämnade ett meddelande om att det har med Sarah att göra, det är alltihop."

Mr Poe drar sig tillbaka. Mr Edwards tar upp en cigarr utan att tända den, sitter och rullar den mellan tumme och pekfinger en stund under tystnad.

"Alltihop", upprepar jag. "Jag är ledsen att jag drog in dig i det här. Jag skulle inte ha gjort det."

Mr Edwards slår ut med händerna i en avvärjande gest. "Strunt-prat", säger han. "Såvitt jag förstår behöver jag inte lyssna en sekund till på vad du har att säga, om jag inte vill. Den saken behöver du inte bekymra dig för, jag väljer själv mina återvändsgränder."

"Tack", säger jag och för en gångs skull känns det som om detta lilla ord betyder någonting. Jag känner verkligen tacksamhet över att han sitter vid min sida.

Han tänder sin cigarr och ser ut att bestämma sig. "Om vi för sakens skull", säger han och blåser ut ett tankfullt rökmoln, "om vi för sakens skull låtsas att du är en klient som kommit till mig i min gamla egenskap av privatdetektiv, skulle du ha någonting emot det?"

Jag rycker på axlarna.

"Jag begär naturligtvis inget arvode, jag är pensionerad och har inte kvar licensen. Men det skulle bli enklare om vi hade rollerna klara för oss. Jag känner att jag behöver fråga ut dig lite närmare om vi ska komma någonstans, och det har jag knappast mandat till som... tillfällig biblioteksbekant."

Jag förstår inte riktigt vad hans behov av att precisera våra roller bottnar i, men upprepar att jag är tacksam för att han ställer upp. Sedan förklarar jag att han har fria händer att ställa vilka frågor han vill. Är det så att jag inte vill svara, så är det väl bara att jag håller tyst. Jag väljer också mina gränder.

"Utmärkt", säger han och skrattar till. "Men förvänta dig inte att jag ska kunna förklara vad det är som händer. Jag måste säga att det är förbryllande. Ytterst förbryllande, det är synd att jag aldrig fått tillfälle att träffa din fru."

"Varför då?" frågar jag.

"För att kunna bedöma hennes trovärdighet, naturligtvis. Om du ursäktar att jag säger det, så kan det ju helt enkelt vara så att hon är galen. Och då är det ju plötsligt inte så förbryllande."

"Tanken har föresvävat mig", erkänner jag.

"Tror du det ligger till så?" frågar han efter en kort tankepaus. "Är det bara hon som är problemet, att leta rätt på henne och försöka få henne under vård. Eller ... ja, eller finns det någonting annat också?"

Eftersom jag inte omedelbart hittar något bra svar, fortsätter han:

"Kan det med andra ord finnas någon substans i hennes ... antydningar? Var det så du kallade dem? Finns det en faktisk möjlighet att hon kan ha fått upp ett spår efter er dotter?"

"Jag kan inte bedöma det."

"Men polisen har alltså inte kommit någonvart på ... vad är det nu? Ett och ett halvt år?"

"I stort sett", säger jag. "Nej, de har inga spår."

"Vad tror du då? Alldeles intuitivt."

Jag rycker på axlarna igen. Han drar ett bloss på cigarren och kliar sig på hakan. "Jag har som sagt aldrig fått uppleva lyckan att ha barn", säger han. "Men jag kan utan svårighet föreställa mig den känsla av fullkomlighet det måste innebära. Också vilken smärta som uppstår när ett barn försvinner. Naturligtvis är det så att du hoppas — kanske mot alla odds — på att din fru har rätt i sina ... aningar. Eller hur, har jag inte rätt?"

"Naturligtvis", säger jag.

"Men parapsykologi och sådana saker är ingenting som du är anhängare av?"

"Nej."

"Motståndare?"

"Jag ... man behöver inte vara motståndare till sådant som inte finns. Det förtjänar inget motstånd."

Han nickar. "Jag förstår. Nej, jag har heller aldrig behövt trampa över den gränsen, men i ett sådant här läge ... om vi antar att någon förlorar ett barn, och att detta barn på något vis, i någon form av existens, känner ett behov av att kontakta sina föräldrar ... ja, vi kanske inte ska förkasta den tanken alltför lättvindigt?"

"I någon form av existens?" säger jag. "Vad menar du med det?"

Han drar ett nytt bloss på cigarren och undviker att svara.

"Jag vet alltså inte vad jag tror", säger jag efter några sekunders tystnad. "Winnie har inte sagt något om övernaturligheter. Hon har bara sagt att Sarah är i livet."

"Men hon gick till den där parapsykologen på Perry."

"Tydligen."

"Och hon har berättat om tecken i drömmar tidigare?"

"Tidigare, ja. Inte sedan vi flyttade hit."

"Menar du ..." säger han och hejdar sig ett ögonblick för att tänka efter, "menar du ändå inte att det faktiskt kan vara så att hon fått upp ett spår. Att er dotter faktiskt skulle kunna vara i livet, och att ... ja, att hon kanske finns här i New York?"

"Hur?" säger jag. "Hur i hela friden skulle någonting sådant ha gått till?"

"Fråga inte mig", säger mr Edwards. "Men i den här stan kan i stort sett vad som helst hända. Det brukar ta några år innan man inser det, men så är det. Har ni några bekanta här sedan tidigare?"

Jag skakar på huvudet.

"Ingen anknytning?"

"Nej."

"Hur är det", frågar han. "Du utgår ifrån att er dotter är död, är det så?"

"Ja", säger jag. "Jag antar att jag gör det."

"Har du gjort det hela tiden?"

"Jag skulle tro det", säger jag. "Ja, innerst inne har jag nog förstått det från första början."

"Det är förfärligt", säger mr Edwards. "Måste ha varit outhärdligt för er. Både dig och din fru."

"Ja", säger jag. "Varenda enskild dag sedan det hände har varit outhärdlig, det är alldeles riktigt."

"Jag föreslår att vi gör så här", säger han en stund senare, men medan vi fortfarande befinner oss på samma bänk. "Jag avlägger ett besök hos den där mystikern på Perry, och så får vi se. Vad var det han hette, det har fallit mig ur minnet?"

"Grimaux", säger jag.

"Grimaux, ja", upprepar mr Edwards. "Det är förstås svårt att veta vad det kan ge. Han kanske omger sig med en massa sekretess och hokuspokus, men jag borde i varje fall kunna bilda mig en uppfattning om honom. Om hans trovärdighet."

"Skadar inte att försöka", säger jag. "Jag är tacksam för din hjälp, som sagt. Och jag är villig att betala dig för det, jag tycker det är självklart."

"Du kan få bjuda på middag", föreslår mr Edwards. "Ska vi säga imorgon kväll. Vid det laget borde jag ha fått korn på monsieur Grimaux."

Jag nickar. "Var?"

Han funderar ett ögonblick. "August på Bleecker", säger han. "Där brukar man kunna sitta i fred och samtala. Klockan åtta?"

"Klockan åtta imorgon kväll", bekräftar jag och undrar samtidigt hur jag ska få alla dessa timmar att gå.

22

I samband med en av sina utställningar fick Winnie en gång följande fråga av en TV-journalist.

"Winnie Mason, vilket anser ni vara det viktigaste elementet i era bilder?"

"Tystnaden", svarade Winnie.

"Tystnaden?" undrade journalisten.

"Det är det viktigaste elementet i alla bilder", förklarade Winnie. "Inte bara i mina."

Vi talade om det samma kväll när vi kommit hem. "Varför svarade du så?" ville jag veta. "Tystnaden är ju bara en frånvaro."

"Nej", sa Winnie. "Tystnaden är en närvaro. Och ordlösheten är en egenskap, det kan vara svårt att begripa det, men så är det."

Jag minns att det var i Saaren om vintern. För ovanlighets skull hade vi fått snö som låg kvar på marken; jag tittade ut genom fönstret och tänkte att just ett sådant här vinterlandskap verkligen var starkt besläktat med tystnaden.

"Och hur är det med mörkret?" frågade jag. "Är det också en egenskap? Eller bara frånvaron av ljus?"

"Menar du i en tavla eller i livet?" sa Winnie.

"Är det inte samma sak?"

"Jag tror det är skilda saker", sa Winnie. "Men det är inte samma förhållande mellan ljus och mörker som mellan ljud och tystnad. Har du aldrig tänkt på hur viktigt det är att det är tyst runtomkring dig när du ska betrakta en målning? Jag menar verkligen betrakta och försöka förstå den. Det kommer ett ögonblick — om det är absolut tyst och stilla, vill säga — när du upptäcker att det inte bara är du som betraktar bilden. Bilden betraktar också dig. Det är ..."

"Ja?" sa jag och väntade.

"Det är i det ögonblicket, när du känner att du är iakttagen, som du viker undan med blicken och går vidare till nästa tavla. Om du befinner dig på ett museum eller ett galleri, alltså."

Jag tittade ut på vinterlandskapet igen. Försökte föreställa mig att det faktiskt tittade tillbaka på mig, men jag minns inte om jag erfor någon sådan känsla, eller om jag bara inbillade mig det.

"Det lönar sig alltid att dröja kvar framför en tavla", sa Winnie. "Man ska inte vika undan med blicken. För det är när jag inser att jag också är betraktad som det börjar hända saker."

"Tänker du på det här när du målar?" frågade jag.

"Jag tänker på det hela tiden", sa Winnie och jag kommer ihåg att jag förvånades över det sorgsna i hennes tonfall.

Under eftermiddagen lyckas jag verkligen sova ett par timmar; jag väcks av ett utryckningsfordon, en polisbil eller en ambulans, som far förbi ute på gatan med fullt uppskruvade sirener.

Klockan är halv sex, jag försöker återkalla vad jag drömt; det blir aldrig riktigt tydligt, men jag vet att det handlade om Winnie och mig själv på besök på ett konstmuseum i en främmande stad. Kanske är det detta lilla drömfragment som får mig att gå upp på loftet och leta fram den där tavlan.

Jag har nästan haft en föraning. I varje fall är det med en stark känsla av déjà vu som jag stirrar på mannen invid den gröna bilen.

Han har ett ansikte. Jag vet inte vem han är, ändå förefaller han allt annat än obekant.

När Winnie lämnade Rozenhejm var det under förutsättning att hon skötte sin medicinering på ett tillfredsställande sätt. Doktor Vargas skrev ut två olika preparat, Zunamtin och Cipralex, och underströk både för henne och för mig att om hon ville behålla sin psykiska stabilitet, var det ovillkorligt att hon inte slarvade med pillren.

"Du kommer nog att uppleva henne som en smula avtrubbad känslomässigt", förklarade han i enrum för mig. "Men hon har stått på samma dos de senaste månaderna, så du har väl hunnit vänja dig?"

"Alldeles riktigt", svarade jag. "Jag har hunnit vänja mig."

"Det är möjligt att vi kan minska dosen så småningom, men det får absolut inte ske i egen regi. Det måste ske i samråd med mig eller någon annan läkare."

Jag sa att jag hade detta klart för mig.

"Det är bra om du håller ett öga på det", lade han till. "Men det förstår du säkert?"

"Naturligtvis."

"Och det står dig fritt att kontakta mig så snart det dyker upp någonting. Vad det vara månde."

Jag lovade att jag var införstådd med den saken också, och sedan tog han mig i hand och önskade mig lycka till.

I juli, ett par veckor innan vi satte oss på planet till New York, var vi i kontakt med honom en gång till. Han skrev ut försvarliga mängder av bägge Winnies mediciner, och när han återigen tog mig en smula avsides, bad han mig uttryckligen hålla honom underrättad om utvecklingen.

"Och om det inte sker någon utveckling?" frågade jag.

"Det gör det alltid", försäkrade han. "Åt det ena eller andra hållet."

Jag vet inte varför han inte svarar på mitt mail; det har gått tre dagar sedan jag skickade iväg det, men kanske sitter han fast på en konferens någonstans. I alla händelser kan jag konstatera att Winnie fått med sig båda de medicinburkar hon är inne på. Två extra kartor av varje, dessutom; det finns tecken som tyder på att hon haft en plan och inte tänker komma tillbaka på länge. En stor del av hennes kläder är också borta, liksom den röda resväskan, ja, jag förstår att jag måste vänja mig vid att hon givit sig av.

Ord — tystnad.

Ljus — mörker.

Närvaro — frånvaro?

I helvete heller, tänker jag sedan. Jag tänker inte vänja mig.

Jag funderar på det där med tystnaden medan jag sitter på The Noodle Bar på kvällen och äter en pad thai.

Agnes, min första hustru, var en kvinna som pratade mycket — mer eller mindre kontinuerligt. Winnie har aldrig varit förtjust i talandet för talandets skull. Det förstärktes under sjukdomsperioden efter Sarahs försvinnande, men även efter att hon lämnade Rozenhejm har det funnits dagar då vi nästan inte sagt ett ord till varandra. Jag har aldrig uppfattat detta som särskilt besvärande; jag vet att det finns andra som haft svårt att hantera hennes tystnad — utifrån den vanliga missuppfattningen att en tigande människa är lika med en olycklig människa, eller till och med en anklagande —

142

men redan från början har det ordlösa varit en naturlig beståndsdel av vårt förhållande.

Och jag har alltid vetat att ta de saker hon ändå vill tala om på fullaste allvar. Egentligen är det inte förrän nu, de här veckorna i den histrioniska staden där alla yttrar sig om vad som helst i stort sett hela tiden, som jag kommer på mig med att önska att det funnits fler ord mellan oss.

För det är naturligtvis så att tystnaden, likaväl som den kan innesluta ett samförstånd, också kan härbärgera någonting annat. Dess motsats till exempel, och när det övergår från det ena till det andra, är det antagligen fråga om ett sådant där diskret gränsöverskridande, som man inte upptäcker förrän det är för sent och man redan befinner sig i fiendeland.

Sarah var inte sin moders barn i det här hänseendet; återigen talar jag om henne i förfluten tid, men — återigen — allt som rör Sarah finns ju i det som varit. Där och blott där.

I alla händelser tyckte hon om att prata, både med sig själv och med andra. På det charmfulla vis som jag har förstått att många barn gör i en viss ålder förde hon en sorts fortlöpande kommentar till allt som försiggick runtomkring och inuti henne; om hon fått fortsätta att leva är jag säker på att hon blivit en av de där flickorna som idogt skriver dagbok och sätter språk på allting, helt enkelt utifrån ett behov att orientera sig i livet och världen.

När jag själv började skriva, vet jag att jag gjorde det från ganska snarlika förutsättningar. Numera är läget ett annat, och medan jag sitter och petar med de rödlackerade matpinnarna i mina risnudlar, kan jag nästan höra Hertha Baussmanns förnumstiga påpekanden som ett anatema över min hopplöshet. Jag erinrar mig också en sak som Winnie sa en annan gång:

"Alla de tankar och de ord som vi släpper ifrån oss, dem har vi inte längre kvar. Det är det outtalade som vi bär med oss. Det är det ofödda som skapar tyngden i vår existens."

Jag ber om notan genom en enkel handrörelse och går hem till min ensamhet.

Men ensamheten är en svekfull kamrat denna kväll. Efter två glas vin vill vi inte längre veta av varandra. Klockan är kvart över nio när jag sätter mig på ett F-tåg från 4:e gatan. På måfå stiger jag av på 42:a vid Bryant Park. Vandrar bort mot Times Square och myllret av människor och neon och påträngande brus. Jag har inga andra planer i huvudet än att se till att vara bland folk. Jag dricker två öl och två whisky på en bar intill Eugene O'Neill Theatre, medan jag samtalar med en berusad japan. Han ger mig adressen till sitt hotell på 54:e och lovar att om jag kommer till hans rum om en timme, ska han se till att vi får två intressanta damer som sällskap. När jag lämnar honom och kommer ut på gatan är klockan kvart i elva, det är så trångt på trottoarerna att jag måste armbåga mig fram; jag förmodar att ett antal musikaler just tagit slut. Det här är också ett av New Yorks många ansikten, tänker jag, ett av de tristare.

Jag vill ändå inte gå hem. Tar mig ett stycke österut och upp till 44:e gatan, och när jag får syn på Algonquin förstår jag att om det finns något ställe i den här staden där en vinddriven författare hör hemma, så är det här. Här satt Dorothy Parker, här brukade Faulkner dricka sig full innan han började skriva; jag hör själv att dessa patetiskt bleka argument väger mindre än luft, mindre än neonet borta på Times Square, men jag har redan druckit alltför mycket för att inte köpa patetiska, bleka argument. Tender is the night, tänker jag.

Jag passerar den legendariska katten, det måste förstås vara en annan nuförtiden, hittar ett bord långt in i lobbyn och får snart sällskap av ett holländskt par med rött hår och stora bröst. Det är han som har håret, hon brösten. Han är litteraturhistoriker, vad annars, har just kommit till stan för att undervisa ett år om nederländsk litteratur på Columbia, vi dricker cocktails, många och fantasifulla, och inte förrän de berättar att de har två döttrar som kommer över med rödhåriga farföräldrar om tre dagar för att flytta in i deras lägenhet på Upper West trettiotvå våningar över parken, börjar livsandarna sjunka i mig.

På enträgen anmodan gör jag dem ändå sällskap till Roosevelt Hotel för en sängfösare, och när jag sedan står och viftar efter en taxi på 5:e avenyn är klockan över ett, och jag önskar inte bara att jag befann mig någon annanstans i en annan tid — Poes potter's field, till exempel, varför inte? — utan också att jag kunde byta identitet med någon av alla dessa andra marionetter som också står och viftar utan framgång.

Men det lyckas inte, varken det ena eller det andra; jag vandrar till fots hela vägen hem till Carmine, irrar omkring en stund i Chelsea och försöker hitta White Horse Tavern, den där puben där Dylan Thomas drack ihjäl sig 1953, men jag minns inte var den ligger och det är antagligen lika bra. Om kvällen inte tjänat något annat syfte, så har den i varje fall sugit musten ur mig. Jag faller i sömn i stort sett samtidigt som jag sparkar av mig skorna i vår sorgsna och ostädade vindsvåning. Om där sedan förekommer drömmar är ingenting jag kan uttala mig om.

23

"Vi har att göra med en kvinna", säger mr Edwards. "En kvinna i femtioårsåldern."

Han har kostym, vit skjorta och slips på sig den här kvällen, inte sin vanliga utstyrsel, polotröja och manchesterbyxor. Jag vet inte varför han klätt upp sig och frågar inte.

"En kvinna?" säger jag.

"Ja. Förvånar det dig?"

Jag tänker efter. "Nej", säger jag. "Egentligen inte. Jag hade föreställt mig en man, bara."

"Jag också", tillstår han. "Jag vet inte varför, och själva könet förändrar naturligtvis ingenting. För övrigt är väl de flesta utövare av sådan här verksamhet kvinnor, eller hur?"

Jag säger att jag inte känner till hur det förhåller sig i det fallet och ber honom komma till sak. Ursäktar mig sedan för min otålighet; mina utsvävningar under gårdagskvällen har satt sina spår men jag nämner ingenting om detta för mr Edwards.

Han nickar och väntar medan en servitör kommer och ställer fram bröd och smör på bordet.

"En viss Geraldine Grimaux", förklarar han.

"Geraldine?"

"Oui. Liten, mörkhårig och mycket fransk. Om jag får använda ett gammaldags ord, skulle jag vilja påstå att hon var själfull. Men det är kanske en förutsättning i hennes gebit."

"Antagligen", säger jag. "Hur gick du till väga?"

"Jag valde att inte avslöja mitt egentliga ärende", säger han och hans tonfall är lätt urskuldande. "Tyckte det räckte med att få en uppfattning om henne först, och så ... ja, så kan vi skicka in dig i ett senare skede."

Jag instämmer. Det är i stort sett de ritningar vi kommit överens om; naturligtvis måste jag "skickas in i ett senare skede". Samtidigt upplever jag hans professionella jargong som en aning påfrestande. Men jag håller god min.

"Jag frågade vilka hennes specialiteter var", fortsätter han, "och hon berättade en smula indignerat att det knappast är fråga om specialiteter, utan om gåvor. Hon är åtminstone den tredje kvinnan i rakt nedstigande led som blivit utrustad med dessa extraordinära egenskaper, avslöjade hon. Folk kommer till henne av allehanda skäl, ibland kan hon vara till hjälp, ibland inte. Vilket var mitt problem, närmare bestämt?"

"Intressant", säger jag och vi dricker lite vin.

"Utan tvekan", säger mr Edwards. "Madame Grimaux är lågmäld och intelligent, och, precis som du säger — intressant. Jag fick nästan ett intryck av att hon utövar sin verksamhet mot sin vilja på något vis. Som om det är hennes moraliska plikt att utnyttja sina gåvor, men att hon egentligen inte är särskilt road av det ... ja, någonting sådant. Hursomhelst valde jag att lägga mig så nära sanningen som möjligt; jag förklarade att min hustru gått bort för ett antal år sedan, men att hon den senaste tiden börjat hemsöka mig i mina drömmar. Och att jag anade att hon hade någon form av budskap till mig — men ett budskap som av någon anledning inte lät sig levereras i en dröm ... är du med?"

Jag intygar att jag är med.

"Nåväl", säger mr Edwards medan han flyttar ner sin slipsknut en tum och knäpper upp översta skjortknappen. "Hon gick till väga utan preludier. Drog för persiennerna, släckte ljuset i rummet och tog fatt i mina händer. Bad mig sluta ögonen, inte säga något men försöka frammana min hustru för min inre syn. Sedan satt vi på det viset i tio–femton minuter utan att något hände, hon höll mina händer i ett löst grepp, jag försökte koncentrera mig på Beatrice och inte låta tankarna fladdra, jag fick en känsla av att ... ja, jag vet inte riktigt. Någon sorts energi tycktes strömma mellan oss, men det är kanske oundvikligt att man får det intrycket i en sådan situation."

Han gör en kort paus och ser ut att fundera. Jag säger ingenting.

"Ja, antagligen är det oundvikligt", konstaterar han. "Till slut släppte hon mina händer, hursomhelst. Satt alldeles orörlig ytterligare en kort stund, innan hon tände ljuset och förklarade att hon inte lyckats etablera någon kontakt. Hon beklagade att det var så, men man kunde inte förvänta sig resultat varje gång. Det berodde på omständigheterna. Jag sa att jag var tacksam över att hon ändå gjort ett försök, och hon sa att jag var välkommen tillbaka för att prova vid ett senare tillfälle, om situationen höll i sig."

Servitören kommer med våra köttbitar, vi tar var sin tugga och nickar åt varandra för att bekräfta att det smakar gott. Sedan tar han vid igen.

"Innan jag lämnade henne tog jag tillfället i akt och frågade om hon brukade ägna sig åt att lokalisera försvunna personer. Hon svarade att det hände; både personer och saker — och husdjur, framförallt husdjur — och att det var som med min hustru. Ofta kunde hon vara till hjälp, men inte alltid. Jag berättade för henne att jag hade en god vän som var på jakt efter en person som försvunnit och undrade om hon trodde det var en god idé för honom att konsultera henne. Hon sa att han var välkommen. Det var bara att ringa och beställa tid i vanlig ordning. Jag tackade henne och betalade hennes arvode. Sextio dollar."

"Hon står inte i telefonkatalogen", påpekar jag.

"Jag tog hennes nummer", säger mr Edwards. "Hon vill tydligen ha en viss diskretion. Och inte för många klienter."

"Hur lyckades du få tid för egen del?" frågar jag.

"Jag ringde på dörren, helt enkelt. Behövde bara vänta en timme."

Jag nickar och funderar. "Och ditt allmänna intryck?" frågar jag. "Tycker du det är någon poäng med att jag går dit?"

Han stryker sig över hakan och ser eftersinnande ut. "Hon frågade om min hustrus namn började på Be-", säger han. "Jag hade absolut inte talat om vad hon hette."

"Verkligen?" säger jag.

"Jag förstår inte vad du har att förlora", säger mr Edwards.

Mitt möte med Geraldine Grimaux är avtalat till klockan elva på förmiddagen, men jag går hemifrån redan strax efter nio.

Det är en vacker och vindstilla höstmorgon, ginkoträden längs Leroy har äntligen fått ett och annat stänk av gult men ännu så länge är trottoarerna lövfria. När jag kommer ner till floden ligger den blank som vore den av glas. Jag går ut och sätter mig på en av bänkarna längst ut på pir 45.

Hudson River, tänker jag. Floden som flyter åt två håll. Förr i tiden hette den North River. Det är ett betydligt vackrare namn än Hudson, men amerikaner har ju en förkärlek för att uppkalla allting efter stora män. Kanske är det en sjukdom som florerar i

149

hela världen, förresten; jag vet inte varför jag sitter och begrundar dessa oväsentligheter, men det är någonting med namnen i det här landet, namn överhuvudtaget, som tränger sig på. Mittemot mig, på andra sidan vattnet ligger Lackawanna, Weehawken och Hoboken; jag känner inte till deras etymologi och jag förstår inte varför *Grimaux* spökar i min egen tillvaro. Bernard Grimaux och Geraldine Grimaux.

två blinda maskar ...

Jag bläddrar i New York Times och dricker av mitt kaffe. Konstaterar att det nu gått sex dygn sedan Winnie lämnade mig, och nästan lika länge sedan jag skrev till doktor Vargas. Från ingen av dem har jag hört ett ord; det sistnämnda kan jag utan tvekan stå ut med, men om jag inte får ett tecken från min hustru snart, kommer jag att behöva uppsöka någon annan Vargas här i New York. Om inte för annat, så åtminstone för att få lite hjälp med sömnen; i morse vaknade jag halv sex, allt annat än utvilad, och i det läge som råder känns det som om jag skulle behöva ett betydligt klarare huvud än det jag för närvarande bär omkring på.

Plötsligt dyker Scott och Empire State Building upp. Scott känner uppenbarligen inte igen mig, men det gör ESB. Han lägger sig med en djup suck över mina fötter och hans husse utnyttjar situationen till att börja en konversation. Han tar avstamp i vädret och Yankees senaste, katastrofala framträdande i Washington, men snart är han inne på det muselmanska världshotet. Jag låter honom hålla på en stund innan jag ursäktar mig med att jag har ett möte och lämnar dem bägge två. Scott bryr sig inte nämnvärt om detta; slår sig ner på min uppvärmda plats, bara, och fortsätter att föreläsa för hunden.

"Mr Steinbeck?"

"Ja."

"Välkommen. Varsågod och följ med mig in i samtalsrummet."

Hon är liten och tunn och fransk, precis som mr Edwards berättat. Och korrekt. Klädd i svart och med kortklippt hår som är så mörkt att det blånar. Rummet är litet med ett enda fönster inåt gården; två fåtöljer och ett minimalt cirkelrunt bord med glas och vattenkaraff. Väggarna är dovt gröna och alldeles kala, förutom en liten bokhylla med ett tjugotal volymer. Hon ber mig sitta ner i den ena av fåtöljerna. Samtalsrummet? tänker jag. Vad gör jag här?

Vi sitter tysta en stund mittemot varandra innan hon säger något, som om hon vill pejla in mig först. Jag förstår att hon har ungefär samma förhållande till tystnaden som Winnie. Mot min vilja får jag ett visst förtroende för henne.

"Jag känner att du är djupt bekymrad", säger hon. Hennes röst är mörk och behaglig. "Kan du vara snäll och berätta varför du kommit hit?"

Jag bestämmer mig för att lägga korten på bordet; en del av dem åtminstone.

"Det gäller min hustru", säger jag. "Hon är försvunnen."

"Försvunnen?"

"Ja."

"Sedan hur länge?"

"En vecka snart. Hon gav sig av i fredags."

Hon lägger ena benet över det andra och knäpper händerna i knät. "Du säger att hon gav sig av?"

"Ja."

"Kan du utveckla lite?"

"Hon lämnade ett meddelande om att hon skulle vara borta

några dagar. Men hon sa inte vart hon skulle åka och jag har ingen aning om var hon befinner sig."

"Ni bor här i New York, du och din hustru?"

"Sedan en tid. Vi kom hit i början av augusti."

"Och du vill prata med mig för att få reda på vart hon tagit vägen?"

"Ja."

Hon sitter tyst ett kort ögonblick.

"Men hon lämnade dig frivilligt, är det så?"

"Ja ... ja."

"Du tvekar."

"Det är en lång historia."

"Är inte livet alltid en lång historia?"

"Jo, jag antar det, men ..."

Jag avbryter mig. Geraldine Grimaux häller upp vatten i två av glasen. Vi dricker var sin klunk. Hon lutar sig tillbaka och knäpper händerna igen.

"Skulle du kunna berätta en smula om bakgrunden? Du får själv välja vad du tycker är väsentligt, men jag kommer inte att kunna hjälpa dig om jag inte känner till någonting mer om dig och din hustru. Vad heter hon, till att börja med?"

"Winnie. Hon heter Winnie." Jag hinner inte hejda mig och efteråt ser jag heller inget skäl till varför jag skulle ha gjort det.

I varje fall inte omedelbart efteråt.

Geraldine Grimaux knäpper upp sina händer och fattar tag om armstöden istället. Rätar på ryggen.

"Winnie Mason?"

"Ja."

"Och hon har också varit på besök hos mig?"

"Jag ... tror det."

"Tror?"

"Hon har varit här."

"Jag förstår."

Hon har fått ett stramare drag över munnen. Jag känner hur skamsenheten skjuter upp i mig.

"Du borde ha talat om det med en gång."

"Jag ber om ursäkt."

"Hade du tänkt hålla inne med det?"

Jag funderar hastigt och säger att jag inte vet. Hon nickar och sitter tyst i en halv minut. Betraktar mig; jag betraktar tillbaka så länge jag förmår.

"Du tycker det här är obehagligt?"

"Litegrann."

"Varsågod, drick lite vatten."

Jag lyder som om jag befann mig i en tandläkarstol.

"Det är inte ovanligt att man känner ett visst obehag", säger Geraldine Grimaux efter en ny paus. "I synnerhet brukar män göra det. Men det är bra om du kan skaka av dig det och försöka vara öppen. Jag är inte förvånad över att du kommit hit."

"Inte?"

"Nej. Jag hade två långa samtal med din fru och jag tror vi lyckades komma en bit på vägen. Det är ju er dotter Sarah det gäller, inte dig eller Winnie. Eller hur, mr Steinbeck?"

Jag känner plötsligt en smak av metall på min tunga, och hur någonting händer med min varseblivning. Som om allt blir tydligare, men samtidigt nästan genomskinligt, jag kan inte förklara det, och inte varför det sker just nu. Jag svarar ja, och väntar.

"Din dotter Sarah", upprepar hon.

"Min dotter Sarah."

"Som försvann i en grön bil utanför ert hem i Europa för ett och ett halvt år sedan?"

"Ja."

"Och som du förutsätter är död?"

"Jag... jag vet inte." Jag rätar upp mig i stolen, sväljer ett par gånger och försöker koncentrera mig.

"Din fru förutsätter att hon lever. Det är en avgörande skillnad."

"Naturligtvis", säger jag. "Naturligtvis är det en avgörande skillnad."

"Och varför förutsätter du att hon är död?"

Jag svarar inte. Jag vet inte vad jag ska säga. Geraldine Grimaux betraktar mig intensivt, som om hon verkligen letar efter en förklaring som bor hos mig utan att jag är medveten om den. Vi håller oss alldeles tysta igen, en minut, kanske två, jag får långsamt en känsla av att hon inte hittar det hon är på jakt efter.

"Mr Steinbeck", säger hon till slut. "Det här är en egendomlig historia. Till och med för en person med min erfarenhet, mycket egendomlig."

24

"Jag måste avgöra en sak först, ursäkta mig."

"Avgöra? Vad är det du måste avgöra?"

"Hur mycket jag har rätt att tala med dig om."

"Jag förstår inte."

Hon tittar värderande på mig. "Det är inte ett alldeles enkelt val", säger hon. "Du får inte missbruka det jag berättar för dig."

"Jag tänker inte missbruka någonting", säger jag och börjar känna en viss upprördhet. "Varför skulle jag göra det? Jag letar efter min fru och min . . ."

"Nej", avbryter hon. "Du kan inte uttala dig om det här så länge du inte känner till vad jag har att berätta."

"Ursäkta."

Hon sluter ögonen några sekunder och öppnar dem igen. Där finns någonting hos henne som jag inte riktigt kan acceptera, en sorts diskrepans, ett felaktigt anslag, jag kan inte ringa in det. Jag trycker tillbaka upprördheten.

"Men jag antar att jag måste göra det . . . berätta."

"Jag är tacksam för det", säger jag. "Jag hoppas du förstår det."

"Jag förstår det mycket väl", säger hon. "Jag ser det på dig. Nåväl, det började alltså för ungefär en månad sedan."

"Började?" säger jag.

"Ja, började. Får jag be att du lyssnar noga nu, för jag tänker bara gå igenom det här en gång."

"Jag lyssnar."

"Bra."

Hon drar två djupa andetag innan hon sätter igång. "Jag fick alltså besök av en kvinna som ville tala med mig om en dröm hon hade haft."

"En dröm?"

"Ja. Hon var mexikanska och i trettioårsåldern, jag hade aldrig träffat henne tidigare. Det hon berättade var att hon den senaste tiden, under en period om två veckor om jag inte tar fel, hade drömt samma dröm fyra eller fem gånger. Den var helt kort och handlade om en liten flicka som ropade på henne och bad om hjälp. Det var en mycket tydlig dröm, några sekunder lång, bara, flickan talade om att hon hette Sarah och att hon blivit bortrövad av en man i en grön bil ..."

"Det är inte ..." avbryter jag utan att veta vad jag vill säga. "Förlåt, fortsätt."

"Tack. Hennes dröm var mer eller mindre identisk från den ena gången till den andra, tydligen. Flickan såg ut att vara omkring fem år gammal, hon var klädd i en gul klänning och en röd kofta, och hon står just framför en grön bil när hon vädjar till den här kvinnan om hjälp. Också färgerna återkommer och är mycket distinkta. Gult, rött, grönt. Jag frågade henne om det möjligen fanns någon liten Sarah i bekantskapskretsen, men hon förnekade bestämt att det var så. Hon avslöjade också att hon under sitt liv ofta haft drömmar som slagit in, att det förekommit varsel av olika slag, och att hon av sina vänner ansågs ha mediala gåvor. Det var dock ingenting hon tyckte om att göra bruk av, men hon var väl medveten om att det förhöll sig på det här viset. Hur hon skulle förfara med flickan i drömmen visste hon däremot inte, det var därför hon kommit till mig. Hon kände att flickan krävde något av henne — eller åtminstone bad henne innerligt om hjälp, och det började alltmer kännas som att hon svek henne på något vis, om hon inte tog saken på allvar."

Diskrepansen är borta. Jag dricker en klunk vatten och försöker samla mina tankar. "Jag är med så här långt", säger jag. "Vad gjorde du?"

"Egentligen ingenting", säger Geraldine Grimaux i ett tonfall som plötsligt låter svävande. "Jag lyssnade till hennes berättelse, i många fall är det allt man kan göra. Kanske kan man säga att jag tog över ansvaret."

"Ansvaret?"

"Ja."

"För vad då?"

Hon svarar inte. Jag funderar.

"Färgerna stämmer inte", säger jag. "Sarah var inte klädd på det där viset."

"Jag vet", säger Geraldine Grimaux. "Din fru tog också upp det."

"Varför... varför kom hon just till dig, den här mexikanskan?"

Hon rycker på axlarna. "Kanske hade hon hört talas om mig, människor brukar hitta hit. Vi gick aldrig in på det, och jag fick heller inget mer besök från henne. Däremot ..."

"Ja?"

"Däremot dök det upp en annan klient en vecka senare, och det här är en man som brukar hälsa på mig då och då. Han är en mycket bräcklig person som ofta hör röster och ibland är full av alla möjliga vanföreställningar. Han påstår att han kan tala med fåglar, till exempel. Han tillhör den här stadens få kvarvarande uteliggare, men han sover inte på trottoarerna av nöd, utan för att han vill göra det. Då och då, vill säga, oftast vistas han i sitt hem

inte så långt härifrån. Jag har känt honom i trettio år, han är en ...
ja, en mycket speciell person."

Hennes röst har fått en ny klang medan hon talar om denne "klient", och jag förstår att han betyder någonting särskilt för henne. Jag noterar också att metallsmaken i min mun nu försvunnit.

"Det han hade att berätta var att han två tidiga morgnar i rad, i sitt hörn av Barrow där han brukar uppehålla sig, fått påhälsning av en man som bett honom uppsöka mig för att överlämna ett budskap."

"Va?" säger jag ofrivilligt.

"Jag sa ju att det är en egendomlig historia", påpekar Geraldine Grimaux med ett hastigt leende. Det är första gången under vårt samtal som hon ler och det ser nästan ut som om hon ångrar sig. "Budskapet som min klient fått var i alla händelser enkelt och entydigt. *Du ska gå till Grimaux och säga till henne att Sarah finns i Meredith.*"

"Sarah finns i ...?"

Jag nyper mig hårt i tumvecket för att stänga av denna urspårade dröm, denna fantasmagori, men det hjälper inte. Jag drar en preliminär slutsats om att jag ändå är vaken.

"I Meredith, ja. Och efter en påstötning bestämde sig alltså min klient för att följa uppmaningen och komma hit med budskapet."

"Sarah finns i Meredith?"

"Exakt. Min klient påstod att han aldrig tidigare träffat mannen som överlämnade uppmaningen till honom, men jag lovade att förvalta budskapet tills vidare. Han var en smula orolig över det, utan tvivel, och jag har inte sett till honom sedan den gången. Ja, och sedan ..."

"Och sedan?" säger jag.

"Och sedan kom alltså din fru hit. Om jag minns rätt var det den 25 september som jag träffade henne första gången. Jag kan kontrollera den saken om du vill. Hon berättade sin historia, jag lyssnade, och ..."

"Vänta nu", ber jag. "Varför kom hon hit? Vad var det som fick Winnie att vända sig just till dig?"

Geraldine Grimaux lutar sig tillbaka och funderar. "Jag är inte klar över hur jag ska hantera det här", säger hon efter en stund. "Din fru bad mig inte hålla dig utanför, vi diskuterade helt enkelt inte den aspekten. Men jag vet ändå inte riktigt hur ...?"

"Vad är det som hindrar dig?" frågar jag och känner irritationen skjuta fart igen.

"Känslan", säger hon. "Min känsla för vad som är rätt och fel. Jag får ofta förtroenden, stora och små, och det är viktigt att inte missbruka dem. Det kan vara uttalat och det kan vara outtalat."

"Men Winnie bad dig inte hålla tyst?"

"Nej, hon gjorde inte det. Men jag försöker komma underfund med om hon ändå inte förutsatte det. Hon trodde nog inte att du skulle hitta hit."

"Men du är inte förvånad över att jag gjorde det?"

"Nej. Jag är mycket sällan förvånad."

Hon sänker axlarna och sluter ögonen. Sitter alldeles stilla på det viset i en halv minut. Eller en hel eller två, det är svårt att mäta tid i det här rummet. Ett hundratal ordlösa tankar fladdrar förbi i huvudet på mig och ingen stannar kvar.

"Allright", säger hon till slut. "Det kanske är Sarah det gäller, trots allt. Så här var det alltså: Din fru Winnie kom till mig eftersom någon uppmanat henne att komma, men jag är faktiskt inte på det klara med hur det hade gått till. Jag tror ... ja, jag är ganska övertygad om att hon också ville hålla inne med det. Det rörde sig i varje fall inte om tecken i en dröm eller någonting sådant, så mycket förstod jag."

"Någon hade uppmanat henne?" frågar jag.

"Jag fick den uppfattningen", säger Geraldine Grimaux.

"Vem då?"

"Som sagt, jag har inte en aning."

"Samma person som kom till din klient på Barrow?"

"Jag upprepar: jag vet inte."

Jag tänker efter en stund. "Men det hänger ju ihop", säger jag. "Den här kvinnan och uteliggaren och Winnie."

"Och Sarah", lägger hon till. "Javisst hänger det ihop. Men fråga mig inte hur. Jag förstår inte vilka krafter som verkar i det här."

"Krafter?" säger jag.

"Ja, krafter."

Jag nickar och dricker vatten. "Och Meredith?" frågar jag. "Jag antar att det är en plats?"

"Det finns åtminstone tjugo platser med det namnet i det här landet", förklarar hon. "Allihop är små samhällen och det närmaste ligger norrut i staten New York. I utkanterna av Catskills, om du känner till det?"

Jag säger att jag vet vad Catskills är. Sedan känner jag en plötslig yrsel, jag vet inte vad den kommer sig av. Fast å andra sidan är det knappast något att förvånas över. Jag knyter händerna för att få lite energi i kroppen.

"Hur mår du?" frågar Geraldine Grimaux.

"Jag vet inte", säger jag. "Jag har svårt att ... att smälta det här, helt enkelt. Vad talade du och Winnie om egentligen? Mer än om de här budskapen, alltså. Du säger att hon besökte dig två gånger?"

"Det stämmer", säger Geraldine Grimaux. "Vi talade med varandra i åtminstone två timmar. Din hustru är en mycket intressant kvinna, mr Steinbeck. Och klok. Men här känner jag tydligt att jag måste dra en gräns."

"Förklarade hon för dig att hon tänkte ge sig iväg någonstans?"

Hon skakar på huvudet. "Vi talade mycket lite om hennes nuvarande planer. Vi talade om annat."

"Vad då, till exempel?"

"Jag är ledsen, mr Steinbeck."

Jag knyter händerna hårdare och stirrar in i väggen en stund. Jag märker att jag börjar känna samma svartsjuka som jag gjorde hemma hos Peter Brockenmeyer, när Winnie satt och pratade med Martha Bowles i soffan. Eller någonting därmed besläktat i varje fall, jag gör mitt bästa för att bita huvudet av det, och kanske har väggens gröna färg just den lugnande effekt som antagligen är dess uppgift.

"Men du håller det inte för otroligt att hon begivit sig till den där platsen?" säger jag. "Meredith, är det där jag ska söka henne?"

Hon svarar inte, betraktar mig bara med antydan till en rynka i pannan. Jag har svårt att se henne i ögonen längre, av någon anledning. Jag öppnar händerna och tittar på mina handflator istället, som om det skulle finnas några upplysningar att hämta där. Jag hör en hund skälla utanför på gatan och en dammsugare sättas på i någon annan del av huset. Det går ett stycke omätbar tid igen.

"Får jag kontakta dig om jag skulle behöva det?" frågar jag när jag inte står ut längre. "Jag ... jag känner mig ganska frustrerad för tillfället, jag måste nog få fundera över saker och ting i lugn och ro en stund."

"Naturligtvis", säger hon. "Du är välkommen tillbaka när du vill. Men du måste komma ihåg att jag drar mina gränser. Att jag måste dra dem."

"Jag har förstått det", säger jag. "Men jag har ändå en sista liten undran."

"Varsågod."

"Det finns en fransk poet med samma efternamn som du. Bernard Grimaux, känner du till honom?"

Hon stelnar till ett ögonblick, och jag ser att min fråga överraskat henne. Hon drar ett djupt andetag och sänker axlarna.

"Bernard Grimaux var min morfar", säger hon. "Hur kommer det sig att du vet vem det är?"

"Jag har läst några av hans dikter", säger jag. "Och kommer ihåg hans namn. Men jag trodde ..."

"Ja?"

"Jag trodde inte att han fick några barn. Förutom den där dottern som dog."

"Du tycks känna till en hel del om honom."

"En del", erkänner jag. "Men inte så mycket. Han dog här i New York, var det inte så? Efter att hans fru och dotter omkommit i Frankrike ..."

Geraldine Grimaux lyfter blicken och tittar upp i taket några sekunder innan hon svarar. "Det är alldeles riktigt", säger hon. "Han dog sex månader innan min mor föddes. En gasolycka, kanske var det självförvållat. Såvitt jag har förstått hade han ingen aning om att min mormor var gravid."

"Men hon tog hans namn? Din mormor?"

Hon skakar på huvudet. "Min mor. Det var min mor som grävde upp det efter sin skilsmässa."

"Jag förstår."

Efter detta yttrar ingen av oss någonting på gott och väl en minut, och det känns tydligt att vi kommit fram till en punkt. Dammsugaren stängs av. Jag tackar henne och frågar hur mycket jag ska betala; hon skrattar till, mycket kort, och förklarar att nästa gång kommer hon att gå efter sin vanliga tariff, sextio dollar, men att hon inte vill ha någonting betalt för dagens möte.

När jag lämnat henne tar jag vägen över Barrow, men trots att jag går hela vägen från 7:e avenyn ner till floden, ser jag inte till en enda uteliggare. Jag fortsätter ut på pir 45 och sätter mig på samma bänk där jag satt två timmar tidigare. Fortfarande ingen vind, fortfarande är det en sådan där klar höstdag som den här staden brukar berömma sig av. Jag sitter kvar i femton–tjugo minuter, medan jag tittar bort mot Lackawanna och Hoboken och Weehawken och går igenom samtalet med Geraldine Grimaux i huvudet. Det känns overkligt och oroväckande, och jag får antagligen inte särskilt mycket rätsida på någonting.

Sedan vänder jag North River ryggen och går tillbaka in i staden för att skaffa en karta; förvirring och sorg kan bara bekämpas med handlingskraft.

25

Under de år vi bodde i Saaren gjorde Winnie och jag inte många resor på tu man hand. Vi åkte var för sig till olika platser några gånger, eftersom våra yrken och våra uppdragsgivare krävde det, men en av oss stannade alltid hemma hos Sarah. Eller också tog vi henne med oss.

I början av december 2005 tillbringade vi dock tre dagar i Venedig tillsammans. Jag behövde genomföra en del enklare researcharbete, och vi bestämde att Winnie skulle följa med. Vår barnflicka Anne flyttade tre hus längre upp på gatan och bodde hos oss istället för hos Nesbiths under dessa dagar, det var ett enkelt arrangemang.

Vi anlände med tåg i den tidiga eftermiddagsskymningen, tog en vaporetta till vårt hotell på några minuters avstånd från San Marco, och jag minns att Winnie var närmast förstummad av hänförelse. Det var hennes första besök i Venedig och hon hade svårt att förstå att staden verkligen var på riktigt. Att det inte bara var kulisser; kanalerna, gränderna, broarna och valven.

Vi åt en romantisk och dyr middag på en restaurang i närheten av San Luca, och sedan ägnade vi flera timmar åt att gå vilse i dimmorna i denna den overkligaste och mest drömlika av städer. Vi älskade också, naturligtvis, och jag tror klockan var över fyra på morgonen innan vi somnade.

När vi vaknade nästa morgon var dock Winnie sorgsen; hon ville först inte berätta orsaken, men så småningom förklarade hon att det kom sig av att hon haft ett ont förebud i en dröm.

"Någonting hotar oss idag. Jag vet inte vad, men vi måste hålla oss vaksamma."

"Hotar?" frågade jag.

"Ja", svarade hon. "Någon eller någonting är ute efter oss, men jag vet inte vad det rör sig om, så du behöver inte fråga mera. Vi måste bara vara försiktiga. Jag tror inte vi ska vara ifrån varandra idag."

Det var inte särskilt vanligt att Winnie kände den här typen av varsel, men det hade hänt och jag hade lärt mig att ta dem på allvar. Eller åtminstone visa dem respekt. Vi hade heller ingen större anledning att släppa varandra ur sikte den här dagen; Winnie följde med mig till de tre–fyra platser jag behövde uppsöka för min research — Gritti och Harry's Bar, bland annat — vi klarade av alltihop under eftermiddagen, och det enda som möjligen kunde upplevas som en smula hotfullt var vädret. Det regnade nästan hela tiden och vinden som drog genom gränderna och över San Marco var inte nådig att tas med.

Men vid sextiden var vi tillbaka på vårt hotell; vi duschade varmt, bytte till torra kläder och letade oss sedan bort till en liten restaurang ett stenkast från Ponte Vecchio. Det var en ganska liten krog, och inte särskilt många gäster, men maten var god och vi drack ett utmärkt Piemontevin. När vi just hade fått in våra efterrätter, kom ett nytt par in genom dörren. En man och en kvinna i vår egen ålder, som det såg ut; båda var elegant klädda, som om de var ute och firade någonting. Jag skulle tro att de var en aning berusade också, men därvidlag kan jag ha tagit fel.

De fick ett bord lite längre in i lokalen, ett stycke ifrån oss, men när kvinnan efter att de beställt vad de tänkte äta reste sig från bordet för att uppsöka toaletten, kom hon att passera alldeles intill Winnie och mig.

Plötsligt stannade hon upp, satte ena handen för munnen och tycktes tveka ett ögonblick, innan hon utbrast:

"Ursula!"

Winnie hade just sträckt ut handen för att ta sitt glas, vi hade båda beställt Muscat till vår pannacotta och jag hade antytt en stillsam skål, men på grund av kvinnans utrop råkade Winnie välta sitt glas.

"Förlåt! Hoppsan, men visst är det Ursula?"

Kvinnan såg både generad och osäker ut, men när Winnie vred på sig och tittade rakt på henne sken hon upp.

"Herregud, det är så längesen ..."

Winnie skakade lite förvirrat på huvudet. "Jag är ledsen, men ..."

"Menar du att ...? Förlåt, jag var så säker på att ..."

"Det gör ingenting", sa Winnie. "Men jag heter tyvärr inte Ursula."

Kvinnan satte handen för munnen igen och såg olycklig ut. "Jag fick precis för mig ... och vinet ... det var inte min mening att ..."

En rad av sådana avbrutna meningar kom ur henne, sedan ursäktade hon sig ännu en gång och skyndade ut till toaletten.

Hennes man hade antagligen inte lagt märke till den lilla incidenten, och när kvinnan passerade oss på väg tillbaka till sitt bord log hon bara överslätande utan att kommentera det inträffade.

Av någon anledning hade dock Winnie blivit illa till mods, och något nytt glas Muscat ville hon inte ha. Istället insisterade hon på att vi genast skulle betala notan och bege oss tillbaka till hotellet.

Jag gjorde henne till viljes, förstås, men tyckte det hela var en bagatell och kunde inte riktigt förstå hennes starka reaktion. Jag såg ju att det var någonting särskilt, men inte förrän vi kommit i säng på vårt rum förklarade Winnie.

"Jag hade en skolkamrat som hette Ursula. Alla tyckte vi var lika som bär, men jag var inte förtjust i henne. Det var förresten ömsesidigt, vi blev båda illa berörda när någon jämförde oss. Vi var aldrig vänner, långt därifrån."

"Så du tror att det var henne den här kvinnan föreställde sig? Din gamla skolkamrat?"

"Jag vet inte", sa Winnie utan att se på mig. "Jag vet verkligen inte, Ursula dog innan hon fyllt tjugo. Hon blev mördad."

Vi talade inte mer om incidenten på restaurangen i Venedig. Efteråt har jag förstås tänkt på den då och då — den har känts så märklig och isolerad; utskuren ur alla sammanhang på något vis — men eftersom det alldeles uppenbart var en händelse som Winnie ville försänka i glömska, har jag aldrig haft anledning att ta upp den med henne.

Jag vet heller inte riktigt varför jag sitter vid mitt bord och skriver om detta, men jag har vant mig vid att inte alltid försöka förstå de subtila mekanismer som skickar iväg en berättelse i en viss riktning.

Eller ett liv.

26

Mr Edwards är inte på plats denna fredag. Jag räknar efter och kommer fram till att det är tredje gången sedan jag började besöka biblioteket på Leroy Street. Den första var när han skuggade min hustru i förra veckan, den andra när han besökte Geraldine Grimaux nu i tisdags.

Men kanske är det bara fråga om ett nytt läkarbesök, kanske kommer han att dyka upp under eftermiddagen. När jag avhandlat incidenten i Venedig — som verkligen dök upp i mitt huvud alldeles oförmodat — koncentrerar jag mig på nytt på bilatlasen som jag köpte igår på Barnes & Noble på 6:e avenyn. Jag har hittat en liten prick som markerar orten Meredith i staten New York, den ligger precis ovanför Catskills stora naturreservat cirka trehundra kilometer åt nordväst. Ungefär halvvägs till Buffalo och Niagarafallen, konstaterar jag. Men det finns också andra platser som heter Meredith; en liten stad i New Hampshire, till exempel, det ligger heller inte så långt borta från denna väldiga stad i detta väldiga land där jag av oklara skäl befinner mig, och jag sitter en stund och undrar varför Geraldine Grimaux hänvisade mig till just detta lilla samhälle intill Catskills. Den närmaste riktiga staden heter Oneonta, tydligen, jag har aldrig hört talas om den men den ligger utefter Highway 88 som går mellan Albany och Binghampton.

Oneonta? Ännu ett av dessa namn. Vilket språkområde härstammar det från? Kan det vara indianskt? Eller *infött amerikanskt*, som det förmodligen skulle heta med dagens eufemistiskt korrekta terminologi. På Shakespeares tid bodde enbart indianer på Manhattan, det är en av dessa sanningar som jag har svårt att ta till mig. För vad är det den egentligen säger om den här staden och det här landet? En nation som på sin höjd befinner sig i puberteten, eller vad?

Hursomhelst, det jag så småningom kommer fram till när det gäller själva huvudfrågan, är att Geraldine Grimaux antagligen undanhållit mig information. Det måste vara så. Om Meredith i Catskills verkligen är rätt plats att leta på, så bör Winnie ha fått någon ytterligare fingervisning om detta. Och hon måste ha berättat om det för Grimaux. Eller tvärtom, Grimaux kan ha haft informationen och tipsat Winnie. Samtidigt som jag konstaterar detta, inser jag ju också hur konstruerat ett sådant här scenario förefaller — vilket förbannat mischmasch av godtyckligheter och önsketänkande och fantasier det är byggt av — men jag klamrar mig ändå fast vid detta halmstrå för att inte tappa fästet helt och hållet. Detta ynka hopp, visst är det detta jag sysslar med?

Men också av princip, intalar jag mig; sysslolösheten är den sämsta av bundsförvanter, att bara gå omkring här i detta allt absorberande Greenwich Village, mellan Carmine och biblioteket och floden, medan hösten djupnar, medan skymningen och mörkret kommer allt tidigare och stannar allt längre, och vänta på jag vet inte vad ... medan jag drar mellan barerna och krogarna som en nervös zombie, ja, det kommer att göra mig galen, helt enkelt; om jag inte förstår någonting annat så förstår jag åtminstone detta. Vill man långsamt bli vansinnig är New York utan tvivel en plats där man i lugn och ro kan få ägna sig åt denna sysselsättning, utan att någon lägger hinder i ens väg. Den har allt, den här staden.

Och det enda ljuset i min tunnel är alltså denna lilla prick som heter Meredith.

Sarah finns i Meredith?

Jag vet inte vad det betyder och inte för en sekund inbillar jag mig att vår dotter befinner sig däruppe. Varför skulle hon göra det? Hur skulle hon kunna vara i livet med ens, och hur skulle den kedja av händelser se ut som börjar med mannen i den gröna bilen på Wallnerstraat i Saaren i gamla Europa den 5 maj 2006 och som leder fram till Meredith, New York State, nästan ett och halvt år senare? Den 12 oktober 2007, vilket är dagens datum. Det är bra frågor, förbannat bra frågor.

Men att Winnie kan ha lämnat Manhattan för att söka i dessa okända trakter, det är en annan sak. På det viset kan det faktiskt förhålla sig, om jag behöver halmstrån så behöver hon dem i samma mån, förstås — eller vad är det frågan om? Ligger någon annan än Winnie själv bakom allt detta? Någon som drar i dessa trådar/halmstrån. Måste det inte finnas en sådan faktor? Inte kan hon ha föranstaltat allt detta på egen hand? Men ju mer jag tänker på det, ju mer jag försöker tolka dessa egendomliga budskap från egendomliga personer, desto mer svårhanterligt och undflyende förefaller det.

Och ändå, till syvende och sist, vilka andra vägar står mig till buds? Vad finns kvar att inte tvivla på, mer än det tröstlösa väntandet och den sterila nollpunkten?

Och barerna och galenskapen, som sagt. Sanningen är en skabbig get, lögnen en vacker kvinna, varsågod och välj; vem var det som sa det?

Jag kastar en blick bort mot mr Edwards tomma bord, och önskar att han hade funnits på plats. Jag skulle behöva diskutera sakernas tillstånd med honom — eller med vem som helst egentligen, men tanken på att dra in någon annan i dessa fördömda abstrusiteter och besynnerligheter känns allt annat än tilltalande. Naturligtvis är det också sådana hänsynstaganden som styr mig, jag vill inte framstå som en löjlig – eller i bästa fall tragisk – dåre.

Jag äter en sen lunch på Le Tartine på 4:e gatan, och sedan väntar jag hela eftermiddagen på att mr Edwards ska dyka upp. Först när klockan blivit sju och det är en timme till stängningsdags, ger jag upp och inser att han inte tänker komma till biblioteket den här dagen. Av skäl som jag varken kan eller vill göra mig en föreställning om. Men förhoppningsvis bara ett läkarbesök, som sagt.

Jag uträttar egentligen ingenting under dessa timmar. Försöker skriva ett par ingångar, men det fungerar inte. Jag river ut sidorna ur blocket, kastar dem i papperskorgen och så småningom övergår jag helt och hållet till att studera kartan. Jag har en sorts tickande oro i kroppen, den tilltar i takt med att skymningen tätnar utanför fönstren, och när jag så småningom går in på nätet och börjar leta efter biluthyrningsfirmor utifrån vårt postnummer på Carmine, känns det mest som en urvattnad lek, ingenting jag på allvar har för avsikt att fullfölja.

Så småningom bokar jag ändå en Chrysler Cruiser från Enterprise på Thompson Street och betalar med mitt kreditkort. Den kostar bara 69 dollar för 24 timmar, plus diverse försäkringar och bensin, och jag kan hämta ut den när som helst efter klockan 8 imorgon bitti. Jag tänker att det ändå är ett sätt att fylla en dag, och frånsett den korta trippen till paret Brockenmeyer/Bowles i Brooklyn härförleden, har jag inte varit utanför Manhattan på över två månader. Alldeles säkert är det på tiden.

Jag har inte kontrollerat min mail medan jag suttit på biblioteket, men jag gör det när jag kommit hem. Där finns två nya meddelanden i inkorgen, det ena är en rutinhälsning från min förläggare, det andra en kort upplysning från doktor Vargas sekreterare och det riktar sig till en stor grupp mottagare; hon beklagar att doktorn inte kunnat sköta sin korrespondens på sedvanligt sätt, eftersom han drabbats av en stroke. Hans tillstånd är inte livshotande, men han kommer att vara sjukskriven på obestämd tid. Där finns också hänvisningar till två andra läkare, både med telefonnummer och mailadresser.

Inte livshotande? tänker jag och försöker förstå vad det innebär. Om detta är det mest positiva som kan sägas om läget måste det vara allvarligt. *Han är i varje fall inte död än*, så kunde hon kanske också ha formulerat sig. Jag förstår i alla händelser att jag inte kommer att ha något utbyte av att diskutera min hustrus tillstånd med doktor Vargas, han har säkerligen nog med sitt eget.

Jag märker också att jag egentligen inte är förvånad över denna nya men perifera ingrediens i händelseutvecklingen. Inte förvånad alls. Det känns som om jag vandrar, och har vandrat, i väl preparerade fåror under mycket lång tid, och att det mönster som styr min vandring kommer att framstå alldeles tydligt för min blick när jag en gång i framtiden kan sätta mig ner och se tillbaka. Ja, ungefär så ter det sig faktiskt. Men jag kan inte avgöra om detta vaga löfte är någonting att se fram emot, eller om jag en dag kommer att förbanna det och vända mig bort ifrån det.

27

Kanske är det så att mitt författarskap tog slut den 5 maj 2006. Jag vet inte vad som kommer att hända med den text jag för tillfället försöker få ur mig, men *Den springande punkten*, det digra roman-manus som jag var sysselsatt med vid tidpunkten för Sarahs för-svinnande, kommer aldrig att se dagens ljus, det förstår jag. Inte under några förhållanden.

Även mitt offentliga liv upphörde efter detta datum; journa-lister och kulturfolk slutade ringa, jag fick inga förfrågningar om artiklar, föreläsningar eller paneldiskussioner. Jag vet att min agent Lucienne Bergson låg bakom tystnaden, hon kontaktade mig så snart hon fått kännedom om vad som hänt, och efter att ha uttryckt sitt deltagande och sin chock, frågade hon hur jag ville ha det. Jag svarade omedelbart att jag ville slippa alla så kallade författarupp-drag tills vidare.

Så blev det också, och både med tanke på Winnies tillstånd och med tanke på annat har jag aldrig haft anledning att ångra mitt beslut. Inte förrän en bit in i augusti blev jag en smula påmind om mitt tidigare liv, när jag fick ett mail direkt från en kultur-arbetare i en liten stad där jag tidigare varit och pratat en gång. Uppenbarligen var hon helt okunnig om vad som inträffat med vår dotter; hon frågade rakt på sak om jag möjligen hade tid för ett författarframträdande i mitten av september. Det var visserligen kort varsel, hon bad om ursäkt för detta, men man hade upptäckt att det fanns pengar kvar i budgeten som var öronmärkta för den här sortens verksamhet. Hon hade mycket uppskattat mitt förra besök, som låg fyra år tillbaka i tiden. Det kunde väl inte skada att fråga?

Det aktuella datumet var en lördag, och utan att reflektera mer än några sekunder mailade jag tillbaka och lovade att komma. När dagen närmade sig, jag har för mig att det var den 13 september, började jag dock känna en viss ruelse för uppdraget. Vad skulle jag prata om? Vad skulle jag läsa för texter? Min senaste roman hade funnits i handeln i två år vid det här laget, om en författare ställer sig på en scen brukar han ändå förväntas ha någonting nytt i bagaget.

Inte förrän sent på fredagskvällen bestämde jag mig för att presentera en roman under arbete, som det brukar heta. Jag letade fram ett kapitel ur *Den springande punkten*, gjorde två eller tre korrigeringar, provläste högt för mig själv under en halvtimme och tänkte att det åtminstone inte rörde sig om skåpmat.

Det hela avlöpte också bättre än jag fruktat. Jag framträdde i själva biblioteket, samma plats där jag stått fyra år tidigare, och publiken — ett femtiotal personer — tycktes uppskatta min framställning. Jag vet inte hur många av dem som kände till vad som hänt med min dotter, men när det blev dags för frågor och svar, var det ingen som berörde det ämnet. Det var inte förrän efteråt, medan jag satt och signerade mina gamla böcker som ortens bokhandlare släpat dit, som en märklig händelse inträffade. Allra sist i signeringskön stod en kvinna i femtioårsåldern och när hon fått min namnteckning i sin bok, bad hon att få tala avsides med mig helt kort. Efter en hastig tvekan gjorde jag henne till viljes och vi tog skydd bakom några bokhyllor. Hon sänkte rösten och lade handen på min arm.

174

"Jag tycker mycket om dina böcker", sa hon. "Men det är inte det det gäller. Det gäller din dotter."

Jag svarade inte. Hon fortsatte. "Jag har själv mist en son, det är många år sedan, men jag vet vilken smärta det innebär. Jag brukar inte vara synsk, men jag har läst allt om ditt fall och jag har en upplysning."

"En upplysning?" frågade jag.

Hon nickade. "En upplysning. Be mig inte förklara hur jag kommit över den, men jag vill att du tar mig på allvar. Jag tänker inte slösa tid här och nu med en massa förklaringar, men jag känner till bilnumret."

"Förlåt?"

"Jag känner till registreringsnumret på den bil som din dotter försvann i."

Jag minns inte vad jag svarade, om jag nu svarade någonting alls, men hon räckte över ett litet dubbelvikt papper som hon hållit i handen, bad om ursäkt för att hon trängt sig på, och innan jag visste ordet av hade hon lämnat både mig och biblioteket.

Tanken att hon måste vara galen, eller åtminstone ha en skruv lös, var det första som dök upp i huvudet på mig; jag vet av erfarenhet att det tyvärr finns en och annan sådan läsare. Bibliotekarien påkallade min uppmärksamhet, jag stoppade lappen i bakfickan på mina jeans, och det var inte förrän två dagar senare, på måndagskvällen, som jag tog fram den och tittade på den. Jag vet inte varför jag dröjde så länge med att göra det, men så var det.

Där stod mycket riktigt ett bilnummer. Efter att ha sovit på saken ringde jag på tisdagens morgon till polisen och berättade vad som hade hänt. Så småningom kopplades jag till inspektör Tupolsky, jag åkte till stationen och överlämnade papperet i hans händer.

Jag glömde naturligtvis inte bort incidenten, men jag tänkte heller inte särskilt mycket på den. Och jag berättade absolut ingenting för Winnie; inte för doktor Vargas heller, antagligen eftersom jag utgick ifrån att kvinnan varit en smula rubbad — men efter drygt en vecka fick jag ett samtal från Tupolsky. Han förklarade att det faktiskt kunde ligga någonting i tipset. Den aktuella bilen hade visat sig vara en grön Audi, årsmodell 2003; den hade rapporterats stulen den 3 maj 2006 av ägaren, en viss professor Bauling, i Herrenstadt, drygt 50 kilometer norr om Saaren. Bilen hade återfunnits övergiven i utkanten av Maardam i början av juni. Den hade återbördats till ägaren, som, informerade Tupolsky, fortfarande körde omkring i den och som utan invändningar gått med på att polisen lånade in den för en noggrannare undersökning nästföljande vecka.

Jag deltog i denna undersökning genom att jag konfronterades med den gröna Audin. Jag tillfrågades om fordonet skulle kunna vara identiskt med det jag sett genom vårt köksfönster på Wallnerstraat klockan 15.35 den 5 maj, och jag förklarade att det mycket väl kunde förhålla sig så. Både form och färg stämde väl överens med min minnesbild. Tupolsky och Vendler antecknade detta med bistra miner och sedan vidtog en minutiös undersökning av bilens inre. Den pågick under två dagar, det var i varje fall den information jag fick; ett vitt spektrum av prover togs, förseglades och sändes i vederbörlig ordning iväg till Kriminaltekniska laboratoriet i Maardam, och tre veckor senare kunde man konstatera att det inte gick att påvisa att Sarah skulle ha befunnit sig inuti den aktuella bilen. Det fanns i och för sig ingenting som talade för motsatsen heller, men något matchande och avgörande DNA hade inte kunnat tillvaratas.

Under ett par höstmånader pågick också intensiva spaningar

efter kvinnan från biblioteket men inte heller på den vägen kom något genombrott. Man hittade henne helt enkelt inte, trots att man pratade med såväl den bibliotekarie som arrangerat mitt framträdande som med hennes kolleger och en stor del av den närvarande publiken.

Fast å andra sidan, erkände inspektör Vendler när jag samtalade med henne i början av december, att Sarah blivit bortförd i en grön bil hade vem som helst kunnat läsa sig till i tidningarna. Kanske var hon bara gift med en simpel biltjuv och ville göra sig lite märkvärdig, den där kvinnan.

Jag kunde ha svarat att jag absolut inte fått ett sådant intryck av henne, men jag gjorde inte det. Förklarade istället att jag var tacksam för att man ändå lagt ner så mycket tid och arbete på att följa detta spår så långt det var möjligt.

Om jag inte tar fel var detta också det sista tillfälle då jag talade med någon representant för polismyndigheten om Sarahs försvinnande.

28

Jag hämtar ut min svarta Chrysler Cruiser från biluthyrningsfirman på Thompson Street strax efter klockan åtta på lördagsmorgonen. Det är ännu en klar och vacker höstdag; jag tar mig upp längs West Highway och Hudson Parkway och jag lämnar Manhattan via George Washington Bridge. Trafiken är ganska gles och jag hittar utan svårighet ut på Highway 4. Konstaterar lite förvånat att bebyggelsen nästan omedelbart ersätts av lövskog och öppna fält; jag fortsätter via Highway 17, passerar en och annan stadskaka, och kommer så småningom upp till Interstate 87, som går norrut till Albany och sedermera Montreal i Canada. Jag färdas genom ett böljande vackert landskap med glödande färger, hösten har hunnit ett par nyanser längre häruppe jämfört med New York City, och jag tänker att skillnaden mellan den inre och den yttre verkligheten knappast kan bli större än så här.

Vid Kingston, efter dryga två timmars körning, tar jag av in på Highway 28 som skär västerut rakt igenom Catskills, och på en liten plats som heter Boiceville stannar jag och tankar. Sitter sedan en stund i solskenet på en bänk med kaffe och en muffin, medan jag studerar kartan och ser mig omkring. Solen behövs verkligen, för det är kyligare luft här uppe i bergen. Hela Catskills är ett stort naturreservat, här finns vandringsleder och campingplatser och forsränning, skidspår om vintern och timmerstugor att hyra. Själva Boiceville verkar vara en typisk turistort för friluftsfolk, ett litet samhälle som ligger utslängt längs vägen och floden, bara;

några butiker, ett par diners, ett par caféer. En skylt alldeles invid bänken där jag sitter visar att det ligger ett buddhistiskt center lite längre upp i skogen. På bänken intill min sitter två unga män med ryggsäckar, rutiga skjortor och var sin Bud Light. Enligt kartan har jag åtminstone en timmes körning kvar innan jag är framme vid den lilla pricken Meredith, förmodligen en och en halv. Jag försöker begripa hur den verklighet ser ut som skulle innebära att jag hittar min hustru och min dotter däruppe.

Det fungerar inte. Jag får det inte att gå ihop, kan inte föreställa mig att det finns någon sådan verklighet. Sedan jag talade med Geraldine Grimaux har jag brottats med samma absurda frågor mer eller mindre varje vaken minut. Dessa okända människor som kommit med dessa budskap om Sarah. Uteliggare som kan tala med fåglar, mediala mexikanskor och gudvetvad. Det är så förbannat bisarrt alltihop, och om det inte gällde liv och död skulle jag naturligtvis avfärda det som ett hopkok av inbillningar och esoteriskt dravel. Jag tror inte på sådant här, vissa saker kan inträffa, vissa andra inträffar möjligen under högst specifika omständigheter, vissa ligger utom all rimlighet. Mönstret är obegripligt.

Det tjänar förstås inte mycket till att sitta i solskenet på en bänk i Boiceville i Catskills och göra dessa nyktra bedömningar. Ingenting alls; men eftersom jag inte står ut med att göra ingenting alls är det bättre att göra vad som helst; det är ett enkelt och beprövat förhållningssätt för tvehågsna agnostiker. När nu det orimliga livet ändå tycks pågå, låt oss kliva på tåget. Jag inser plötsligt hur ensam jag är, men det är ju de omständigheterna jag skurit till åt mig. Mycket medvetet också, jag har ingenting att skylla på; men när Winnie är ute ur bilden känns det med ens mycket tomt. Det har känts tomt sedan den 5 maj 2006, förstås, men

Winnie har — även i sina svagaste stunder, och kanske framförallt där — inneburit ett skydd. I den myllrande staden New York, där jag faktiskt bor, känner jag noga taget tre personer: mr Edwards, Peter Brockenmeyer och Frederick Grissman, och alla tre är ytterst ytliga bekantskaper. Jag brukar säga godmorgon och godkväll till fem eller sex människor i kvarteret, men på det hela taget har jag ingen som står mig närmare än de två öldrickande ryggsäckarna på bänken intill.

Hemma i Europa är det en smula bättre ställt, men bara en smula.

lystrar förvånade till rösten från ovan?

Nej, det har aldrig blivit kött, inte detta heller. Aldrig mer än en lek med möjligheter. Men vad är det som har varit viktigt i det här förbannade livet, egentligen? Var brinner mina eldar? Var brann de?

Inte heller dessa reflektioner känns särskilt uppbyggliga; jag avslutar mitt kaffe och min muffin och kryper in i bilen igen. Fortsätter upp genom de gröngula bergen.

Liftaren står under en ek i utkanten av samhället Andes och jag vet inte varför jag plockar upp honom. Jag brukar inte plocka upp liftare, i varje fall inte skäggiga medelålders män som ser ut som övervintrade hippies.

Han hivar in sin ryggsäck i baksätet och sjunker ner bredvid mig på passagerarsätet med en tung suck.

"Tack ska du ha", säger han. "Det är glädjande att det fortfarande finns en och annan anständig människa i det här landet. Jag ska bara till Delhi dessutom, så du slipper mig efter en halvtimme."

Han uttalar Delhi som "dell-haj!" Jag frågar honom om det verk-

180

ligen heter så och han förklarar att han gått fyra år på college där, och även om han gick miste om mycket, så lärde han sig i varje fall uttala namnet på stan.

Därefter presenterar vi oss; han heter John B Stratton, han är tillfällig vagabond och han är ute och letar efter sina rötter. De senaste fem åren av sitt liv har han tillbringat i ett fängelse i Texas, och när han slapp ut för drygt tre veckor sedan förstod han att just detta var det första han måste göra. Hitta sina rötter och begripa var det gick fel. Och varför.

Jag säger att jag förstår precis vad han talar om och frågar varför han suttit i fängelse. Han rycker på axlarna och förklarar att det rör sig om en rad olyckliga omständigheter, men att det egentligen bara var en tidsfråga. Han har inte begått några grova brott, men det var andra resan och åtalspunkterna uppgick till styvt ett dussin. Mer vill han inte säga; han kommer ursprungligen från Raleigh i North Carolina, en av de mest gudsförgätna platserna på denna jord, avslöjar han i förtroende, men det var inte förrän under collegetiden i Delhi det började gå snett på allvar. Sedan har han bott i Oregon, Kalifornien, Arizona, Texas och tre eller fyra andra stater. Han har två efterlämnade fruar och fyra efterlämnade barn, bara han klarat av Delhi ska han ta itu med alla dessa människor också.

"A man's gotta do what a man's gotta do?" föreslår jag.

"Exakt", konstaterar John B Stratton och sedan frågar han vad en sådan som jag har för ärende i den här delen av detta betydligt överskattade land.

"Jag letar efter en person", säger jag. "Eller egentligen två personer", lägger jag till.

John B Stratton accepterar detta som om det vore den naturligaste sak i världen. Vissa letar efter sina rötter, vissa letar efter annat. Världen är full av sökare. Han sträcker sig över till baksätet och plockar fram två burkar Coor Light ur ryggsäcken, räcker över den ena till mig utan att fråga om jag vill ha. Vi öppnar och dricker var sin klunk.

"Vilka då?" frågar han sedan. "Vilka är det du letar efter?"

"Min fru och min dotter", säger jag.

"Aj fan", säger John B Stratton. "Så hon har stuckit, alltså?"

"På sätt och vis", säger jag.

"Jaså", säger han. "Och dom skulle finnas här i trakterna, menar du?"

"Jag vet inte", säger jag. "Det finns tecken som tyder på det."

"Säger du det?" säger han och dricker en klunk öl.

"Meredith", säger jag. "Känner du till det?"

"Meredith? Vad fan gör dom i Meredith?"

Jag säger att jag inte har en aning men att jag fått ett tips om att de kanske befinner sig där.

"Jag vet var det ligger", förklarar John B Stratton. "Längs vägen mellan Delhi och Oneonta, men det är knappast ett samhälle. Det bor mest kor och grisar därborta. Är du säker på det här?"

Jag säger att jag inte är ett dugg säker, men att jag i varje fall vill göra ett försök.

"Du bor i New York City, förstår jag?"

"Sedan ett par månader, ja."

"Jag bodde också där ett par månader", säger John B. "Lower East, höll på att frysa arslet av mig. Det var i januari och februari för tio–tolv år sen. Bor din fru och dotter där också ... egentligen? När dom inte är ute och rör på sig."

Jag bestämmer mig för att inte komplicera saker och ting och säger att det stämmer. Fast inte Lower East. Han nickar och töm-mer i sig återstoden av ölburken. Knycklar ihop den och stoppar tillbaka den i ryggsäcken. Vi sitter tysta några sekunder.

"Och du vill verkligen få tag i henne?" frågar han.

"Ja", säger jag. "Jag vill det."

Han nickar. "Mitt problem är att ingen av mina fruar vill se röken av mig. Knappast mina ungar heller. Jag måste tyvärr erkänna att jag förstår dom."

"Om du skulle leta efter nån i Meredith", frågar jag, "var skulle du börja i så fall?"

"Inte en susning", säger John B Stratton. "Har du inget mer att gå på?"

"Inte mycket", säger jag.

Han funderar en stund.

"Vete fan", säger han sedan. "Har bara åkt igenom där några gånger när man skulle till Oneonta, det är liksom bara bondvischa. Fast jag tror det finns ett café i kröken när man kommer över ån, du kan ju alltid fråga där. Om det finns kvar, alltså. Holy Cow, det är nästan tjugo år sen jag var i dom här trakterna."

"Okej", säger jag. "Jag får se hur jag gör."

Sedan kommer vi plötsligt ut ur skogslandskapet och staden Delhi breder ut sig framför oss.

"Du kan släppa av mig var som helst", säger John B.

Jag stannar på Main Street utanför ett Starbuckscafé, han tackar för skjutsen och förklarar att jag ska svänga till vänster efter brand-stationen, annars kommer jag aldrig att hitta till Meredith.

"Lycka till", säger han.

"Du också", säger jag.

"En sak till", säger han när han redan står på trottoaren med

183

ryggan vid fötterna. "Om du tänker sitta i fängelse i det här landet, håll dig borta från Texas."

"Tack", säger jag. "Jag ska komma ihåg det."

Det finns verkligen ett café i kröken vid ån, och det ser ut att ha funnits där i åtminstone tjugo år. Förmodligen fyrtio och sextio också. Det heter *Buffalo Zack's*, är ett brunflammigt, spontat träruckel och jag parkerar två meter från dörren. Tre andra fordon står också parkerade med nosarna mot väggen; två pick-up-lastbilar och en gammal rostig Ford Thunderbird. Jag tittar på klockan; den är några minuter i ett, resan från New York har tagit nästan fyra timmar, inklusive stoppet i Boiceville.

Jag kröker rygg under den smutsiga amerikanska flaggan som hänger ovanför entrén och en tredjedel av dörröppningen och kliver in. Det är halvskumt i lokalen, men jag identifierar den snart som en alltiallo-butik, inte bara ett café. Bakom en lång disk finns rader av specerier och grönsaker. Kylda drycker och mejerivaror i två stora kylskåp med glasdörrar, konserver och en del annat smått och gott på hyllor utefter alla väggar. Vid en annan disk, bakom en repig glasskiva, tronar diverse färggranna bakverk och till höger därom står en kaffemaskin och en kvinna i hundrafemtiokilosformat. Tre bord med fyra stolar vid varje utgör själva caféet, två av stolarna och två av borden är upptagna; ett par män i cowboyhattar dricker öl och bläddrar i tidningar utan att bry sig om vare sig varandra eller mig. Jag vänder mig till kvinnan bakom disken och beställer en kaffe med socker och mjölk. Jag ser inte till någon espressomaskin och när jag dricker amerikanskt kaffe använder jag alltid socker och mjölk för att det åtminstone ska smaka någonting alls.

184

"Stay or go?" säger kvinnan och andas tungt. Jag vet inte om det har med hennes kroppshydda att göra eller om hon har astma.

Jag förklarar att jag tänker dricka mitt kaffe härinne. Hon nickar, häller upp och jag betalar. Sätter mig vid det lediga bordet. Börjar bläddra i en lokaltidning som heter The Daily Star och undrar vad i helvete jag ska göra nu. Jag befinner mig bara fyra timmar från Manhattan, men det känns plötsligt som om jag hamnat i ett annat land. Tanken att Winnie eller Sarah skulle finnas någonstans här i närheten känns fullständigt befängd; jag förstår att min främlingskänsla är en smula överdriven, säkert är både männen och den kraftiga kvinnan läskunniga och demokratiska och allt möjligt, men bara detta att kaffet, trots kraftig tillsats av både mjölk och socker, inte kommer i närheten av vad som i den civiliserade världen avses med denna dryck, gör att livsandarna sjunker i mig som en sten i en brunn. Jag tänker att det är lika bra att jag går ut och skjuter mig en kula för pannan innan mitt liv fortsätter längre ner i denna skruvade baklängesmalström.

Sedan rycker jag på axlarna och tänker att vad fan. Tar upp mina bägge fotografier ur plånboken, reser mig och går fram till kvinnan, som fortfarande står kvar som ett sorgset berg bakom disken.

"Ursäkta", säger jag. "Jag är på jakt efter två kvinnor. Jag är privatdetektiv, det rör sig om en mor och hennes dotter och det finns anledning att förmoda att de befinner sig någonstans här i trakten."

Jag placerar mina fotografier framför henne på disken. Undrar om hon kommer att be mig om legitimation, kanske överväger hon det verkligen under ett par astmatiska sekunder, men hon låter det bero och lyfter upp de bägge bilderna, en i taget mellan tumme och pekfinger medan hon granskar dem ingående. Lägger tillbaka dem på bordet och skakar på huvudet.

"Sorry."

"Ni har inte sett till dem?"

Hon skakar på huvudet.

"Ingen av dem?"

"Nej."

"Ni känner väl till de flesta som bor här?"

"Alla."

"Och de som bor i trakten brukar väl komma in här? Någon gång i veckan åtminstone?"

"Alla."

Jag noterar att bägge de öldrickande männen riktar åtminstone en del av sin uppmärksamhet mot mig och caféinnehavarinnan.

"Men ni har alltså inte haft besök av någon av de här personerna?"

"Nej."

"Ni är säker?"

"Ja."

Jag stoppar tillbaka mina fotografier i plånboken. Återvänder till mitt bord. Sitter kvar ytterligare några minuter medan jag dricker upp mitt avskyvärda kaffe. Betraktar de inramade bilderna av svartvita okända makthavare, soldater och idrottshjältar som hänger högt och lågt på väggarna och tänker att de här människorna, såväl kvinnan bakom disken och de öldrickande männen som makthavarna och hjältarna, ändå har levt och lever sina liv på jorden och att det enorma avstånd som råder mellan dem och mig inte är deras problem. Det är helt och hållet min egen förtjänst, jag

186

har frivilligt fjärmat mig från så många och så mycket, och det föder en alienation och en skuld som tynger alldeles förfärligt mycket så fort jag börjar betrakta allting i vitögat. Ja, ungefär så ligger det faktiskt till.

Jag reser mig hastigt, mumlar ett otydligt tack till Sorgsna Berget och lämnar Buffalo Zack's. När jag kommer ut i solskenet drabbas jag av en plötslig impuls och går tillbaka in och köper ett paket cigarretter. Jag har inte rökt på mer än tio år och förstår inte varifrån detta infall kommer, men det spelar ingen roll. Jag sätter mig på en bänk, tänder och drar ett par djupa bloss som för ett ögonblick får hela omgivningen att gunga till.

När allt åter stabiliserats inser jag att en av öldrickarna kommit och satt sig bredvid mig på bänken. Han verkar vara i sextioårsåldern, liten och tunn och omgiven av en lukt av svett och gödsel; åtminstone tror jag att det är gödsel, svetten är jag säker på.

”Ursäkta, monsieur”, säger han, jag vet inte varför han använder just det tilltalsordet, kanske vill han upprätta något slags elitistiskt samförstånd. Eller markera distans.

”Ja?” säger jag.

”Jag råkade höra vad ni pratade om därinne.”

”Jaha?”

”Skulle du vilja låta mig titta på de där fotografierna?”

”Va?” säger jag.

”Fotografierna. Jag såg att du visade ett par bilder för Rosie.”

Samtidigt som han säger det rättar han till sin svarta hatt och kastar ett oroligt ögonkast över axeln, som om han utsätter sig för en risk genom att närma sig mig. Någon sorts risk, inbillad eller verklig, det kan jag naturligtvis inte bedöma. Men jag tar fram min plånbok igen, plockar upp fotona av Winnie och Sarah. Han tar varsamt emot dem och granskar dem ingående, medan han långsamt nickar liksom bekräftande för sig själv.

"Hon den här", säger han och håller fram bilden på Winnie. "Verkar inte obekant. Flickan har jag inte sett till."

"Jaha?"

"Om jag vore som du skulle jag ta en runda över Haughtaling Hollow."

"Förlåt?" säger jag.

"Haughtaling Hollow", upprepar han. "Men blanda inte in mig och jag har ingenting sagt."

"Vad menar du med ...?"

"Jag har ingenting sagt. Det är bara ett tips i all välmening. Nu måste jag ge mig iväg."

Han reser sig hastigt och med ett par oväntat snabba kliv har han hoppat in i den ena av pick-up-bilarna. Jag kommer på fötter men han backar runt och kör ut på vägen innan jag hunnit hejda honom.

Jag går och sätter mig i min Chrysler, kramar hårt om ratten och blundar i tio sekunder.

29

"Haughtaling Hollow?" säger kvinnan utanför kyrkan. "Ja, det ligger ett par miles åt det där hållet."

Hon pekar norrut längs Highway 28 och uppmanar sin hund, en gråsvart, mångrasig historia med en gammal strumpa i munnen, att sitta stilla på grusplanen.

"Det kommer en väg som heter Haughtaling Hollow Road. Till höger i en uppförsbacke, kör sakta så kommer du inte att missa den."

Jag tackar henne och kryper in i bilen igen. Fortsätter enligt anvisningarna och inom några minuter dyker det verkligen upp en smal väg till höger och en skylt med det sinistra namnet på. Åtminstone tycker jag det låter sinistert. *Haughtaling Hollow Road*? Jag tänker att det skulle passa bra i en B-skräckfilm, man byter ut solskenet och tidpunkten på dagen, bara: mörk kväll och oväder över bergen, en ensam vilseförd privatspanare kliver ur bilen och betraktar den avflagnade skylten som tillfälligt lyses upp av en flackande blixt. Dystra fåglar skriar ödsligt på avstånd.

Men jag behöver inte kliva ur bilen för att läsa namnet, det är fortfarande solsken och jag svänger in på den smala grusvägen utan att tveka. Klockan är kvart över två på eftermiddagen, jag passerar ett par gårdar och ett par silon, åkrarna ligger skördade, här och var är de redan upplöjda. Vägen löper nere i en vid dalgång mellan två långsträckta åsar, ömsom skog, tät och vildvuxen, verkar det, ömsom gårdar och öppet landskap. Vissa hus och boningar ser övergivna ut, vissa andra går knappt att få syn på eftersom vegetationen skymmer dem. Bilar och bilvrak pryder flera av gårdsplanerna och med jämna mellanrum sticker skyltar upp ur dikesrenarna och talar om att marken är privat egendom och att all form av överträdelse kommer att beivras. Eftersom jag inte fått några vidare upplysningar fortsätter jag i långsam takt utefter vägen. Jag möter inte ett enda fordon, ser inte till en enda människa.

Efter en stund, tio–femton minuter, kommer jag fram till en korsväg, Joseph Palmer Road, jag fortsätter rakt fram och efter ett kraftigt motlut passerar jag en mycket vackert belägen gård med det evangeliska namnet The Promisedland — men efter ytterligare några minuter, tre eller fyra förfallna hemman senare, är tonläget ett annat. Haughtaling Hollow Road tar plötsligt slut mitt i ett snårigt skogsparti, här finns en trång vändplan, det ligger ett berg av svarta sopsäckar i diket och ett flertal skyltar förklarar att främlingar inte är välkomna. Jag stannar, kliver ur och läser på en gul affisch på en trädstam invid en stig som fortsätter i vägens förlängning:

Posted. Private property. Stay out! Violators and
trespassers will be prosecuted to the extent of four
hungry bloodhounds that are not known to be overfriendly
with strangers and a pair of double-barreled rifles that will
not be loaded with rubber bullets.

Kanske är det ett skämt, men kanske inte. Jag kan inte avgöra det. Medan jag står utanför bilen och översätter det kärva budskapet och röker ännu en cigarrett, går solen i moln och på avstånd kan jag plötsligt höra ljudet av gevärsskott. Inte bara ett, ett halvdussin åtminstone. Med ens är det kallt i luften, jag förstår att jag befinner mig på främmande territorium, och den tunna bubbla av tillförsikt som omgivit mig sedan jag lämnade Manhattan, till och med inne på Buffalo Zack's, brister inom tre bloss.

Den är svår att ignorera, omöjlig att bekämpa, denna subtila men tydliga känsla av fientlighet, av omgivningens förmåga att från det ena ögonblicket till det andra byta skepnad; som ett skarpt, oväntat och klumpigt drag med stråken över de lösa, ostämda strängarna på en cello, eller med kniven på botten av en kastrull, en signal som fortplantar sig från skallbasen och hjärtat långt ut till de allra tunnaste och mest lyhörda hårkärlen, och som genomsyrar hela systemet på bråkdelar av en sekund.

En gråsvart orm ringlar över vändplatsen också, och försvinner in under sopsäckarna. Den är på sin höjd trettio centimeter lång; kanske är den inte ens giftig och den verkar inte intresserad av min närvaro. Men jag har alltid haft svårt för ormar. Jag fimpar cigarretten, sätter mig i bilen igen och börjar hastigt köra tillbaka ut till Highway 28.

Stämningen av diffus hotfullhet avtar långsamt när jag väl hamnat bakom ratten. Trettio minuter senare stannar jag på nytt utanför Buffalo Zack's, den här gången står inga andra fordon parkerade utanför. Jag duckar under flaggan och kliver in genom dörren; Rosie, det sorgsna berget, står kvar bakom disken, det ser nästan ut som om hon väntat på min återkomst. Jag går rakt fram till henne innan tveksamheten hinner sätta klorna i mig.

"Jag behöver en upplysning", förklarar jag.

Hon nickar men säger ingenting. Betraktar mig med vattniga ögon utan att röra en min.

"De två männen som satt härinne för en timme sedan, jag skulle behöva komma i kontakt med dem."

"Jaha?"

"Särskilt han med skinnvästen och den svarta hatten."

Hon ser ut att rådgöra med sig själv innan hon svarar.

"Den mindre av dem?"

"Just det", säger jag. "Den mindre."

"Fred Sykes", säger hon. "Han heter Fred Sykes."

"Tack", säger jag. "Vet du var jag kan få tag på honom?"

Hon tvekar några sekunder. Kliar sig på underarmarna och andas tungt, som om till och med en sådan enkel rörelse är alltför ansträngande för henne.

"Bor borta i Timberton", säger hon. "Med sin gamla morsa. Hon måste vara nittio vid det här laget, han har tagit hand om henne i hela sitt liv."

Jag nickar. "Timberton? Hur hittar jag dit?"

"Fem miles utefter 28:an mot Oneonta", säger hon. "Timberton Road till höger. Andra ... nej, vänta, tredje kåken på vänster hand."

Jag får låna penna och papper och antecknar hennes uppgifter.

"Lite längre bort än Haughtaling Hollow, alltså?" frågar jag.

"Just det", säger Rosie. "En halv mile eller så."

"Tack", säger jag. "Jag är tacksam för din hjälp."

"Han är inte riktigt klar i huvudet", säger hon. "Har han aldrig varit, Fred Sykes. Har det efter pappan."

Jag fortsätter till Delhi. Stannar i södra utkanten av stan och äter en sen lunch på en liten krog, som heter The Happy Hunter. Den förmedlar ett något vänligare intryck än Buffalo Zack's, men inte

192

mycket. Omelett med bönor på rostat bröd och en enkel sallad, ännu en lättöl och ännu en kopp dåligt kaffe — värdinnan väger på sin höjd sextio kilo och samtalar sömnigt om ingenting allvarligare än vädret och ett vägarbete som pågått arton månader i sträck precis utanför hennes restaurang och som verkligen inte fått folk att stanna till och äta en bit. Verkligen inte.

När jag lämnar Delhi är klockan halv fem; himlen har mörknat och regnet hänger i luften. Under några minuter umgås jag med tanken på att bara fortsätta till nästa lilla samhälle — Andes, om jag inte missminner mig, där jag plockade upp John B Stratton för några timmar sedan — ta ett rum för en natt och noga tänka över hur jag vill bete mig i fortsättningen.

Bege mig tillbaka västerut och leta reda på Fred Sykes och hans nittioåriga morsa i Timberton, till exempel. Ställa honom mot en vägg och fråga honom vad i helvete han menade med att jag skulle leta i Haughtaling Hollow.

Men jag förmår inte detta. Dessa okända platser och människor i detta främmande landskap oroar mig och skrämmer mig. Den trygga bilden av Manhattan och de långsamt gulnande träden längs Leroy är alltför lockande. Jag fortsätter österut istället, tillbaka tvärs igenom Catskills, och strax efter klockan sex är jag tillbaka på Interstate 87 i höjd med Kingston. Regnet har öst ner den senaste timmen; nu börjar det äntligen tunnas ut, men det upphör inte helt under återfärden ner till New York City. Inte förrän jag återigen befinner mig på George Washington Bridge över det mörka vattnet i North River.

Intrycken av dagen ligger och skaver i huvudet på mig. Som outvecklade frön under en hård jordskorpa, jag har ingen aning om hur de ser ut i dagsljus.

Jag återlämnar min bil på Thompson Street fem minuter före stängningsdags, sedan sätter jag mig på första bästa bar — i hörnet av Sullivan och Bleecker, visar det sig. Jag dricker tre glas rött vin i rask takt, medan jag lyssnar till en liten japansk jazzpianist. Civilisation, tänker jag. *Stad*. Människor som tittar på konst och äter ostron ibland.

Jag fortsätter hem till Carmine Street. På golvet innanför ytterdörren ligger ett kuvert med Winnies namn textat i kantiga versaler. Ingen adress, bara namnet; jag tvekar inte särskilt länge, jag sprättar upp det så snart jag konstaterat att hon inte återkommit medan jag varit uppe i Catskills och letat efter henne. Jag känner inget dåligt samvete för att jag gör det.

Meddelandet är bara två rader långt.

Vi är i stan ett par dagar. Bor på Washington Square Hotel.
212-3120-5250. Vänliga hälsningar, Barbara och Fingal Kripnik

Det dröjer några sekunder innan jag lyckas erinra mig vilka de är.

30

Jag kan bara minnas att jag talade med Sarah om döden en enda gång. Men jag erinrar mig vårt samtal nästan ord för ord.

Det var en kväll några veckor efter att Winnie och jag kommit tillbaka från Venedig, och den direkta orsaken var att fru Nesbiths mor hade gått bort. De hade pratat om saken under dagen, Emily och Casper, Anne och Sarah.

"Jag skulle vilja resa dit och titta", sa Sarah.

"Vart då?" undrade jag.

Jag satt på hennes sängkant med en bok i knät, beredd att läsa kvällens godnattsaga.

"Till dödens land", sa Sarah. "Dit de döda tar vägen när de åker härifrån. Casper och Emilys mormor åkte dit igår."

"Vem är det som har berättat det här?" frågade jag försiktigt.

"Anne", svarade Sarah. "Men det vet alla, Casper och Emily vet också att det är på det viset. Vet du hur det ser ut där?"

"I dödens land?"

"Ja."

"Nej", erkände jag. "Jag vet inte hur det ser ut i dödens land."

"Varför då?" sa Sarah. "Du som läser så många böcker."

"Ingen kan veta hur det ser ut i dödens land", svarade jag.

"Varför då?"

"Därför att man inte kan åka tillbaka från dödens land."

"Men Casper och Emilys mormor vet väl hur det ser ut? Och min mormor och morfar och ..."

"Ja", svarade jag. "Det är klart att de vet. Men de kan inte komma tillbaka till oss och berätta."

"Kan man inte åka tillbaka bara en liten stund?"

"Nej."

"En pytteliten stund?"

"Nej."

"Kan dom inte ringa och berätta?"

"Nej."

"Eller skriva?"

"Nej, det går tyvärr inte, Sarah."

"Varför då?"

"Jag vet inte. Och det finns ingen som kan säga riktigt säkert hur det ligger till med de här sakerna. Kanske kan de döda hälsa på oss i våra drömmar och berätta, det finns många som tror det."

"I drömmar?"

"Ja."

"I mina drömmar också?"

"Jag vet inte. Kanske."

"Varför säger du att du inte vet hela tiden? Försöker du lura mig, pappa?"

"Varför skulle jag försöka lura dig?"

"Därför att ..." Jag kommer ihåg att hon låg en god stund och funderade innan hon hittade fram till det hon ville säga. "Därför att det är nånting otäckt med döden. Nånting hemskt och du vill inte att jag ska bli orolig."

"Jag förstår inte riktigt vad du menar, Sarah?"

"Som på TV när jag inte får titta. Läskiga saker. Är döden en sån där läskig och otäck sak, pappa?"

"Det beror på. Det finns de som tycker det. Ibland händer det att människor dör ... ja, att de dör i onödan. Men om man får leva sitt liv och bli gammal och sedan dö, då är det ingenting att vara rädd för."

"Kan man dö närsomhelst?"

"Ja, men det måste ..."

"Kan jag dö nu?"

"Nej, snälla Sarah, det kan du naturligtvis inte."

Hon tänkte efter igen.

"Bra. För jag har inte lust att dö just nu. Jag tror jag skulle vilja bli hundra år."

"Allright. Då bestämmer vi att du ska bli hundra år."

"Kan man bestämma det själv?"

"Man kan väl försöka? Ska jag läsa en stund nu?"

"Nej, pappa, jag tror inte det. Jag vill nog ligga och fundera på döden istället."

"Du är väl inte rädd, Sarah?"

"Nej, pappa, jag är inte ett dugg rädd. Men gå nu så får jag fundera en stund innan jag somnar."

Och jag lämnade henne där, med döden. I efterhand, när jag tänkt tillbaka på den här lilla episoden, har jag haft svårt att förstå att jag faktiskt gjorde det. Men hon var verkligen enträgen.

"Gå nu, pappa. Jag vill vara ensam när jag tänker på döden."

"Ska jag lämna dörren på glänt?"

"Nej, pappa. Jag vill att du stänger dörren ordentligt."

När jag hittade Winnie i badkaret den 7 maj 2006, visste jag inte om jag någonsin skulle få kontakt med henne igen. Jag förstod nästan omgående att hon var vid liv, men jag hade ingen aning om huruvida hon skulle klara sig eller inte.

Denna ovisshet varade i ungefär fem timmar — fram till det ögon-blick då en kvinnlig läkare som jag har glömt namnet på kom in till mig i det rum på sjukhuset där man uppmanat mig att sitta och vänta, och förklarade att min hustru befann sig utom all fara och att hon inte skulle få några bestående fysiska men — och jag tror, ja, jag är alltmer övertygad om att någonting avgörande inträffade med mig under denna tidsperiod.

Jag vet inte riktigt vad, men jag vet *att*. Några gånger har jag gjort trevande försök att fånga det i ord, men det har aldrig fungerat. Således försöker jag nu ännu en gång. Det var, skulle jag vilja påstå, det var något med mina sinnen och deras sätt att ta emot världen. Med min varseblivning och mitt förhållande både till mig själv och till allt omgivande.

I synnerhet medan jag satt i det där lilla rummet, alltså, orörlig med händerna knäppta mellan knäna, och med en främmande och samtidigt välbekant känsla av att ingenting egentligen angick mig och av att någonting långsamt stramades åt runt mitt huvud, då, det var framförallt då det hände och förändrades.

Allt liksom krympte, och pulserade, men inte på det sätt det kan göra under häftiga feberattacker, utan långsamt, betydligt långsammare, och det kändes att jag gick över någon sorts gräns, med en sjunkande förnimmelse — mera i hjärtat och själen än i kroppen — och mittemot mig på väggen hängde en tavla, en liten olja, inte större än trettio gånger trettio centimeter ungefär; den var nonfigurativ i starka färger, övervägande blått och orange och den föreställde absolut ingenting. Möjligen föreställde den faktiskt *Ingenting*, och eftersom det nästan inte fanns något annat att fästa blicken vid i detta rum blev jag också sittande och såg på denna målning. Konstnärens namn började på Z, resten var oläsligt —

och vid ett tillfälle, under någon eller några sekunder, bara — efter någon eller några timmar, men tiden hade inget herravälde i detta dödens väntrum — framträdde plötsligt ett ansikte.

Det var lika tydligt som om någon varit inne och bytt ut tavlan mot en annan, och det hade någonting med mitt krympande, med mitt sjunkande hjärta att göra, och när jag såg detta ansikte drabbades jag av en insikt som jag heller inte i efterhand kan beskriva.

Men klar, absolut klar och genomskinlig var den, och det där ansiktet kunde uppfattas endast tack vare denna enastående klarhet. Medan det pågick — dessa fem eller femtio eller femhundra sekunder — kunde jag också utan minsta tvekan identifiera och förstå bildens innebörd, hur nu ansikten kan ha en innebörd, men när det var över, var jag inte ens förmögen att avgöra om det föreställt en man eller en kvinna.

Jag märker att jag inte lyckas fånga det i ord den här gången heller, och kanske är det varken möjligt eller nödvändigt. Kanske förhåller det sig just så som Winnie brukar hävda: tystnaden och frånvaron av ord talar också ett språk. Ett starkt, obetvingligt språk — kanske också om det där ögonblicket då betraktaren blir betraktad:

Det fanns. Kommer aldrig att finnas igen. Minns.

I alla händelser blev jag någon annan. Jag har aldrig återvänt till detta lilla väntrum på sjukhuset i Saaren, men jag har då och då funderat över tavlan och över alla de människor som måste ha suttit där och betraktat den under dödens vingar. De måste ju ha varit så många, varje dag nya, ensamma människor med sjunkande hjärtan i förtvivlans väntrum.

Jag borde ha talat med Winnie om det, men jag har försummat det. Också detta har jag försummat.

Under de två veckorna närmast efter att Sarah försvunnit bevakade polisen vårt hem. Olika bilar med sammanbitna polismän stod parkerade på olika platser på Wallnerstraat, och man hade ständig avlyssning av våra telefoner. Om kidnapparen tänkte höra av sig på något vis ville man inte försumma chansen att få korn på honom.

Men han hörde aldrig av sig. Inte för att begära någon lösensumma och inte av något annat skäl heller. När jag inte var på besök hos Winnie på sjukhuset, gick jag oftast omkring i vårt hus och kände mig som en råtta i en bur. En bevakad och alltmer kringskuren råtta. Vid några tillfällen hade jag också polisen inne i huset, kommissarie Schwarz eller Tupolsky och Vendler, medan de försökte krama uppgifter ur mig — men jag hade noggranna instruktioner om att inte inleda samtal med någon av detektiverna i bilarna.

Det gjorde jag heller aldrig, men en tidig morgon inträffade en incident som aldrig fick någon förklaring. Jag tror det var den 12 maj, alltså en vecka efter Sarahs försvinnande. Det hela kom inte till polisens kännedom, men jag är säker på att även om jag hade nämnt saken för dem, så hade de inte kunnat kasta något ljus över den.

Jag väcktes strax efter klockan fem av att någon knackade på sovrumsfönstret. Jag hade på sin höjd sovit ett par timmar, men knackningarna hördes mycket distinkt och jag var omedelbart klarvaken. Satte mig upp i sängen och stirrade ut genom fönstret mot en tidig gryning. Ingenting syntes därute, ingen rörelse och ingen människa; jag minns att jag för ett kort ögonblick hade svårt att hitta min plats i det koordinatsystem som kallas livet, men snart, efter ett par sekunder på sin höjd, hade jag alla omständigheter klara för mig. Sarah, Winnie, badkaret och allt.

Jag rusade fram till fönstret, öppnade det och spejade ut. Där fanns inget att upptäcka, bara de vanliga berberisbuskarna, plommonträdet och den övervuxna stenmuren som markerade gränsen mellan vår tomt och grannfamiljen Jokinens. Jag undertryckte en impuls att hoppa ut på gräsmattan och ta upp något slags förföljande, och gjorde istället så som jag blivit instruerad: ringde upp jourhavande polis i bilen utanför på gatan.

Jag vet fortfarande inte om jag fått fel nummer från början, eller om jag i mitt yrvakna tillstånd råkade trycka fel på en eller annan knapp. I alla händelser var det en späd kvinnoröst som svarade.

"Tack", sa hon. "Tack min vän för att du ringde."

"Förlåt?" sa jag.

"Tack", upprepade hon. "Jag visste att du fanns och att du skulle lyssna till mig till slut."

Därefter utspann sig ett av de märkligaste telefonsamtal jag varit med om i hela mitt liv. Kvinnan hette Margarete, det är i stort sett allt jag vet om hennes identitet. Hon befann sig — av skäl som jag bara fick dunkla aningar om — i en svår livskris; så svår att hon just under denna natt bestämt sig för att ta livet av sig. Innan hon skred till verket bad hon dock en desperat bön till den Gud hon trots allt trodde på; bad honom att åtminstone ge ett bevis för sin existens genom att på något sätt tända en gnista av liv och hopp i henne. Till exempel genom ett telefonsamtal; ja, till slut ställde hon själva tillvaron på sin spets i och med att hon gav Vår Herre en minut. Om hon inte fick något samtal inom sextio sekunder, skulle hon dricka upp den giftblandning som skonsamt skulle ända hennes liv inom några få minuter. Hon arbetade som apoteksbiträde och visste vad hon sysslade med.

Det hade gått femtiofem sekunder av denna minut när jag ringde.

Klockan var tio minuter över fem på morgonen.

Vi samtalade i gott och väl en halvtimme. När vi lade på var giftblandningen utspolad i toaletten, men vi var fortfarande fullständiga främlingar för varandra.

Lika gärna kunde jag påstå att jag aldrig kommit någon människa så nära som denna okända Margarete.

31

Jag sover dåligt natten efter min utflykt till Catskills; förmodligen drömmer jag också om Vendler och Tupolsky — om Agnes, om flykten genom skogen och om malströmmen — men det är ingenting jag kan erinra mig när jag vaknar på söndagsmorgonen.

Klockan är halv åtta. Jag duschar av mig tröttheten, går ut och köper bröd och New York Times, och tillbringar sedan ytterligare en och en halv timme i sängen med frukost och nyheter. Somnar om en kort stund också, men när klockan blivit elva inser jag att jag måste stiga upp till en ny dag. Jag vet att jag borde sätta mig ner och försöka summera det som hänt de senaste dagarna, sätta struktur på alla dessa märkliga informationer som flutit in, men jag känner att jag inte orkar just nu. Bestämmer mig istället för att försöka upprätta en smula distans, och hålla den så länge det nu fungerar. Det förefaller minst lika nödvändigt.

Jag inleder genom att gå och träna, det är minst tio dagar sedan sist och det kan vara dags; jag packar min gymväska och tjugo minuter senare står jag på löpbandet på Equinox på Greenwich Avenue. Jag springer tre miles, arbetar med maskinerna en halvtimme och springer tre miles till. På vägen ut stöter jag ihop med Frederick Grissman, som tydligen också blivit klar med dagens övningar.

"Long time, no see", säger han.

Jag nickar. "Haft en del att stå i", förklarar jag.

"Jag förstår", säger han. "Arbete?"

Jag nickar.

"En ny roman?"

"I bästa fall."

Han skrattar artigt. Sedan tittar han på klockan och frågar om jag har lust att hänga med på brunch.

"Var då?" frågar jag.

"Cornelia Street Café", säger han. "Vi är några stycken. Säg åt din fru också, det är ju alldeles i närheten av där ni bor. Vi har bokat ett bord till halv tre."

"Hon är inte i stan för tillfället", förklarar jag. "Men okej, jag följer med."

Eftersom det inte är bara du och jag, tänker jag.

De andra visar sig vara fem stycken: två par — ett judiskt hetero, ett spanskt-irländskt manligt homo — samt en fristående, gravid kvinna vid namn Anastasia och med rötter i Rumänien. En högst normal kvintett i Greenwich Village med andra ord. Och så Frederick Grissman och jag. Jag hamnar mellan Anastasia och Bob, irländaren, alla tycks känna varandra sedan hundratals år och samtalet förs på motorsågsnivå. Men det är likadant i resten av den fullsatta lokalen. Folk är högljudda i den här stan, jag har noterat det tidigare och blir det för högljutt finns bara ett botemedel: tala ännu högre.

Möjligen är det på grund av de här omständigheterna, där alla mentala spärrar krossas av själva trycket, som jag så småningom berättar för Bob att jag varit uppe i Catskills i helgen för att göra en smula research, och att jag funderar på att åka upp några dagar lite senare i veckan.

"Var?" vrålar Bob.

"Närheten av Oneonta", vrålar jag tillbaka. "Mellan Delhi och Oneonta."

Bob lassar in äggröra och bacon i munnen och säger något som jag inte kan uppfatta. Han tuggar ur, dricker en klunk juice och torkar sig om munnen med en servett.

"Vi har ett hus däruppe!"

"Va?" säger jag.

Han tecknar med gaffeln och jag lutar mig inom bättre hörhåll. "Visst. Jag och Romario har en kåk i de där trakterna. Romario använder den som studio också. Du kan få låna den om du vill."

Jag är inte längre förvånad. Inte ett dugg; det är på det här viset det fungerar i den här stan. Eftersom alla pratar med alla hela tiden — om planer och glädjeämnen och könssjukdomar och psykiska sammanbrott, stort och smått och utan diskretion — så hittar man också förr eller senare fram till det man behöver.

Om det nu verkligen är ett hus i Catskills jag behöver; det är naturligtvis långtifrån säkert.

"Jag vet inte", säger jag. "Jag tänkte hyra in mig på ett motell ett par nätter, bara."

"Skitprat", säger Bob. "Säg bara till när du behöver vara där. Vi måste ändå vara i stan, kommer inte att åka dit på tre eller fyra veckor."

Han vänder sig till Romario, förklarar läget för honom och Romario nickar omedelbart bifall. Klart som fan jag ska bo i deras hus. Det är bara bra om det inte står tomt för långa perioder. Vattnet behöver rinna i ledningarna och det ena med det andra. Han tar det som en förolämpning om jag inte tackar ja.

Anastasia, som tydligtvis lyckats uppfatta vad vi talar om, förklarar att Romario kan bli farlig om man förolämpar honom. Det är hans spanska tjurblod som lätt råkar i svallning. David, den judiske mannen, skjuter in att han sånär blivit tvungen att duellera med honom en gång, och hans hustru, jag tror hon heter Lori, intygar att det stämmer. Det blev ingen duell, men båda fick uppsöka sjukhus för omplåstring. David visar mig ett ärr på halsen.

Jag beslutar mig för att inte förolämpa Romario. När jag lämnar Cornelia Street Café en timme senare, har jag en nyckel och ett papper med instruktioner i fickan. Det borde kanske vara ägnat att förvåna, som sagt, men så går det till här. Jag funderar på om det är så på andra platser i världen, men blir svaret skyldig. Kanske, kanske inte.

På kvällen börjar jag ta upp den tråd jag rymde ifrån på morgonen. Skärskåda läget så nyktert jag kan och försöka förstå vad det egentligen är som har hänt. Och vad som händer. Jag inser att det mest rör sig om en sorts besvärjelse, men det spelar ingen roll.

Jag sitter vid Steienmeyerbordet med papper och penna och skriver en sorts kronologi. Eftersom jag anar att jag har många sömnlösa timmar framför mig tar jag avstamp från den vanliga utgångspunkten.

1. Den 5 maj 2006. Vår dotter Sarah förs bort från Wallnerstraat i Saaren av en okänd man i en grön bil.

2. Den 7 maj 2006. Min fru Winnie försöker ta livet av sig, men misslyckas eftersom jag hittar henne i tid i badkaret.

3. Den 8 maj 2006. Winnie tas in på det psykiatriska behandlingshemmet Rozenhejm i närheten av Saaren.

4. Maj–november 2006. Winnie sitter på Rozenhejm. Jag besöker henne varje dag. Polisen arbetar utan framgång med Sarahs försvinnande.

5. Den 13 september 2006. En okänd kvinna i Linden identifierar den bil som Sarah blivit bortförd i. Tipset leder ingenstans.

6. Den 6 november 2006. Winnie skrivs ut från Rozenhejm.

7. Januari 2007. Vi beslutar oss för att flytta till New York.

8. Den 2 augusti 2007. Vi anländer till Kennedyflygplatsen i New York.

9. Den 5 augusti 2007. Efter tre nätter på hotell flyttar vi in på Carmine Street i Greenwich Village.

10. Augusti–september 2007. Jag börjar arbeta på en sorts roman på biblioteket på Leroy Street. Winnie börjar måla igen. Bland annat målar hon en tavla som med närmast fotografisk exakthet återger min vittnesbild av hur det gick till när Sarah försvann.

11. September 2007. Winnie påstår att hon vet att Sarah är i livet.

12. Den 25 september. Jag ser Winnie på Bedford Street. Hon förnekar senare att hon varit där.

13. Den 27 september. Jag följer efter
    Winnie till restaurangen Pastis i
    Meatpacking District. Hon förnekar att
    hon varit där också.
14. September. En okänd kvinna besöker
    mediet Geraldine Grimaux på Perry
    Street och berättar att hon drömt om en
    hjälpsökande flicka vid namn Sarah.
15. September. En uteliggare på Barrow
    uppmanas av en okänd person att gå
    till Geraldine Grimaux med budskapet:
    Sarah finns i Meredith.
16. September. En okänd person uppmanar
    min hustru att besöka Geraldine Gri-
    maux.
17. September–oktober. Min hustru träffar
    vid två skilda tillfällen Geraldine Grimaux.
18. Den 2 oktober. Mr Edwards, f.d. privat-
    detektiv, skuggar Winnie och upptäcker
    henne när hon avlägger ett av sina besök
    hos Geraldine Grimaux.
19. Den 5 oktober. Winnie försvinner
    från vårt hem på Carmine Street; hon
    meddelar att hon kommer att vara borta
    en tid och att jag inte skall leta efter
    henne. Hon meddelar också att saken
    gäller Sarah.
20. Den 11 oktober. Jag uppsöker Geraldine
    Grimaux och får kännedom om 14–17.

21. Den 13 oktober. Jag beger mig upp till Catskills. På ett café i samhället Meredith får jag information av en viss Fred Sykes om att jag ska söka vidare på en plats som heter Haughtaling Hollow, vilket jag också gör — helt kort och utan framgång.

22. Den 14 oktober. Återkommen till New York får jag genom tillfälligheter låna nyckeln till ett hus beläget alldeles i närheten av Meredith och Haughtaling Hollow.

Här avbryter jag inventeringen. Läser igenom de 22 punkterna och försöker föreställa mig att de utgör en ekvation som har en lösning. Som *jag* skulle vara i stånd att lösa här och nu, om jag bara vore i besittning av den erforderliga analytiska förmågan.

Så är det nu inte. Jag kan fortfarande inte föreställa mig en sådan struktur; vid närmare betraktande tycker jag alltihop påminner om ett havererat filmsynopsis och jag börjar känna en gnagande vanmakt. Genom det öppna fönstret mot gården kan jag höra någon av kvarterets katter jama. Outtröttligt och sorgset; han sitter förmodligen på en av brandbalkongerna till grannfastigheten på Downing Street, den är förfallen och till salu för det facila priset av 3,5 miljoner dollar. Han sjunger om det manliga tillkortakommandet, tänker jag mig; om hopplösheten och ensamheten och om oförmågan att få riktig fason på det här förbannade livet.

Eller också är han bara hungrig. Efter en stund reser jag mig och går och stänger fönstret. Klockan är halv tio; jag erinrar mig det där cigarrettpaketet jag köpte på Buffalo Zack's i Meredith, tar på mig en jacka och ger mig ut på en lång promenad. Hoppas att själva rörelsen ska förmå suga musten ur min inre dimma.

Ända ner till Battery och tillbaka går jag — det är en mild och nästan vindstilla kväll, jag röker fyra eller fem cigarretter under ett tilltagande illamående, kommer i meningslöst och en smula hotfullt samspråk med en övergiven och överviktig transvestit, och när jag äntligen kryper i säng hemma på Carmine är det redan på andra sidan midnatt. Om jag inte lyckats åstadkomma någonting annat, så har jag i varje fall bestämt mig för att göra ett nytt besök uppe i Catskills. Kanske inte imorgon men någon av de närmaste dagarna. Så måste det bli.

Alltid något, tänker jag, och trots farhågor om motsatsen somnar jag in tämligen omgående. Vaknar inte förrän åtta timmar senare av envetna signaler från dörrklockan.

32

Envetna och påträngande. Jag vacklar upp ur sängen och trycker in den röda knappen som gör att porten nere mot gatan öppnas. I tron att det rör sig om någon sorts leverans drar jag på mig jeans och tröja, och hinner blaska två nävar kallt vatten i ansiktet innan det knackar på dörren till lägenheten.

Jag öppnar. Där står en man och en kvinna, båda i sjuttioårsåldern, såvitt jag kan bedöma. Hon längst fram, han snett bakom. Hon är klädd i blåblommig klänning under en beige, uppknäppt kappa. Grått, spikrakt hår omgärdar ett fyrkantigt ansikte med bred mun och blekblå ögon; de är kraftigt förstorade bakom tjocka, runda glasögon. Mannen bär brun kostym med väst, ansiktet är hästaktigt långsmalt och tunna hårstrån ligger omsorgsfullt kammade snett över den rödfnasiga flinten. Han har en hatt i ena handen, en papperspåse i den andra.

"Vi har nog kommit fel", säger kvinnan.

"Ja", säger jag. "Det har ni nog."

"För här bor väl ingen Winnifred Mason?"

"Winnifred?" säger jag, och i samma ögonblick vet jag vilka de är.

"Winnifred Mason", upprepar kvinnan. "Vi lämnade ett meddelande igår. Jag heter Barbara Kripnik och han här bakom är min man, Fingal Kripnik. Vi är släktingar från Montana. Men hon bor inte här, alltså?"

"Jodå", säger jag. "Winnie bor här. Hon är inte hemma för tillfället, bara. Varsågoda och stig på."

"Menar du verkligen det?" säger kvinnan och skärskådar mig noggrant från nära håll. Hennes ögon bakom flaskbottnarna ser ut som hungriga blåmaneter.

"Inte ska vi väl . . . ?" säger mannen försiktigt bakom hennes rygg. Jag minns att Winnie sagt att han liknade Dostojevskij; kanske är det stadsbesöket som fått honom att raka av skägget.

"Kom in", säger jag. "Det är klart att ni ska komma in en stund. Jag insisterar."

"Vi köpte några scones", förklarar Barbara Kripnik och hennes make håller upp den bruna papperspåsen som bevis.

"Och du heter alltså Erik och är hennes man?"

"Ja."

De har satt sig i soffan. Jag har lagt upp sconesen på ett fat och håller på med kaffet. *Regular coffee*, jag har gjort en fördomsfull bedömning och bryr mig inte om espressomaskinen.

"Trevligt ställe", säger Fingal Kripnik och ser sig omkring.

"Det är dyrt att bo här, förstår jag", säger hans hustru.

"Alldeles för dyrt", säger jag.

"Vi är på besök över några dagar, bara", förklarar Barbara Kripnik. "Fingals bror i Babylon fyllde åttio i fredags, vi har inte varit i New York på tjugofem år."

"Babylon?" undrar jag.

"Long Island", säger Fingal Kripnik.

"Long Island", bekräftar Barbara. "Han håller på med fastigheter där."

"Fastighetsmäklare", säger Fingal. "Fast han är pensionerad nu."

"Gått i pension", säger Barbara.

"Jag förstår", säger jag.

"Vi är farmare, vi", säger Fingal.

"Ja", säger jag. "Winnie berättade det."

"Hon kallar sig bara Winnie?" frågar Barbara. "Efter det som hände."

"Winnie, ja", säger jag.

"Fast hon heter egentligen Winnifred."

"Jaså?"

"Det är åtminstone den uppgiften vi har", säger Barbara Kripnik. "Vi har ju faktiskt aldrig träffat henne."

Jag märker att någonting är fel i det här samtalet, men jag förstår inte riktigt vad. Ännu inte.

"Vi är förstås ganska avlägset släkt", fortsätter Barbara. "Jag och hennes mamma är kusiner. Men det här känner du kanske till?"

Jag säger att Winnie berättat det också, och lägger till att hon sett fram emot att få träffas. Men nu är hon alltså tyvärr inte hemma.

"Tråkigt", säger Barbara Kripnik. "Och hon kommer inte tillbaka snart?"

"Jag tror inte det", säger jag och ser på klockan.

"New York är en bullrig stad", säger Fingal. "Det är något helt annat än Montana. Du skulle se Montana."

"Fingal är född där", förtydligar Barbara. "Själv har jag bara bott där i fyrtio år."

"I Montana kan man höra löven falla", säger Fingal. "Och fåglarna fisa."

"Vi har fyra barn", säger Barbara. "Men de är utflugna, förstås. Sju barnbarn. Har ni barn, du och Winnifred?"

"Jag vet inte", säger jag.

Det blir tyst. Jag står med ryggen åt dem, fortfarande sysselsatt med kaffebryggandet, men jag kan höra att de håller andan.

"Vet inte?" säger Barbara Kripnik efter fem sekunder. "Vad betyder det?"

Under ett kort ögonblick står jag med handen i lotteritombolan igen. Jag skulle kunna säga att jag skämtade, det vore den enklaste sak i världen – uppenbarligen är de helt okunniga om vad som hänt med Sarah – men jag väljer den andra vägen; av någon fullständigt godtycklig och obegriplig anledning gör jag faktiskt det. Om det nu inte rör sig om ett slags hundlik vittring.

"Vår dotter blev bortrövad för ett och ett halvt år sedan", säger jag.

Jag vänder mig om. Bägge två stirrar på mig.

"Bortrövad?" säger Barbara Kripnik. "Säger du att ditt och Winnifreds barn blev bortrövat?"

"Ja", säger jag. "Vi vet inte vad som har hänt med henne."

"Vad heter hon?" frågar Barbara, som om namnet spelade någon roll i sammanhanget.

"Hon heter Sarah", säger jag. "Hon var fyra och ett halvt när hon försvann."

"Herregud", utbrister Barbara Kripnik, slår handen för munnen och ser förfärad ut. "Jag menar ... en gång till?"

Jag nickar och ställer kaffekannan på bordet. Sätter mig i soffan bredvid Fingal Kripnik. "Det är riktigt", säger jag. "Winnie har förlorat två barn. Det är förstås möjligt att Sarah fortfarande är i livet, men det har som sagt gått ett och ett halvt år, och ..."

"Hur gick det till?" avbryter Barbara Kripnik och hennes ögon flackar oroligt bakom glasen.

"Hon blev bortförd av en man i en bil", säger jag. "Alldeles utanför vårt hem. Polisen hittade aldrig några ledtrådar."

"Bortförd av en man?"

"Ja."

Hon tvekar ett par sekunder innan hon ställer nästa fråga.

"Hur tog Winnifred det?"

"Illa", säger jag. "Hon tog det illa. Tillbringade ett halvår på en psykiatrisk klinik."

Jag är förvånad över min öppenhjärtighet; besparar dem nästan ingenting, men jag hoppar åtminstone över självmordsförsöket. Fingal och Barbara Kripnik utbyter blickar och jag ser att de är besvärade. Jag vet ju inte vad de hade tänkt sig få ut av besöket hos sin avlägsna släkting, men det kan i varje fall inte ha varit det här.

"Varsågoda", säger jag och häller upp kaffe i de benvita muggarna som Winnie köpt på Ochre på Broome Street. "Men hon mår bra nu, det är förargligt att ni skulle komma just idag, bara, när hon inte är hemma. Hur länge blir ni kvar i stan?"

"Vi flyger tillbaka till Montana ikväll", förklarar Fingal Kripnik och bryter en bit av en scones. "Till Billings, vi har bilen där."

"Att förlora två barn", säger Barbara efter några tysta ögonblick. "Herregud, hur kan hon klara det? Vi har förstås aldrig träffat henne, men ändå ... det måste ju innebära ett outhärdligt lidande."

Jag säger ingenting. Kripnikarna tuggar scones ett slag och tittar ner i golvet.

"Det är väl inte ...?" säger Barbara. "Det kan väl inte ...?"

"Vad för någonting?" frågar jag när jag märker att hon inte hittar orden.

"Nej", säger Barbara Kripnik. "Så kan det förstås inte vara. Jag tänkte bara ..."

Jag förstår inte vad hon är ute efter, och frågar istället om hon och Winnies mor stod varandra nära.

"Det kan man absolut säga", svarar Barbara med ny entusiasm.

"Vi var nästan som syskon när vi var barn. Jag var endabarn, hon hade en bror som var tio år äldre. Vi umgicks praktiskt taget varje dag, vi bodde i samma kvarter och vi var jämngamla. Sedan flyttade jag ju till USA när jag var lite drygt tjugo och då kunde vi förstås inte träffas. Men vi brevväxlade flitigt, ända fram tills hon dog. Det var året efter det här med Judith, ja, det var en förfärlig historia. Jag förstår inte hur Ursula klarade det."

"Ursula?" säger jag.

"Förlåt. Jag är van att tänka på henne som Ursula."

"Hennes mor?"

"Va?"

"Du säger att Winnies mor hette Ursula? Jag trodde hon hette Dagmar."

"Hon hette Dagmar", instämmer Barbara Kripnik. "Det var Winnifred som hette Ursula."

Plötsligt ser jag den där ormen som slingrade över vändplanen i Haughtaling Hollow för mitt inre öga. Jag förstår inte vad den har här att göra, men känner mig heller inte särskilt överraskad.

"Jag är nog inte riktigt med nu", erkänner jag.

Barbara Kripnik kastar ett oroligt manetöga på sin man och ser ut att överlägga med sig själv.

"Du känner väl till vad som hände?" frågar hon försiktigt.

"Jag ..."

"Hur det gick till när Judith dog?"

"Naturligtvis", svarar jag. "Judith och hennes pappa omkom i en bilolycka utanför Berlin."

Barbara Kripnik drar en djup suck och knäpper händerna. Hennes make ställer ifrån sig kaffemuggen på bordet och ser ut att vilja flyga ut genom fönstret. Eller börja gråta.

"Nej", säger Barbara till slut. "Så var det nu inte. Ursula Fischer förlorade inte sin dotter i någon bilolycka."

"Ursula Fischer?" säger jag.

"Hon hette så på den tiden", säger Barbara Kripnik. "Hon blev ju tvungen att byta namn sedan. Ursula Winnifred Fischer."

"Jag . . . jag tror det måste vara ett missförstånd någonstans."

"Ja", säger Barbara med en ny suck. "Det verkar så. Du har nog inte blivit riktigt informerad i det här."

Jag svarar inte. Känner den där envisa metallsmaken på tungan igen.

"Och det var absolut inte vår mening att dra upp det. Men det var ingen olyckshändelse att dottern dog. Han dödade henne."

"Va?"

"Just det. Så var det."

"Vem?"

"Aron Fischer. Hennes man. Han dödade flickan och han försökte döda Ursula också. Men hon kom undan, det var en fruktansvärd historia. Ja, Aron Fischer hette han."

"Hette?" frågar jag.

"Heter", säger Barbara Kripnik. "Antar jag."

"Gott kaffe", säger Fingal Kripnik. "Du lagar ovanligt gott kaffe."

III

33

Jag sitter i en gammal läderfåtölj på Bank Street och lyssnar.

Mr Edwards sitter vid sitt skrivbord med ryggen vänd mot mig och pratar i telefon. Det är till honom jag lyssnar; försöker tyda och tolka vad som avhandlas med hjälp av hans sparsamma kommentarer.

Yes. No. Maybe.

Of course not.

Jag får inte mycket ut av samtalet. Det är mest inspektör Tupolsky i andra änden som pratar. Han tror att han sitter och berättar för Detective Sergeant Edwards vid Manhattans 6:e polisdistrikt. Mr Edwards och jag har gemensamt bestämt oss för den modellen; det blir enklast så och vi befinner oss heller inte särskilt långt bort från sanningen. Namnet har vi inte ruckat på och polisstationen ligger på 10:e gatan, några minuter härifrån.

Vi är inte ensamma i rummet. På bordet framför mig ligger Trouble, en av de största katter jag någonsin stiftat bekantskap med. Mr Edwards påstår att han är närmare tjugo år gammal, att han är clairvoyant och att han tycker om Gershwin. Ingen annan musik, men jag vet inte; djurägare tycker om att mytologisera sina kelgrisar på det här viset, jag har kunnat konstatera detta faktum vid åtskilliga tillfällen.

Jag bryr mig heller inte särskilt mycket om Trouble. Det är likadant åt andra hållet; vi tycks ha en tyst ömsesidig överenskommelse härvidlag.

Det är fredag förmiddag. Det har gått två veckor sedan min hustru Winnie lämnade mig. Det har gått fyra dagar sedan makarna Kripnik introducerade mig för Aron Fischer.

En hel del har blivit blottlagt under dessa dagar. I synnerhet genom mr Edwards försorg, jag vet verkligen inte hur jag skulle ha betett mig utan hans förslagenhet och vänliga omsorg. Jag börjar förstå att han måste ha varit en skicklig yrkesman i sin krafts dagar. Synnerligen skicklig.

Min hustru hette verkligen Ursula Fischer för femton år sedan. Således.

Innan hon gifte sig med Aron Fischer 1992 hette hon Ursula Nedomanska.

Ursula Winnifred Nedomanska, noga räknat. *Mason* är helt enkelt ett anagram på fem av bokstäverna i hennes flicknamn.

Hon valde det själv när hon fick ny identitet efter händelserna 1997. Ursula Winnifred Fischer blev Winnie Mason.

Jag har svårt att förstå att det verkligen hände. Svårt att acceptera att jag levt i sju år med en kvinna med ett sådant hemligt förflutet i bagaget.

Och inte känt till något. Inte förstått; det är inte lätt att komma till rätta med min aningslöshet heller — fast å andra sidan: min aningslöshet har ingen prioritet alls för tillfället och hur skulle jag ha vetat? Winnie valde att hålla mig utanför den delen av sin historia; valde att hålla mig utanför hela sitt tidigare liv, noga taget. Det var hennes beslut, inte mitt. Jag vet inte om jag har rätt att klandra henne, kanske var det nödvändigt för att hon överhuvudtaget skulle komma vidare. Kanske var det den enda vägen.

Men det ställer henne i nytt ljus. Ett skarpt och märkvärdigt bländande ljus är det, och inte förrän jag slutat upp att vara bländad, kan jag börja göra mig en föreställning om vad det innebär.

Jag tror dock att det kan vara på gott, detta nya ljus, det finns sådana tecken. Om jag bara en dag får träffa henne igen kommer jag att veta säkert.

Winnie, min hustru.

Och Sarah? Är det möjligt?

De gifte sig i kyrkan i den lilla franska byn Cambroix den 20 juni 1992. Sedan inspektör Tupolsky väl kommit runt sekretessen har han inte haft svårt att hitta uppgifter. Ursula Nedomanska är dotter till den invandrade tjeckiske ingenjören Jan Nedomansky och hans engelska hustru Dagmar. Pappa Jan är redan död när hans yngsta dotter gifter sig, mamma Dagmar avlider året därpå. Det finns en äldre syster, Anna. *Abigail*? undrar jag. Varför detta krystade namn?

Aron Fischer å sin sida är son till en amerikansk soldat som deserterat från Vietnamkriget och hamnat i Frankrike — och en flicka från Brest vid namn Esther Laugat. Thomas Fischer har övergivit mamman redan innan Aron kommer till världen i oktober 1970.

Efter vigseln lämnar paret Fischer Frankrike och bosätter sig i Milano, där Aron försörjer sig som bartender och kock på en rad olika restauranger. Ursula har genomgått en konstnärsutbildning i La Rochelle, hon försöker få tillfälle att måla, men framförallt måste hon ägna sig åt att arbeta för familjens utkomst — som servitris på olika caféer men också som bokhandelsbiträde och lärarvikarie. Dottern Judith föds i augusti 1993, och i januari följande år flyttar den unga familjen till Freiburg i södra Tyskland. Här bor man också kvar, fast på tre olika adresser, fram till katastrofen i juli 1997.

Aron Fischers psykiska besvär finns dokumenterade redan under åren i Milano. I bilden ingår också ett narkotikamissbruk som tycks ha kommit och gått i perioder. Det finns en notering om att han en gång skall ha slagit sin unga hustru så pass allvarligt att hon tvingats uppsöka sjukhus, incidenten inträffar på juldagen 1995 i Freiburg, men hon vägrar göra polisanmälan av saken. Om Ursula finns inga journalanteckningar, vare sig vad gäller psykisk instabilitet eller narkotika.

I början av maj månad 1997 tar Ursula Fischer kontakt med en kvinnojour i Freiburg och förklarar att hon är rädd för sin man och att hon vill skiljas ifrån honom. Hon fruktar dock både för sitt eget liv och för dotterns den dag hennes önskan kommer till hans kännedom. I kvinnojourens journal står inget antecknat om att Ursula skall ha varit utsatt för fysiskt våld (undantagandes juldagen 1995), men desto mer finns beskrivet om Aron Fischers återkommande hot och om hans psykiska instabilitet.

Ursula besöker kvinnojouren flera gånger under maj och juni månad, utan att någon egentlig lösning hittas eller några framsteg görs. I mitten av juli åker familjen på tältsemester till trakten av Berchtesgaden, och efter ett par outhärdliga dygn (Ursulas ord under rättegången), förklarar hon äntligen för sin man att hon inte står ut längre och att hon vill ta ut skilsmässa omgående.

Den aktuella campingplatsen är belägen i utkanten av byn Zettmar invid en liten sjö — ett stycke ut på vattnet finns en konstgjord, rund ö, inte större än femtio meter i diameter. Tidigt på morgonen, före gryningen, dagen efter att Ursula förklarat sin ståndpunkt, tvingar Aron Fischer med sig sin hustru och sin dotter i en roddbåt ut till den lilla ön (exakt hur detta går till finns utförligt beskrivet i rättegångsprotokollet). Han dödar sin dotter genom att upprepade gånger dunka hennes huvud mot en sten, sedan häller han bensin över hennes kropp och tänder eld på henne. Hans avsikt är helt tydligt att utsätta Ursula för samma behandling, men hon lyckas rädda sig genom att simmande ta sig iland. Via campingplatsens reception larmas polisen och Aron Fischer omhändertas medan han ännu befinner sig ute på ön i färd med att gräva ner resterna av sin skändade dotters kropp med bara händerna. Det första han säger till polisen är att han tänker döda sin hustru också, och att det blir synd om den som försöker hindra honom.

Rättegången tar sin början första veckan i september och pågår i tio dagar. Försvarets linje är att få Aron Fischer förklarad sinnessjuk — oförmögen att svara för sina handlingar — och den åtalades uppträdande i rättssalen styrker utan tvivel denna uppfattning. Han är aggressiv och oregerlig och upprepar med jämna mellanrum sina hot om att döda sin hustru och bränna upp henne eftersom hon är en hora. Vid flera tillfällen måste man avbryta förhandlingarna, och när domen slutgiltigt faller — den 28 oktober — är det ingen som egentligen förvånas över rättens utslag. Aron Simenon Fischer döms till sluten psykiatrisk vård med särskild utskrivningsprövning och överförs omgående till en rymningssäker anstalt i Kadersbad i närheten av Nürnberg.

Eftersom hans hustru fruktar för sitt liv beviljas hon skyddad identitet, och från och med den 1 december 1997 upphör hon att existera i alla register.

Samma datum (men enligt en helt annan källa) flyttar en viss Winnie Mason in på Markgrafenstrasse 22 i stadsdelen Mitte i Berlin.

Så — och på intet annat vis — ligger det till, och det har inte tagit mr Edwards (eller inspektör Tupolsky) mer än tre dagar att gräva fram sanningen.

"Man skulle ju önska att de grävt fram det redan då."

Jag nickar och rätar upp mig i fåtöljen. Mr Edwards reser sig från skrivbordet; Trouble uppfattar de förändrade positionerna i rummet och förflyttar sig med förvånansvärd vighet över till ett tomt utrymme i bokhyllan. Den löper från golv till tak och täcker en hel vägg; mest historia och kriminologi men också en del skönlitteratur.

"När din dotter försvann, alltså. Med de här uppgifterna hade nog utredningen fått en annan inriktning. Eller vad tror du?"

Jag svarar inte. Vi har talat om det här tidigare, och det är som det är. Det fanns aldrig någon anledning för polisen i Saaren att ifrågasätta Winnies identitet.

Och hon berättade aldrig.

Hon valde att tiga, och det är detta som får mig också att tiga. Att inte kommentera mr Edwards retoriska fråga. Det är andra frågor som sysselsätter mig. Har sysselsatt mig oavbrutet de senaste dygnen.

Varför? Varför valde Winnie att försöka ta sitt eget liv, hellre än att berätta om Aron Fischer?

Jag begriper det inte. Går det att begripa? Är det fattbart? Om nätterna är det framförallt dessa gåtor som hållit mig sömnlös. Vad kan vi veta om en människas grundläggande bevekelsegrunder? Vad vet jag om Winnies innersta smärtpunkt?

"Nåja", säger mr Edwards, sjunker ner i den andra av rummets läderfåtöljer och tänder en av sina smala cigarrer. "Vi kan naturligtvis inte klandra dem. Det fanns inget skäl."

Jag instämmer. Inget skäl. "Han kom alltså ut i oktober 2005?" säger jag.

Mr Edwards nickar. "Ganska precis två år sedan. Blev inte mer än åtta, således. Man kan tycka att det är ett billigt pris för att slå ihjäl sin dotter. Här i landet skulle det ha varit annorlunda."

"Elda upp henne dessutom", lägger han till när jag inget har att invända. "Var fick han bensinen ifrån?"

"Reservdunk till bilen", föreslår jag. "Hade Tupolsky några nya uppgifter om honom?"

"Inte mycket, tyvärr", suckar mr Edwards och skickar iväg ett rökmoln upp mot taket. "Han tycks ha vistats några veckor i Hamburg, på en adress han uppgav när han lämnade sjukhuset. Men i december 2005 upphör alla spår efter honom. Ja, man har naturligtvis inte haft tid att leta särskilt noggrant."

"Kanske inte anledning heller?" säger jag.

"Kanske inte", konstaterar mr Edwards och ser dyster ut. "Nej, det finns ju egentligen ingenting som pekar på att ... att det skulle vara han. Inget substantiellt."

"Alldeles riktigt", säger jag. "Inget substantiellt."

Mr Edwards harklar sig och tar av sig glasögonen. "Det står dig fortfarande fritt att vända dig till den riktiga polisen. Fast jag vet inte riktigt vad det skulle tjäna till. Och om ..."

"Ja?"

"Om det verkligen är han som ligger bakom alltihop, då ... ja, det här har vi ju pratat om."

Just det, tänker jag. Det har vi pratat om. Riskerna det skulle innebära. Sannolikheten för det ena och sannolikheten för det andra. Fast jag vet inte, det var länge sedan jag kunde berömma mig av att tänka klart. Jag har bara min magkänsla att gå efter, och den säger definitivt nej i polisfrågan. Blotta tanken på att kliva in genom dörrarna på polisstationen på 10:e gatan, sätta mig i ett frostat glasbås och dra mitt lidandes historia för någon halvmyndig, halvskeptisk Detective Sergeant ... nej, det är uteslutet.

"Vad sa han mer?" frågar jag. "Tupolsky."

"Ingenting av vikt", säger mr Edwards. "Att få samtala med någon läkare från den där kliniken kräver en del pappersexercis, tydligen, men de tar säkert itu med det så fort det bara går. I dagsläget får vi nöja oss med utskrivningsmotiveringen. Aron Fischer bedömdes av tre oberoende överläkare i psykiatri som fullt frisk innan han släpptes ut i frihet den 15 oktober 2005. Frånsett den allra första tiden har han uppenbarligen varit en exemplarisk patient."

"Imponerande", säger jag.

"Vad är det som är imponerande?" säger mr Edwards.

"Att han bara några månader efter att ha mördat sin dotter och försökt mörda sin fru är helt i balans. Vad fick han för behandling, egentligen?"

"Jag vet inte", suckar mr Edwards. "Bra medicinering och bra terapi, ibland kan det faktiskt fungera."

"Tydligen", säger jag. "Så roligt för honom."

"Javisst", säger mr Edwards. "Om han nu inte är så smart att han duperade hela gänget."

"Finns det några tidigare tecken som tyder på att han är så smart?" frågar jag.

"Inte såvitt jag känner till", säger mr Edwards. "Men vi känner till rätt lite, både du och jag. Vad tänker du göra?"

Jag sitter tyst en stund.

"Jag vet inte", erkänner jag. "Gå hem och fundera på saken, antar jag."

"Vi kunde gå ut och äta en bit ikväll", föreslår han.

Jag tackar för erbjudandet, men säger att jag nog kommer att gå tidigt till sängs. Jag har inte sovit ordentligt på en vecka, nu känns det att det är dags.

Sedan tackar jag honom för allt annat också, och innan jag lämnar honom lovar vi varandra att höra av oss under helgen.

Men redan innan jag kommit ner på gatan har jag bestämt mig.

Också för att inte dra in min stackars gamle privatdetektiv mer än jag redan gjort. Magkänslan får råda även här.

Det är den 19 oktober, jag tar en omväg och vandrar långsamt hemåt utefter floden. Sitter en stund vid fontänen i höjd med Christopher Street. Vind från nordväst, hög klar luft. Vittring? tänker jag.

Nej, jag tänker det inte. Det är en inbillning i vinden, bara.

34

Min andra färd till Upstate New York börjar med förhinder.

Uthyrningsfirman på Thompson Street har lovat att ha en bil inne för min räkning klockan tolv, men i själva verket måste jag vänta i timtal på en försenad advokat från Maine. Han kommer infarande i garaget med slipsen på ryggen en kvart över två istället för elva. Efter en stunds pappersskrivande får jag äntligen ge mig iväg, men så här dags är trafiken genom stan och längs West Highway tät och irriterad. Klockan är halv fyra när jag tagit mig över George Washington Bridge.

Därefter flyter det någorlunda väl i trekvart, men ett stycke utefter Highway 17 stöter jag på ett omfattande vägarbete. Istället för tre körbanor måste vi samsas om en enda; det går outhärdligt långsamt, då och då blir vi helt stillastående i flera minuter, och klockan är över sex när jag tar emot betalbiljetten för Interstate 87.

Ungefär samtidigt kommer också regnet. En mörk molnbank har vuxit in från nordväst under hela eftermiddagen; ett dussin tunga droppar dunsar ner på motorhuven, sedan öppnas himlen. Snart kör jag i trettio miles i timmen i ett envetet hällregn. Jag har halsbränna av för många koppar dåligt kaffe, mina livsandar hovrar strax över nollpunkten och jag förstår att jag måste revidera mina planer för fortsättningen av denna motsträviga resa.

Jag har talat med Romario under gårdagskvällen. Fått nya försäkringar om att deras hus står till mitt förfogande och instruktioner om hur man får igång vatten och el. En noggrannare vägbeskrivning dessutom, gården ligger ganska isolerat, tydligen, och inte alls långt från det dystra Haughtaling Hollow som jag redan stiftat bekantskap med.

Men att anlända till ett främmande hus i regn och mörker i dessa björntrakter förefaller inte tilltalande, min handlingskraft är tillräckligt vingklippt som det är, och innan jag nått fram till Kingston har jag bestämt mig. Det får bli en natt på något motell utefter vägen.

Borde inte vara svårt att hitta rum den här tiden på året. Ashokan eller Margaretsville eller Andes. Eller vadsomhelst som dyker upp.

Det blir Arkville.

Klockan är halv nio när jag svänger av vägen och parkerar utanför Belveder Motel. Såvitt jag kan se har man tolv rum till uthyrning, och såvitt jag kan se är elva av dem lediga. Framför nummer tre står en stor medfaren Cadillac, framför alla de övriga är det tomt.

Jag skyndar de få meterna genom regnet och kommer in i den svagt upplysta receptionen. Ringer på en metallklocka på disken och efter några minuter dyker en äldre man i skinnväst och grå hästsvans upp. Jag ber om ett rum för en natt. Han förklarar att jag kan få nummer fyra och att det kostar sextio dollar; kontant, betalning i förskott.

Han har mörkbruna glasögon, när han tar emot mina tre tjugo-dollarsedlar förstår jag att han är blind.

"Nyckeln sitter i dörren", instruerar han. "Det finns öl och smörgåsar i automaten bakom er."

Jag tackar. Han tänder en cigarrett och försvinner ut via den trånga dörröppning han kommit in igenom. Jag lyckas utvinna två öl och en kalkonsmörgås ur den omtalade automaten, sedan springer jag på nytt genom regnet och tar mitt rum i besittning.

Det är cirka tio kvadratmeter stort och luktar skarpt av någon sorts rengöringsmedel. En säng, ett bord, en stol i varierade färger. En golvlampa bredvid sängen, en TV och en bibel som någon skrivit ordet "fuck" på. Badrummet ligger till höger, duschdraperiet hänger i tre krokar istället för åtta och återger en naken negress. Handfatet är gulnat. En liten bit tvål med ett intorkat könshår. Genom väggen kan jag höra musik inifrån nummer 3. Country&Western. God Bless America, tänker jag.

Jag lägger mig på sängen och stirrar upp i taket i tio minuter. Sedan sätter jag mig vid bordet, äter upp min smörgås och dricker ur mina öl. Regnet smattrar mot fönsterbrädet och mot ett plåttak därute i mörkret. En hund skäller på avstånd.

Om jag någonsin ska ta livet av mig kommer jag att välja ett rum som det här.

Jag springer genom regnet tillbaka till receptionen. Köper sex öl som bot mot nattens demoner och återvänder till mitt rum. Öppnar den första burken, sätter mig vid bordet med anteckningsbok och penna, drar två djupa andetag och koncentrerar mig.

Koncentrerar mig.

Är det han?

Jag skriver detta högst upp på en högersida. Det är den första avgörande frågan, och den fråga jag inte kan avgöra. Jag har burit den som en diffus men omutlig tandvärk i sex dagar nu, den har inte lämnat mig för en enda molande sekund och svaret tickar från den ena möjligheten till den andra i en oavbruten, meningslös växelström.

Ja eller nej, ja eller nej.

Jag bestämmer mig för ett hypotetiskt *ja*. Mannen med den gröna bilen är identisk med Aron Simenon Fischer. Det är han som ligger bakom Winnies försvinnande för två veckor sedan. Det är han som rövat bort vårt barn.

Det är samma Aron Simenon Fischer som för tio år sedan dödade Winnies första dotter, som bedömdes gravt sinnessjuk och ur stånd att ansvara för sina handlingar. Det är han som haft Sarah i sitt våld i över sjutton månader nu och det är han som har Winnie i sitt våld.

Rent hypotetiskt. Jag dricker en klunk öl. Nästa fråga är en följd-fråga och den kommer från ett helt annat håll. Flyter upp ur en annan brunn med ännu mörkare vatten.

Förstod hon?

Eller: *När förstod hon?*

Eller: *Förstod hon från första början?*

Jag får inte rätsida på det här. Förstår inte heller hur jag ska bära mig åt för att få det. När jag hittade Winnie i badkaret började jag aldrig skärskåda hennes motiv. Naturligtvis inte, varför skulle jag ha gjort det? Jag var chockad och skräckslagen men egentligen inte förvånad, utsikten att förlora ännu en dotter — att hon med stor sannolikhet redan gjort det — var skäl nog för hennes handlande. Och mitt.

Men *om*, om hon förstod att Aron Fischer låg bakom, på vilket sätt förändrar det läget?

Radikalt, jag kan inte komma fram till något annat svar. Fast det är inte gott att veta exakt *hur,* det är faktiskt inte det. Jag dricker en klunk öl. Anade hon bara, och blev säker så småningom? En långsamt jäsande process från misstanke till insikt. Kan det ligga till så?

När i så fall? När anade hon? Stod hon rentav i kontakt med honom?

Var det detta som låg djupast förborgat i tystnaden under våra promenader på Rozenhejm? Höll han henne underrättad på något vis? Ja, det är förvisso sant att det nya ljuset bländar mig. Jag förmår inte tänka klart längre än fem–tio sekunder i taget. Sedan splittras det sönder och jag återvänder till ruta ett.

Nu vet jag att Sarah lever.

Fick hon små tips allt eftersom? Små indikationer? Under hela detta år kanske, och så en slutgiltig bekräftelse efter några veckor i New York?

Från någon på Pastis? Från Geraldine Grimaux på Perry Street? Var det så han kontrollerade henne?

Och om hon så mycket som andades om sanningen, så visste hon ju vad han var kapabel till.

Kan det ligga till så? Kan det vara så verkligheten sett ut sedan den 5 maj 2006? Winnies verklighet. Jag öppnar en ny öl och tänder en av mina kvarvarande cigarretter från paketet jag köpte i Meredith för en vecka sedan.

Sarah finns i Meredith?

Varför allt detta hokus-pokus? Hur mycket mer finns det som Winnie inte berättat? Hur nära det psykiska sammanbrottet måste hon inte ha varit?

Det går långsamt upp för mig att jag inte vet vem hon är. Vem är Winnie Mason, min hustru? Ursula Winnifred Nedomanska-Fischer? Jag sitter ensam en lördagskväll i oktober i ett av de sunkigaste och mest motbjudande motellrummen i hela USA. Jag dricker öl och röker cigarretter och jag börjar förstå att den kvinna jag levt samman med i sju år är en fullständig främling för mig. Det är inte bara en drastisk formulering, det är en legitim insikt och den bekommer mig inte väl.

Bekommer mig inte alls väl.

Och Sarah?

Sarah!

Klockan två har jag fortfarande inte somnat, men jag har druckit ur ölen och cigarretterna är slut.

Country&Western-musiken från nummer tre pågår fortfarande. Jag har duschat i ljummet vatten, skrivit fyra sidor med frågor, gissningar och svar, rivit ut dem ur blocket och smulat sönder dem i papperskorgen. Jag har försökt titta på TV, men det enda jag lyckas få in är en högerkristen propagandakanal. En jublande, gungande kör med folk från alla raser och omständigheter sjunger extatiska frälsningssånger och en handfull tvålfagra predikanter med lockigt hår turas om att lovprisa Jesus Kristus och landets president i ungefärligen samma tonart.

God bless America, tänker jag omigen. Jag är glad att jag inte har tillgång till något vapen. Om jag haft det, skulle jag säkert ha gjort bruk av det och skjutit skallen av mig i fyllan och villan.

Det är släckt borta i receptionen. Går inte att få tag på flera öl. Regnet fortsätter enträget och en ny hund har börjat skälla.

35

Huset ligger väl avskilt men är egentligen inte svårt att hitta fram till. Jag tar väg 14 från Delhi och några miles efter samhället Tread-well svänger jag till höger in på Trout Creek Road. Kör längs en grusväg genom kuperad skogsterräng i tio minuter, och sedan, alldeles efter en förfallen lada med reklam för Duffy Anderson's Invincible Root Beer på gaveln, dyker där upp en skylt till höger — *The Holy Grudge*. Ett par hjulspår med grässträng i mitten leder vidare in mellan träden, och efter hundra meter är jag framme. Ett enkelt men ganska stort hus i två våningar. Vit, nymålad träpanel, en veranda under tak på framsidan och en vildvuxen tomt runtom, stor som en halv fotbollsplan, ungefär. Såvitt jag kan se på kartan befinner jag mig mindre än tio miles från Meredith. Något lite längre från Haughtaling Hollow. Fågelvägen, vill säga.

Jag parkerar framför verandan. Kliver ur och låser upp dörren. Måste sätta axeln emot för att få upp den. Romario har sagt att det brukar vara så.

Jag går runt och inspekterar under några minuter. Det är rent och snyggt, jag känner utan tvivel tacksamhet över detta; min vistelse på motellet i Arkville hänger kvar som ett mörkt illaluktande moln inuti mig.

Nedervåningen består av ett enda stort rum. Köksavdelning, matplats, några udda fåtöljer runt ett bord av stål och glas. Stor, murad öppen spis, nykaklat badrum. En del lite obskyra föremål på väggarna, det är det enda som stör en smula. Från näbben på en uppstoppad örn hänger en liten emaljbricka med budskapet: All You Need is Love.

På övervåningen finns ateljén och två sovrum, jag väljer det innersta och minsta i enlighet med instruktionerna jag fått från Romario. Bär upp min väska, bäddar, går ner igen och får igång vatten och el. Sätter på kaffe och ställer in de få artiklar jag handlat på en supermarket i Delhi i kylen.

Tar med mig kaffekoppen och slår mig ner i en gungstol ute på verandan. Klockan är tio minuter över ett. Under den klara himlen ser jag ett fågelsträck på väg söderut. På långt avstånd hörs ljudet av en motorsåg. Luften verkar övermättad på syre, efter bara någon minut förstår jag att jag kommer att somna i gungstolen.

Jag drömmer om Venedig.

Inte om den där incidenten på restaurangen — som med ens fått en ny innebörd, jag har redan reflekterat över det — utan om ett annat ögonblick.

Winnie ligger naken på sängen i vårt hotellrum. Det är vår sista kväll, vi har älskat. Jag kommer ut ur badrummet, hejdar mig i dörröppningen och blir stående och betraktar henne.

Jag ser henne i drömmen precis som jag såg henne i verkligheten, och jag återvänder till samma tanke som drabbade mig då.

Detta ögonblick är redan över.

Jag hann aldrig fånga det.

Jag hinner aldrig fånga någonting.

Allt vi ser och förundras över och förälskar oss i har redan hänt. Det är på väg bort ifrån oss, för alltid och oåterkalleligt.

När min blick når fram till min hustru är hon alltid en annan. Eller när bilden av henne når fram till min näthinna, snarare — det

237

är förstås en korrektare beskrivning — det är då det redan är för sent.

Jag vet inte varför jag drabbades av denna kanske triviala tanke i detta hotellrum i Venedig, men jag vet att den gjorde mig outsägligt sorgsen.

Den naglade fast mig där på tröskeln till badrummet och den naglar fast mig nu i drömmen. När jag vaknar upp i gungstolen efter nästan en timme, står jag fortfarande och betraktar min hustrus bedövande vackra — och redan försvunna — nakenhet i den med säkerhet fortfarande kärleksvarma hotellsängen, och för en sekund har jag ingen aning om var i världen jag befinner mig.

Vem jag är eller vem den där drömmen tillhörde; jag är bara någon som vaknar på en veranda i ett hus i en namnlös skog. Himlen mellan trädkronorna förefaller hög och klar, det doftar skog och ljudet av någonting som jag inte hunnit identifiera dör just bort. Jag fryser en smula.

Jag letar fram en tröja ur min packning, sitter ytterligare en stund i gungstolen och dricker ytterligare en kopp kaffe, medan jag skisserar de första stegen i en hopplös plan.

36

Sorgsna Berget har inte ändrat position, men jag har glömt vad det var hon hette.

Det är mot min vilja som jag på nytt avlägger ett besök på Buffalo Zack's. Men det finns ingen bättre lösning. Jag måste komma i kontakt med Fred Sykes, och den information jag fick av Sorgsna Berget för en vecka sedan har tyvärr fallit mig ur minnet.

"Fred Sykes?" säger hon och betraktar mig misstroget. "Mycket spring efter den typen de här dagarna."

"Jaså?" säger jag. "Ja, jag fick inte tillfälle att prata med honom sist jag var häruppe. Var var det ni sa att jag kunde hitta honom?"

Hon överväger några sekunder innan hon svarar. Vandrar med blicken över det tomma caféet och borstar bort några smulor från disken.

"Timberton Road", säger hon så. "Tredje kåken på vänster hand. Precis som jag sa förra gången. Han bor där med sin gamla morsa."

Jag nickar. "28:an mot Oneonta?"

"Javisst."

"Tack."

"Om hon inte dött än", lägger hon till.

Jag gräver fram pengar ur fickan, köper med mig en halv liter odrickbart kaffe och lämnar henne.

Fred Sykes mamma sitter i en korgstol på verandan till ett av de mest bedrövliga boningshus jag någonsin sett, och det tar en stund att avgöra om hon är levande eller död. Hon är insvept i allehanda tygsjok och filtar, lager på lager, och hon har dubbla, stormönstrade hucklen om huvudet. Ögonen i det brunrynkiga ansiktet är stängda men munnen gapar öppen på vid gavel.

Runt omkring stolen står spruckna blomkrukor med halvvissna pelargoner och begonior, två stadiga käppar ligger i kors på bordet bredvid henne och jag närmar mig med en blandad känsla av vördnad och klentro.

Hon reagerar inte på mitt första tilltal och inte på mitt andra. Jag ser mig villrådigt omkring över den sorgliga tomten; gamla bilvrak och maskindelar samsas om det snåla utrymmet med diverse sopsäckar och obrukat byggnadsmaterial under möglande presenningar. Mot väggen till ett skevt, korrugerat plåtskjul står ett badkar, en utrangerad tvättmaskin och två toalettstolar. Ett mausoleum över oföretagsamhet och havererade projekt; framför något som möjligen varit tänkt som en hundkoja ligger en svartbrun jycke bredvid en lerpöl, han har inte brytt sig ett dyft om min ankomst och han verkar innehålla ungefär lika mycket energi som sin matmor uppe på verandan.

Efter en halv minut kommer ett livstecken. Gamla fru Sykes drar ett kraftigt, skorrande andetag, en vasskantad snarkning, och det skarpa ljudet får henne att rycka till och vakna.

"Ursäkta", passar jag på. "Jag skulle behöva tala med Fred Sykes. Är han hemma?"

Hon stirrar på mig med blodsprängda, rinnande ögon.

"Va?"

"Fred", upprepar jag. "Är han här? Jag behöver prata lite med honom."

Hennes underkäke mal runt en stund, men hon släpper mig inte med blicken.

"Fred är på jobb", säger hon med överraskande klar stämma. "Han är tillbaka klockan tre."

Jag tackar för upplysningen och tittar på klockan. Den är kvart över två.

"Jag förstår", säger jag. "Jag åker en runda och kommer tillbaka då."

"Halv fyra", säger hon. "Han är alltid försenad, pojkjäveln. Man kan inte lita på honom."

Jag nickar.

"Hans syster var mycket bättre. Men hon dog i kriget."

Jag tackar för den upplysningen också. Funderar ett ögonblick på vilket krig det kan ha rört sig om. Och hur det kom sig att en kvinna drog ut i det.

Men jag frågar inte. Går tillbaka till bilen och backar ut från den skräpiga gårdsplanen.

"Haughtaling Hollow? Du sa åt mig att jag kunde leta efter den här kvinnan i Haughtaling Hollow. Kommer du ihåg det?"

Fred Sykes suckar och skruvar på sig, men säger ingenting.

"Nå?"

"Jag kanske sa nåt åt det hållet."

"Det gjorde du absolut. Du sa också att du kände igen henne."

"Va?"

"Du påstod att du hade sett henne?"

Jag förstår att det inte är lönt att gå försiktigt fram med Fred

241

Sykes. Uppenbarligen ångrar han vad han avslöjade förra lördagen, och ger jag honom en öppning kommer han att slinka ut genom den.

Han kliar sig över halsen och flackar med blicken. "Kanske det, kanske", muttrar han. "Men jag tog nog fel i själva verket."

"Allright", säger jag. "Om du tog fel är ingen skada skedd. Men var nånstans var det du trodde att du hade sett henne, alltså? Jag lovar att inte nämna ditt namn i sammanhanget."

Han drar upp sina tunna skuldror och betraktar det smutsiga golvet mellan sina smutsiga stövlar.

"Jag kommer inte att berätta att det är du som har sagt det här", försäkrar jag en gång till. "Inte för någon, du har mitt ord."

Han sitter tyst några sekunder. Sedan harklar han sig och rätar en smula på ryggen. "Fischerman", säger han. "Det var borta hos Fischermans. Jag var där på jobb."

Den lilla namndiskrepansen distraherar mig för ett ögonblick.

"Fischerman?" säger jag. "Inte Fischer?"

"Fischerman", upprepar han. "Borta på Haughtaling Hollow Road."

"Fortsätt", ber jag och jag känner hur det tickar av spänning i mina tinningar. Som sprickor i ett istäcke just i färd med att öppna sig. "Fortsätt är du snäll."

Han dricker en klunk av det usla kaffe hans mamma gjort i ordning åt oss. Drar ett par varv med tungan över tänderna och ser ut att sitta och brottas med surt förvärvade lojaliteter. Jag tänker att om jag någonsin träffat en ynkrygg, så heter han Fred Sykes.

"Dom behövde hjälp med lite röjning", förklarar han till slut. "Så jag åkte dit."

"Jaha?"

"Sysslar lite med trädgårdar och sånt."

Jag kastar en blick ut genom fönstret och erinrar mig ordspråket om skomakarens barn. Men jag säger inget.

"Det var ett träd som fallit över en ledning", utvecklar Fred Sykes. "Och en del annat. Behövde sågas lite. Inte mer än en halv dags jobb, och ... ja, det var då jag såg henne."

"Du såg den här kvinnan?"

Jag pekar på fotografiet av Winnie som ligger mellan oss på bordet.

"Kan ha varit hon."

Jag bryr mig inte om att få denna utsaga förstärkt. "När?" frågar jag istället. "När var det här, närmare bestämt?"

Han rycker på axlarna. "Tio dar sen. Åtta ..."

Jag funderar hastigt. "Och dom här Fischermans, hur många är dom, alltså?"

"Tre", säger Fred Sykes.

"Tre?"

"Numera är dom tre."

"Numera?" undrar jag. "Vad menar du med det? Och vilka är dom?"

Han skruvar på sig igen, men tycks inse att han redan valt väg. Det är för sent att ångra sig och vända om.

"Det är Tom och Jeff", säger han. "Och så Aron som kom dit förra året."

"Aron?" säger jag.

"Ja. Han dök upp från Europa. Han är också Toms son, fast det var ingen som visste om honom."

Istäcket i mitt huvud spricker upp ytterligare. "Jag förstår. Och Jeff?"

"Jeff är Toms son. De har bott där i ... ja, länge. Ända sen Tom kom tillbaka från kriget."

"Vilket krig?" frågar jag.

"Vietnam, förstås."

"Du säger att Tom Fischerman deltog i Vietnamkriget?"

"Mhm."

"Fortsätt."

"Ja, vadå? Han är veteran. Kom tillbaka och gifte sig med en flicka från Poughkeepsie. Dom fick Jeff och sen lämnade hon dom."

"Hon lämnade sin man och sitt barn?"

Han nickar eftertryckligt och ser för en sekund nästan nöjd ut. "Jajamän. Hon hette Jennifer. Hon lämnade Tom och lille Jeff. Jeff var väl inte mer än tre."

"Så nu är han ...?"

Han blundar och försöker räkna efter. "Inte vet jag. En bit över trettio blir det väl. Han är handikappad, har nåt fel i huvet. Säger aldrig ett knyst."

Jag nickar och försöker smälta all denna information. "Och den här andre sonen?" frågar jag. "Han som kom tillbaka ... vad var det du sa att han hette?"

"Aron."

"Aron, ja. Hur gammal är han, ungefär?"

Fred Sykes rycker på axlarna igen. "Vet inte så noga. Har inte sett honom mer än tre–fyra gånger, de håller sig för sig själva, Fischermans. Fyrtio, kanske? Eller lite mindre? Tom är ett år äldre än mig i alla fall. Sextiåtta."

Jag undrar varför vi plötsligt hamnat i denna sifferexercis. "Varför lämnade hon honom?" frågar jag istället. "Jeffs mamma, alltså."

"Det vet man inte", säger Fred Sykes och tittar ner i golvet igen. "Men det sägs ..."

"Ja?"

"Det sägs att Tom Fischerman kan vara lite galen. Då när han kommit från kriget åtminstone, det är ett granatsplitter i skallen eller nånting. Eller bara upplevelserna."

Jag försöker smälta det också. Sedan bestämmer jag mig för ett nytt schackdrag.

"Vet du, Fred", säger jag. "Vad säger du om att jag bjuder dig på en bit mat. Vi åker in till Oneonta och käkar lite och dricker några öl."

"Jag ... jag vet inte", stammar Fred Sykes och kastar en blick på sin mamma som sitter och sover i en fåtölj framför en flimrande, stum TV. "Jag tror nog ..."

"Vi kan ta min bil", säger jag. "En köttbit och ett par öl. Du känner säkert till nåt bra ställe i Oneonta?"

Han kliar sig över halsen igen och överlägger en stund med sig själv. Därefter nickar han och går bort till köksbordet. Skriver ett kort meddelande på en gul papperslapp, som han sedan försiktigt stoppar in under sin mammas korslagda händer. En sekund av ömsinthet kommer och går.

Vi tassar ut ur huset på tysta fötter.

37

"Dom håller sig mest för sig själva. Som sagt."

"Varför?"

"Inte vet jag. Dom är den sortens folk."

"Men du stöter på dom då och då i alla fall?"

"Stöter på? Nej, det gör jag inte. Man ser dom i stan eller på Zack's nån gång. Tom, alltså, och den där Aron."

"Jeff?"

"I helvete heller. Aldrig Jeff."

"Varför då?"

"Man visar inte upp en sån som Jeff. Finns ingen anledning."

Fred Sykes har fått igång tungan efter en Hanger Steak och tre öl. Han är inne på sin fjärde nu; vi sitter på ett ställe som heter The Rotten Goose, det ligger inklämt mellan en gummiverkstad och en begravningsbyrå utefter Interstate 88 genom Oneonta. Vi är nästan ensamma i skumrasket i den ödsliga, vidsträckta lokalen, klockan är bara sex och stamgästerna har inte börjat droppa in än. Fred Sykes räknar sig inte som stamgäst, men han känner ägaren och vi får tio procent på både mat och dryck.

"Men du har hälsat på den här nye sonen?" frågar jag. "Aron."

"En gång, bara", säger Fred Sykes. "Här i stan. Och så när jag var där och röjde, förstås."

"Pratat med honom?"

"Nej."

"Inte när du röjde heller?"

"Såg honom bara. Sa hej. Det var Tom jag snackade med."

"Och Aron och den här kvinnan, var dom tillsammans, alltså?"

"Tillsammans? Inte fan vet jag. Jag såg dom en och en."

"Hälsade du på henne?"

"Nej. Det har jag ju sagt, jag såg bara en skymt av henne."

"Och ingen liten flicka?"

"Nej."

Jag gör en paus och tänker efter. Fred Sykes dricker en klunk öl. Ser ut att ångra sig igen, att han börjat prata med mig.

"Varför frågar du så mycket?"

"Jag har mina skäl. Har dom bott här i trakten länge?"

"Fischermans? Ja, för fan, dom har alltid funnits här. Tom är född på ett annat ställe lite längre bort. Pilgrim's End. Vi gick i skolan tillsammans."

"Vad sysslar dom med?"

Han rycker på axlarna. "Jagar. Avverkar lite skog."

Jag vet inte om detta räcker för att klara livhanken, men Fred Sykes tycks mena det, och jag lämnar spörsmålet därhän. Det är ovidkommande.

"Men det var ingen som kände till att Tom hade en son i Europa?" frågar jag istället. "Förrän han dök upp?"

Fred Sykes ruskar på huvudet.

"Och hur kommer det sig att sonen är född i Europa, om Tom nu var i Vietnam och krigade?"

Fred Sykes rynkar pannan och det ser ut som om denna fråge-ställning är ny för honom. Eller också har han inte geografin utanför USA riktigt klar för sig. "Inte fan vet jag. Fruntimret åkte väl dit. Tom är veteran i alla fall. Kom tillbaka -70 eller -71, var ute i två år skulle jag tro."

"Det kan inte ha varit så att han lämnade Vietnam och stack till Europa?"

"Va?"

Jag upprepar min hypotes, men han förstår uppenbarligen inte vad jag vill åt. Är man veteran, så är man. Om man råkat desertera en smula, är det i varje fall ingenting man skriver på en skylt och hänger om halsen när man kommer hem igen. Jag sitter tyst en stund och funderar på hur stor poäng det egentligen är med att sitta och försöka pumpa Fred Sykes på fler uppgifter.

"Tom Fischerman är en skithög", säger han oförmodat efter en ny, stärkande klunk öl.

"Jaså?" säger jag.

"Har alltid varit och var inte bättre när han kom hem."

"På vilket sätt är han en skithög?"

Fred Sykes drar ett djupt andetag och hans skeva anletsdrag slätas ut för en sekund. Hans vattniga blick blir sorgsen.

"Han förstörde livet för min syster."

"Din syster?"

Han nickar dystert. "Dom var ihop."

Jag väntar.

"Förlovade och allting. Men han lämnade henne för en slinka från Albany. Det var året innan han stack ut i kriget. De skulle gifta sig, men han bara lämnade henne vind för våg."

Jag erinrar mig samtalet med hans mamma på verandan.

"Hur gick det för henne? Din syster, alltså."

Han blinkar några gånger och knycker nervöst på huvudet innan han svarar. "Hon dog", säger han. "Hoppade ner i fallen."

Han dricker en djup klunk.

"Fallen?"

"Niagara. De skulle haft smekmånad där."

Jag funderar ett ögonblick. Och ändå åker du dit och hjälper till när det behövs? tänker jag. Du sågar träd åt en man som svek din egen syster så att hon dränkte sig.

"Din mamma berättade att hon dog i ett krig", säger jag.

Fred Sykes fnyser. "Mamma inbillar sig. Hon fyller nittiåtta i januari."

Jag nickar. Tänker att mycket i de här trakterna känns ganska tröstlöst. Vad tjänar det till att bli nittioåtta år när villkoren ser ut som de gör? Svek och självmord och elände. Eller är det det som är straffet, att leva riktigt länge?

"Vad hette hon?" frågar jag. "Din syster."

"Hon hette Vera. Efter Vera Lynn."

Det också. Jag märker att modlösheten börjat växa i mig. Det sker i takt med att skymningen tilltar inne på The Rotten Goose, och i takt med att nivån i Fred Sykes ölglas sjunker. Nu är det helt tomt igen.

"En till?" frågar jag ändå.

"Kanske en sista", säger Fred Sykes och kliar sig eftertänksamt i skäggstubben. "Men sen måste jag komma hem och få lite uträttat."

Jag frågar inte vad det är han tänker uträtta hemma på gården. Behoven är legio.

Går bort till baren och ber om ännu en öl. Och notan.

När jag kommer tillbaka till The Holy Grudge — efter att ha återlämnat Fred Sykes till hans mamma på Timberton Road — är klockan halv åtta och det har mörknat. En byig vind rister i trädkronorna när jag kliver ur bilen, och just som jag tagit mig inomhus

249

och hittat ljusknappen ringer telefonen. Inte min mobil — det finns ingen täckning häruppe — utan den fasta. Jag tvekar en sekund, sedan svarar jag.

Det är Bob.

"Romario glömde en sak", säger han. "Du har ett gevär under sängen."

"Ett gevär?" säger jag.

"Ja, för fan. En redig gammal Remington Shackville. Dubbel-pipig. Det kan komma björn, vet du, man måste kunna försvara sig."

"Jaha?"

"Ammunitionen ligger i en plåtburk i skafferiet. Det står *Marbury's Cookies* på locket."

"Tack, Bob, men ..."

"Inga men. Du är säkert pacifist och buddhist och allt möjligt, men det gäller inte i dom där trakterna. Gå ut och provskjut mot ett träd, så du vet hur det känns. Hur har du det annars?"

"Bara bra", säger jag. "Inga problem."

"Ut och dra iväg ett par övningsskott nu", upprepar han muntert. "Vi ringer lite senare i veckan. Ingenting du undrar över?"

"Nejdå", säger jag. "Allt är okej."

"Och boken?"

"Va?"

"Boken? Hur går det med skrivandet?"

"Utmärkt", försäkrar jag. "Det går alldeles utmärkt."

Sedan kommer natten.

Den är ett levande väsen. Ett vanskött och misslynt rovdjur, som jag alltför länge — i veckor och månader och åratal — hållit i schack på hungrande avstånd, men som nu äntligen kommer lös. Det drabbar mig med full kraft och med den odiskutabla målmedvetenheten hos ett dödligt virus. Jag vet att det är en bedrövlig blandning av bilder — ett rovdjur och ett virus — men jag har inga öl och inga cigarretter att bedöva mig med, som på motellet i Arkville. Jag är utlämnad och motståndslös; en seg bubbla av smärta och saknad och sorg brister inuti mig och jag ger upp. Jag ligger i mörkret i min säng i det innersta rummet på andra våningen i The Holy Grudge, Upstate New York, en halvmeter ovanför ett dubbelpipigt Remington Shackville, jag kastar in handduken och jag skakar av gråt.

Och mörkret är inte bara frånvaron av ljus, det är frånvaron av allting. Av Winnie, min älskade hustru. Av Sarah, min ännu mer älskade dotter. Av möjligheter och mål och mening med det här förbannade livet, som kletar sig fast vid oss med fagra, falska löften och förmenta förhoppningar, men som ingenting annat är än en kronisk sjukdom i väntan på en uppskjuten och lika meningslös död.

> två blinda maskar
> hejdar sig i dagbräckningen
> lystrar förvånade till rösten från ovan

Och jag ber. Ber samma gamla bön till samma gamla Gud, som jag gjort tusen sinom tusen gånger sedan Sarah togs ifrån oss: Kvitta hennes liv mot mitt! Låt henne leva, låt henne fortfarande få finnas till under ordnade förhållanden, vad i hela friden som nu kan avses med det, men det är viktigt och du vet vad jag menar, käre Gud, jag törs inte nämna det onämnbara, låt henne få växa upp till en hel och meningsfull människa och lägg min egen död i den andra vågskålen.

Åter och åter igen, men snart bortom det ordlösas gräns, ber jag om en sådan utveckling, och någon gång under detta monotona sorgearbete måste jag också ha fallit i sömn, för jag vaknar upp med ett ryck i grått gryningsljus, på något egendomligt vis klarvaken och målmedveten. Eller kanske galen eller varför inte bönhörd? Jag tar med mig Remington Shackville 212 nerför trappan, gräver fram *Marbury's Cookies* ur skafferiet och i lånta gummistövlar går jag ut i skogen och skjuter tolv tunga skott i en tallstam.

38

I början av juni — tretton månader efter att Sarah försvunnit och knappt två månader innan vi satte oss på planet till New York — blev jag uppringd av en journalist som ville skriva om oss.

Hon hette Brigitte Leblanc och planerade en serie artiklar om barn som försvunnit på det ena eller andra sättet. I synnerhet ville hon inrikta sig på sorgearbetet, på hur föräldrar bar sig åt för att komma vidare med sina liv.

Jag förklarade att vi antagligen inte var intresserade men att jag skulle nämna saken för min fru.

Det gjorde jag också och till min förvåning tyckte Winnie att det lät intressant och föreslog att vi skulle låta oss intervjuas.

Vi träffade Brigitte Leblanc i ett rum på Hotel Ambassade i Maardam. Hon var äldre än jag gissat utifrån vårt telefonsamtal — runt sextiofem — och jag fick omedelbart ett visst förtroende för henne. Hon var lång och mörk och lågmäld, ursäktade sig för att hon måste röra i inte stelnade sår, men syftet med artikelserien var bland annat att den skulle kunna vara till hjälp för människor i samma situation som vi.

Föräldrar som förlorat ett barn, med andra ord. Sedan berättade hon att hon själv hade en son som försvunnit för tio år sedan.

"Tio år?" frågade Winnie. "Och du vet fortfarande inte vad som har hänt med honom?"

"Nej."

"Om han lever eller om han är död?"

Brigitte Leblanc skakade på huvudet.

"Hur gammal var han när det hände?"

"Femton. Jag fick barn sent. Ja, han var femton år när han en dag plötsligt inte kom hem från skolan."

"Och varför skulle han välja att leva vidare utan sin mor på det viset?" frågade Winnie efter en kort tankepaus. "Nog måste du utgå ifrån att något hänt honom och att han inte längre är i livet. Eller hur?"

"Vi hade ett stort gräl på morgonen samma dag", förklarade Brigitte Leblanc. "Det kan hända att han lämnade mig för att straffa mig."

"I tio års tid?" kunde jag inte låta bli att fråga.

"Jag håller det inte för otroligt i hans fall", svarade hon.

"Vad har du gjort för att få fatt i honom?" undrade Winnie när Brigitte Leblanc satt igång bandspelaren och vi samtalat en stund om Sarah. "Förlåt, men jag kan inte låta bli att tänka på din son."

"Allt", svarade Brigitte Leblanc enkelt. "Jag har gjort allt."

"Och du håller fortfarande på?"

"Nej, nu har jag slutat. Man kommer till en punkt, jag visste inte att det var så, men en dag förstod jag att det var dags att glömma honom."

"Glömma?"

"Nej, jag menar att det var dags att minnas honom. Det var hoppet jag bestämde mig för att gräva ner."

"Vet du", påpekade jag. "Jag tycker det känns en smula märkligt att du frågar oss om saker som du själv har så mycket större erfarenhet av."

"Jag har fler år än ni", svarade Brigitte Leblanc med ett milt leende. "Inte större erfarenhet. Och jag tror varje erfarenhet i de här sammanhangen är unik. Liksom varje barn är unikt och varje människa."

"Naturligtvis", sa Winnie.

"Det kan förstås låta paradoxalt, men jag inbillar mig att ... att det är just den här faktorn av total åtskillnad, som gör att vi kan förstå varandra och nå fram till varandra. Som gör att vi måste försöka. Jag har svårt att hitta ord för det här och jag vet inte riktigt om det framgår hur jag menar?"

"Jag förstår precis hur du menar", svarade Winnie omedelbart. "Om det inte funnes dessa avgrunder mellan oss, varför skulle vi då vara sysselsatta med att bygga broar hela tiden? Om vi befann oss på samma strand."

Jag märkte att det plötsligt fanns ett samförstånd — kvinnligt eller bara mänskligt — mellan min fru och denna Brigitte Leblanc, och att det var ett samförstånd som på något vis uteslöt mig. Det kändes konstigt med tanke på talet om att bygga broar över avgrunder, men det var som om jag med ens reducerats till att vara en illustration till deras hastigt och lustigt tillyxade plattform.

Men det kan också ha varit en sorgsen inbillning och inte mycket mer. "Vad hette din son?" försökte jag.

"Richard. Han hette Richard."

"Jag antar att du var ensam med honom när han försvann?" sa Winnie. Jag vet inte hur hon kommit fram till denna slutsats, men Brigitte Leblanc nickade bekräftande.

"Det är riktigt. Pappan dog när Richard var tio. En av mina frågor till er är i själva verket hur ni upplever ert förhållande efter det som hänt. På vilket vis är det en styrka att vara två?"

Jag satt tyst och hoppades på att Winnie skulle säga något. Winnie satt också tyst och jag vet inte vad hon hoppades på.

Vi stannade kvar i det där rummet på Ambassade och pratade med Brigitte Leblanc i två timmar, men i efterhand kan jag inte erinra mig mycket av det fortsatta samtalet. Det var mest Winnie och Leblanc som utbytte åsikter — utifrån sin gemensamma plattform — men strax innan vi var klara kom Winnie med ett påstående som överraskade både mig och journalisten. Åtminstone föreföll hon överraskad, och det var antagligen också nu som det paradoxala samförståndet gick i mål. Ja, jag vill uttrycka det på just detta vis. Gick i mål.

"Det där du påstod i början, om att man kommer till en punkt", sa Winnie på sitt en smula dröjande sätt, och jag minns att hon tittade varken på mig eller på Leblanc medan hon sa det, utan att hon höll blicken liksom svävande ut genom fönstret, mot trädkronorna längs kanalen eller vad det kan ha varit. "Jag kan hålla med om det, men det stämmer bara till en del. Det är riktigt att man kommer till en sådan punkt, men det är just genom att ge efter som man också förlorar spelet. Det är därför ... ja, det är helt enkelt därför som din son är död, jag är ledsen att behöva säga det, men vår dotter Sarah, hon lever."

"Jag är inte säker på ..." började Brigitte Leblanc, men när hon inte lyckades fånga Winnies blick, som fortfarande tycktes leka i trädtopparna utanför fönstret, tystnade hon.

Jag försökte antagligen säga något överslätande, och några minuter senare skildes vi åt. Det fanns inget mer att tillägga.

Vi hörde aldrig av denna journalist någon mer gång, och någon artikelserie hann vi inte ta del av innan vi reste till New York — men när det gäller Winnies sätt att resonera har jag ibland, kanske i synnerhet efter Hotel Ambassade, funderat över förhållandet mellan hennes tankar och deras språkliga uttryck.

Finns där verkligen en förståelse för de allra innersta sanningarna, eller äger hon bara förmågan att vänta ut orden?

Hålla dem stången för att sedan fånga dem i rätt ögonblick när de som allra minst anar det? Som när man slår ihjäl flugor.

Eller alldeles fel ögonblick? Det är något med den där intervjun som jag inte får fatt i.

39

Kanske galen eller varför inte bönhörd.

När inlandsisen drog sig tillbaka från dessa trakter för 10 000 år sedan, lämnade den — liksom i alla andra smältområden — kvar ett och annat flyttblock. Det är mellan två sådana, ett större och ett något mindre, som jag har funnit min position. Åren har klätt in bumlingarna med mjuk mossa, det ger ett illusoriskt intryck av trygghet och skydd; både mossbeklädnaden och att de stått emot all denna tid. Om jag vore ett mycket litet djur utan bostad, kunde jag gott tänka mig att söka natthärbärge tätt tryckt intill en av dessa mjuka stenar.

Det var inte särskilt svårt att hitta hit. Fischermans egendom ligger mellan Promisedland och den fientliga vändplats med ormar som jag stiftade bekantskap med för knappt tio dagar sedan. Precis som jag fått mig beskrivet av Fred Sykes.

Den har inget namn, i varje fall står där inte något namn på någon skylt. En postlåda av plåt med ett nummer, bara. *Haughtaling Hollow Road 614.* En smal och föga använd väg leder upp genom en snårig skog till ett stort, flagnande boningshus i två våningar. En större laduliknande sidobyggnad i vinkel — och en mindre mittemot — men av försiktighetsskäl vände jag om i samma stund som jag fick syn på husen mellan träden. Jag hörde också det korta skallet från en hund, men jag är inte säker på att det verkligen kom från Fischermans gård, det föreföll en smula avlägset. Jag hade kommit till fots, återvände nu hastigt samma väg och körde sedan vidare en halv mile fram till vändplatsen, där jag så småningom lyckades hitta en skyddad parkering bakom en trave timmer. Min hyrbil syns i varje fall inte från vägen, alltid något.

När detta väl var ombesörjt, började jag röra mig tillbaka i en vid halvcirkel genom skogen. Det innebar en besvärlig vandring; terrängen var svårforcerad med taggiga björnbärssnår och ogallrad sly, och det gick uppför eller på skrå större delen av vägen. Jag lyckades dock hålla någorlunda reda på väderstrecken och efter en dryg timme kunde jag ånyo skymta det stora, väderbitna boningshuset. Den här gången snett uppifrån — från norr eller nordväst, om jag inte är alldeles desorienterad.

Under vandringen hit har jag stött på ett dussintal fientliga skyltar som förklarar att det rör sig om privat egendom, och att alla intränglingar kan räkna med konsekvenser.

Men jag befinner mig här, halvliggande på en mjuk bädd av mossa och grenar mellan två trygga flyttblock. Huset ligger femtio meter nedanför mig, jag har ställt ifrån mig min ryggsäck med vatten, termoskaffe och smörgåsar, och jag har utmärkt kontroll över läget. Klockan är halv tre på eftermiddagen. Remington Shackville ligger bredvid mig, det är en klar och lite kylig höstdag men jag är varmt klädd och fylld av en viss förtröstan.

Varför inte bönhörd?

Det är baksidan av huset jag ser. Grånad, liggande träpanel, det syns att den en gång varit vitmålad. Fyra mindre, kvadratiska fönster på övervåningen; två lite större samt en dörr ut till en mindre, genomruttnad terrass på nedervåningen. En del bråte och en del redskap längs väggen; spadar, krattor, en skottkärra. En långhårig gräsmatta sluttar upp mot en låg, ojämn stenmur innan skogen tar vid.

Inga livstecken. Det ser dystert och stängt ut, nästan igenbommat, och det hörs inga ljud. Jag betraktar det stumma huset med en känsla av vantro. Vad är det jag förväntar mig? Varför ligger jag häruppe i skogen och trycker?

När jag vandrar med blicken över fasaden inser jag att två av de fyra fönstren på övervåningen är försedda med galler. Jag tar fram kikaren och förvissar mig om att det verkligen förhåller sig så; det är inte fråga om spröjs, det är två regelrätta korsgaller av järn, och ungefär samtidigt som jag gör detta konstaterande öppnas bakdörren och en man kommer ut.

Han är kraftigt byggd men en smula överviktig, med grått uttunnat hår, någonstans runt sextiofem, skulle jag tro, och han bär på en smutsig plåthink. Han går tio steg genom gräset och tömmer hinkens innehåll intill ett buskage invid stenmuren. Drar några tag med en kratta som stått lutad mot muren och går tillbaka inomhus. Kompost, tänker jag.

Tom Fischerman, tänker jag också. Trevligt att träffas.

Sedan inträffar ingenting under fyrtiofem minuter, mer än att jag dricker kaffe och äter en smörgås. Jag funderar ett slag på att byta position men kommer fram till att det inte finns någon anledning. Ännu inte.

Jag hinner tänka en hel del. Osorterade minnesbilder från sju år med Winnie singlar fram och tillbaka genom mitt medvetande. På gott och på ont.

Och Sarah. Framförallt Sarah; hennes lite spefulla ansikte, sådär som hon brukade se ut när hon hade någon färsk hemlighet som hon både ville hålla kvar och avslöja. Kommer och går gör de, dessa minnesbilder. Det känns som om någonting viktigt och slutgiltigt håller på att gallras fram i huvudet på mig, men jag märker också att jag börjat frysa, och detta tar udden av det som möjligen kunde ha blivit klarlagt.

Det är också just då, i det ögonblick då jag tänker att jag borde haft ytterligare en tröja att sätta på mig, som min uppmärksamhet fångas av en obetydlig rörelse i ett av de gallerförsedda fönstren, det som ligger längst upp till höger från min position sett.

En tunn gardin förs åt sidan och i den nedersta, vänstra gallerkvadraten syns plötsligt ett ansikte. Mitt hjärta och mitt blod identifierar det innan min hjärna lyckas göra det och det känns som om jag får en kraftig elektrisk stöt, eller en spark, rakt i bröstkorgen.

Det är ett blekt, avmagrat ansikte med ögon som ser onaturligt stora ut, jag fumlar hastigt fram kikaren och det råder inget som helst tvivel. Det är Sarah.

En annan Sarah. Sex år istället för fyra och ett halvt. Arton månader senare och ett ansikte målat av nya erfarenheter som jag varken kan eller vill göra mig en föreställning om. Hennes tjocka hår är borta; jag minns plötsligt en tavla föreställande en liten flicka med tuberkulos, konstnärens namn undflyr mig, men precis så ser hon ut. Ett barn som inget annat har att vänta på än döden; det är hennes bleka, förstorade ögon och de livlösa hårtestarna på hennes huvud som starkast driver fram detta intryck.

Men det är hon. Hon tittar på någonting utanför fönstret. Kanske en fågel i ett träd, jag vet inte. Jag kan inte få syn på det, men det är möjligt att hon precis just nu, just medan jag ligger mellan dessa tiotusenåriga stenblock och nästan inte kan andas längre, står i sitt låsta rum och önskar att hon vore en fågel. Vi brukade tala om fåglar på det viset, då, en gång som är så långt borta och så längesedan svunnen att hon kanske inte minns det längre.

Och min lätta frusenhet har hastigt övergått till en sorts frossa; jag kan inte beskriva den, men den är släkt med den där akuta blindheten och för några ögonblick får jag för mig att jag kommer att bli förlamad. Att jag aldrig någonsin kommer att kunna lämna min plats i denna främmande skog. Att jag kommer att dö här mellan dessa uråldriga stenblock, med denna förtvivlat sterila bild av den utmärglade men levande Sarah på näthinnan, utan att jag någonsin lyckats nå fram till henne.

Utan att jag fått ta henne i mina armar, lägga munnen till hennes öra och försiktigt viska att nu, nu kommer allting att bli bra.

Sedan vaknar äntligen adrenalinet i mina ådror och min kropp fylls långsamt med en annan typ av bränsle.

Det tar en stund att hitta en ny och bättre position. Men jag förstår att jag måste ha framsidan av huset för ögonen, och en halvtimme senare står jag gömd — åtminstone delvis gömd — bakom en övergiven pick-up-truck invid gaveln till den stora ladan. När jag sticker upp huvudet har jag överblick över nästan hela gårdsplanen, där två bilar — en något nyare truck och en svart gammal Dodge — står parkerade med nosarna in mot den svackiga verandan. Det är inte mer än tjugo–tjugofem meter dit, det skulle inte ta mig många sekunder att komma fram till dörren, men jag inser att ett sådant utfall skulle ha små möjligheter att lyckas. Situationen kräver någonting annat. Min ryggsäck står vid mina fötter och jag håller ett stadigt tag med högerhanden om min laddade Remington Shackville 212.

Någonting helt annat.

Medan jag står där överväger jag också radikalt andra scenarion, det gör jag verkligen. Att lämna detta tillhåll, till exempel. Helt frankt ta mig tillbaka till bilen och bege mig till polisstationen i

Oneonta — men bilden av den där morgonen på ön i trakten av Berchtesgaden är alldeles för tydlig för att jag på allvar ska falla för den typen av lösningar.

Och den där kvinnan i Niagarafallen. Jag vet vad de här människorna är värda och vad de är kapabla till. Tom och Aron Fischerman. Den retarderade och undangömde Jeff.

De håller min fru och min dotter fångna därinne i det stora, slutna huset. Jag vet inte vad som kommer att hända. Jag har ingen plan, men jag förstår att ögonblicket närmar sig.

Det är nu, tänker jag med ens, det är nu den där frågan om eldarna äntligen får sitt svar.

Det är nu de brinner.

Eldarna.

Snart.

40

Klockan är exakt halv fem när nästa steg på väg mot en möjlig upplösning inträffar.

Dörren öppnas och de kommer ut på verandan.

De går bredvid varandra nerför den korta trappan och fram till den svarta Dodgen. Först håller han sin högerhand instucken under hennes vänstra överarm, sedan släpper han henne temporärt. Han kliver in från förarsidan, hon från passagerarsidan. Han startar med vissa besvär, bilen har säkert tjugofem år på nacken. De backar runt på gårdsplanen och försvinner skumpande bort utefter den smala skogsvägen. Ner mot Haughtaling Hollow Road.

Aron Fischerman och Winnie Mason.

Eller *Aron och Ursula Fischer*? tänker jag där jag sitter ihopkrupen bakom pick-upen och kramar om mitt vapen. Varför inte? Kanske är det dessa gamla identiteter som gäller numera?

Men jag har inte fått något riktigt intryck. Inte av någon av dem; sekvensen är för kort och innehållslös för att låta sig tolkas. Jag såg att det var hon och jag vet att det är han, det räcker, blodet gör en volt i mina tinningar; jag stirrade på dem en halv sekund längre än det förmodligen varit tillrådligt, innan jag sjönk ner och tog skydd bakom pick-upen.

Fast de upptäckte mig inte. Kanske hade det ideala varit om Winnie förstått att jag var på plats — hon men inte han — men jag är inte säker; kanske hade det inte inneburit någon fördel. Medan jag sitter på huk och lyssnar till billjudet som dör bort försöker jag

264

förstå varför jag resonerar på det viset, varför detta tvivel gnager i mig, men jag kommer inte till någon klarhet. Kanske vill jag inte komma till klarhet.

Jag reser mig och spanar över gårdsplanen bort mot huset. Lyfter upp mitt tunga gevär och siktar prövande på dörren. Sedan på fönstren ovanför verandataket, ett i taget; de är fyra på den här sidan också men inget av dem är gallerförsett. De är stängda och mörka kvadrater, bara, ingen lampa är tänd någonstans, men det är begripligt. Ännu finns en timmes dagsljus kvar, kanske en och en halv. Jag gör dessa noteringar med omedveten automatik medan jag försöker kalkylera risker. Åtminstone inbillar jag mig att det är detta jag är sysselsatt med, men själva situationen är så ovanlig för mig att jag har svårt att göra några vettiga bedömningar. Det måste vara tre personer kvar därinne i alla händelser: Tom Fischerman, Jeff Fischerman och Sarah. Mina odds har ökat sedan Aron och Winnie gav sig iväg, så måste det rimligen vara. Eller?

Jag vet förstås inte hur det står till med Jeff, halvidioten, på vilken sida han kommer att ställa sig när det blir allvar. Vad han är kapabel till för gärningar. Han är en oberäknelig faktor och jag tycker inte om det, jag vill inte döda oskyldiga människor; jag tänker denna tanke med en sorts kylig humanism, och därefter behöver jag inte ägna mig åt fler spekulationer eftersom dörren uppe på verandan på nytt går upp.

Jag håller fortfarande mitt vapen skjutklart, det vilar mot ena lämmen på pick-upen och den här gången bryr jag mig inte om att ducka. Jag står kvar där jag står med siktet inställt rakt i bröstet på Tom Fischerman.

Han borde bli medveten om mig, men han blir inte det. Han går runt den andra pick-upen, fäller ner baklämmen och börjar rota med någonting på flaket. Ett par dunkar av något slag och några långa, skramlande metallrör. Rygg istället för bröst, tänker jag, ännu enklare, och plötsligt märker jag att min högra hand med pekfingret krökt runt avtryckaren börjat darra och hur ett slags vibrationer fortplantas upp genom min kropp. Kanske är det rädsla. Kommer jag att vara oförmögen att trycka av? Jag är på väg att börja hyperventilera, vibrationerna tilltar, men i nästa ögonblick kliver också Jeff Fischerman ut på verandan, och det förändrar läget.

Ty Jeff Fischerman, halvidioten, blir genast medveten om min närvaro. Han stannar upp mitt i ett steg, sedan höjer han långsamt högra handen och pekar, medan hans huvud kastas från sida till sida i oroliga ryckningar. Först efter några sekunder kommer det ord ur honom; eller ljud, snarare, ett oartikulerat läte, som alldeles uppenbart är avsett att varna fadern.

Innan detta läte hunnit ljuda ut, och innan Tomas Fischerman hunnit vända sig om för att se efter vad det är hans imbecille son står och pekar på, har jag dock kommit till rätta med min handlingsförlamning och tryckt av.

Skottet låter lika öronbedövande som vart och ett av de tolv skott jag sköt i tallstammen tidigt i morse, och det träffar Tomas Fischerman mitt emellan skulderbladen. Jag är sannerligen ingen dålig skytt. Han faller snett åt höger sida, eftersom han hunnit påbörja en vridrörelse, och kroppen landar tungt i gruset bakom bilen. Under en patetisk sekund försöker han kravla i säkerhet — eller vad det nu kan vara fråga om, detta det sista som äger rum i hans slocknande medvetande — men han faller ihop efter en halvmeter, blir liggande orörlig som en omkullvält gravsten och av allt att döma lika död.

Jag höjer blicken och betraktar Jeff Fischerman. Han står kvar på verandatrappan med armen fortfarande utsträckt och munnen fortfarande öppen, men det kommer inte längre något ljud ur honom. Det går några sekunder, han stirrar på mig, jag stirrar på honom. Jag förstår vilken oerhört enkel sak det skulle vara att skjuta honom också, men någonting håller mig tillbaka. Kanske den där kyliga humanismen, trots allt, och medan jag står och tvekar tar han sig försiktigt ner på gårdsplanen, rundar pick-upen och blir stående och stirrar på sin far på marken.

Under några sekunder står han där, alldeles orörlig, i en onaturlig pose med ena handen för munnen, den andra lyft och med fingrarna spretande som om han just stod i begrepp att ta emot en boll som någon kastat till honom. Därefter kliver han tvärs över sin fars kropp och börjar skyndsamt ta sig bort från alltihop.

Han passerar mig på mindre än fem meters håll, utan att se på mig, och fortsätter utefter skogsvägen ned mot Haughtaling Hollow Road. Jag kan uppfatta att det kommer ett svagt, liksom kvidande ljud ur honom.

Men inte en enda gång ser han på mig. Inte en enda blick.

Jag står kvar i fem minuter. Det finns ingen anledning att göra detta, men jag har svårt att röra mig. Någonting har hänt, och när jag äntligen börjar gå över gårdsplanen upp mot huset känns mina ben tunga och mitt medvetande tycks inhöljt i en tjock dimma. Jag passerar Tom Fischermans tunga kropp i gruset och undertrycker en impuls att böja mig ner och röra vid den.

41

Jag drar upp dörren och kommer in i huset. En kompott av orena lukter slår emot mig. Gammal ingrodd smuts, gammal tobaksrök. Mögel? Jag står kvar i dörröppningen och ser mig omkring. Ett stort rum i vinkel och ett kök på nedre botten. Antagligen ett mindre sovrum bakom trappan till vänster. Möblemanget är slitet och ihoprafsat. Ett bastant matbord i brunt trä med sex udda stolar. Två nedsuttna soffor, en TV, ett fullbelamrat lågt bord. Tidningar och skräp. En gungstol och någonting som måste vara en björnfäll på golvet framför en eldstad. Någonting annat som förmodligen bara är en kohud, fast färgad i gula och svarta strimmor, på en av väggarna. Diverse små skåp och byråar och golvlampor. Jag stänger dörren bakom mig och lyssnar efter ljud.

En diskmaskin som står och tumlar, det är det enda jag kan uppfatta. Den lägger alla andra ljud i skugga. Den stillsamma närvaron av ett barn, till exempel. Hjärtslagen inuti min bröstkorg. Trappan upp till övervåningen ligger till vänster, jag tar mig långsamt uppför den, ett försiktigt steg i taget. Jag är oklar över denna försiktighet, varför den känns så nödvändig; om jag räknat rätt är det bara jag och min dotter som befinner oss i huset. Sarah och jag, jag och Sarah. Jag håller Remington Shackville i högra handen och jag kommer upp till en trång korridor som löper i husets längdriktning från gavel till gavel. Det är mörkare häruppe, det sparsamma ljus som tar sig in via två smutsiga fönstergluggar når inte mer än någon meter in i korridoren.

Ett antal dörrar på båda sidor; alla är sorgfälligt stängda men jag har inte svårt att hitta den rätta. Innan jag kommit fram till den uttalar jag försiktigt hennes namn; inte på riktigt, känns det som, mera som en förvarning. Jag vill att hon ska veta att någon finns utanför i korridoren, någon som är godhjärtad och som kommit för att rädda henne. Men jag vill inte att hon ska svara, inte förstå att det är jag, hennes far.

Inte ännu, det är svårt att säga varför, det rör sig förmodligen om någon sorts diffus och missriktad försiktighetsåtgärd, precis som så mycket annat i mitt liv varit missriktat.

Jag lägger handen på dörrvredet. Vrider åt höger, vrider åt vänster. Låst, naturligtvis är det låst. Och dörren ser välbyggd ut, när jag trycker prövande med skuldran ger den inte efter en millimeter. Men där finns ett nyckelhål, stort och mörkt och hemlighetsfullt; jag böjer mig framåt, sätter munnen till hålet och viskar.

"Sarah."

Ingen anledning att töva längre. Men inget svar. Inte ett ljud därinifrån. Jag försöker en gång till, lite högre.

"Sarah. Kan du höra mig?"

Jag uppfattar att någon byter position. En stol som flyttas och försiktiga steg över golvet därinne. Kanske närmar hon sig dörren, jag vet inte. Jag försöker se något genom nyckelhålet men där finns bara smörjolja och mörker.

"Sarah, det är jag. Pappa."

"Pappa?"

Rösten är så svag att jag nätt och jämnt uppfattar den.

"Sarah, jag har kommit för att ta dig härifrån. Allt kommer att bli bra nu."

"Pappa?"

Något starkare men alldeles tonlöst. Som ett gammalt ord hon hört en gång men inte längre kommer ihåg betydelsen av. Jag rätar på ryggen och knuffar på nytt till dörren med skuldran. Det känns stumt och fåfängt.

"Jag måste bara ta mig in genom den här dörren först, Sarah. Jag har ingen nyckel, så jag måste nog slå sönder den. Bli inte rädd!"

Jag väntar på svar men där kommer inget. Inga ord och ingen rörelse därinifrån. En plötslig, panikartad villrådighet faller över mig. Jag har kommit så här långt. Ända hit. Det är bara en låst dörr som skiljer mig från min dotter, som jag inte sett på ett och ett halvt år och som jag under nästan hela denna tid förutsatt vara död – och jag kan inte ta mig in genom denna förbannade dörr!

En filmkliché dyker upp och jag köper den; lutar mig tillbaka med ryggen mot väggen, tar sats och skickar iväg en häftig spark mot en punkt strax under dörrhandtaget. Ingenting händer mer än att jag får ont i benet. Möjligen ropar Sarah till inne i rummet, men det är i så fall precis när min fot träffar dörren och jag är inte säker.

"Sarah, var inte rädd! Jag ska bara försöka ta mig in!"

"Pappa?"

En gnutta mer liv i rösten nu, som om hon börjar förstå att det som sker faktiskt är på riktigt.

"Jag tror ... jag tror jag måste skjuta upp låset. Jag har ett gevär och det kommer att bli en ordentlig smäll, men du behöver inte vara rädd, Sarah. Lova mig att inte bli rädd. Gå bort från dörren, jag kommer att skjuta mot låset, förstår du?"

"Ja ...?"

"Förstår du vad jag säger, Sarah? Du får inte stå så att du kan bli träffad av kulan."

"Jag förstår."

Och jag märker att hon gör det. Med ens känner jag igen hennes röst; en klump av gråt brister i svalget på mig och jag måste vänta några sekunder innan jag får bukt med den och kan inrikta mig på skottet. Jag har ingen aning om var man bör träffa låsmekanismen, det rör sig om en annan gammal filmkliché, förstås, och det får bli på måfå, tänker jag. Går det inte på första försöket, får jag väl pröva en andra och en tredje gång. Jag måste få hål på den förbannade dörren som står mellan mig och min dotter. Ingenting har någonsin varit viktigare. Jag lägger kolven mot axeln, siktar och trycker av.

Knallen är öronbedövande nu också, men ändå en smula dovare och mer dämpad här inomhus. Flisorna yr ur dörrträet, ett stort hål alldeles under vredet slits upp, och när jag försiktigt vrider det runt glider dörren upp på väloljade gångjärn.

Det finns en viss sorts ögonblick där tiden faller ner i ett svart hål. Både det som varit och det kommande sugs in där, och den specifika vikten av hela livet ligger samlad i en darrande punkt av närvaro.

Vi står stilla och ser på varandra och vi förstår båda två att det är fråga om just ett sådant ögonblick. Hon är bara sex år, ändå vet hon. Jag sträcker ut händerna mot henne och långsamt, som om hon gick över nattgammal is eller på slak lina, kommer hon emot mig. Jag lyfter upp henne och det är en rörelse som känns som en skapandeakt. Jag drar upp min dotter ur döden och föder henne tillbaka till livet; jag trycker hennes tunna, nästan utmärglade kropp intill mig, hon lägger armarna om min hals och vi andas tillsammans i en förtröstan som växer och växer och till slut exploderar, eller

271

kanske imploderar, i någonting som är hundra procent gråt och hundra procent skratt.

Nej, tusen.

Sedan bär jag henne ut ur rummet. Varligt går jag med henne i mina armar längs den skumma korridoren och jag tänker att jag gärna skulle ha sett att det vore fem kilometer istället för bara fem meter bort till trappan, men under dessa få steg hinner ändå Bernard Grimaux dyka upp i huvudet på mig, just han, man kan undra hur en sådan korrespondens är möjlig, men alldeles tydligt inser jag att det står en stackars frusen fransk poet i ett illa upplyst hörn av min varseblivning, han är dåligt klädd i en trådsliten svart kostym, han har en resväska av papp och det enda han vill påminna mig om är att han förlorat sin hustru och sin dotter, de har drunknat i en båtolycka i Medelhavet och han står nu i begrepp att bege sig till den stora staden på andra sidan havet för att skriva en sista diktsamling, ta livet av sig och kanske förenas med dem. Medan jag, jag som går dessa fåtaliga steg i denna halvmörka korridor mer än sju årtionden senare, och som har fem betydligt överskattade romaner bakom mig, jag har både min hustru och min dotter kvar. Det är den stora skillnaden, tycks han vilja säga. Det är eldarna.

lystrar förvånade till rösten från ovan,
ändrar riktning och möts som av en händelse

Och jag kommer fram till trappmynningen och Sarahs huvud vilar tungt och tryggt mot min axel. Vi säger ingenting, det behövs inte. Efter två trappsteg, eller kanske tre, hejdas jag av en harkling; jag måste ha gått och drömt under dessa märkvärdigt utdragna

272

sekunder, och jag inser att han som står där och riktar sitt vapen mot oss — det är en tung, matt glänsande revolver, inget gevär, han håller den med båda händerna, mitt gevär står kvar lutat mot väggen däruppe i rummet, för övrigt — att han har kommit tillbaka och att sista ordet ännu inte är sagt.

Långt ifrån sagt. Aron Fischers ögon är kalla och dunkelt lysande, ton i ton med hans vapen, de sitter tätt, ovanligt tätt, och det är inte svårt att se vansinnet därbakom. Han står några steg upp i trappan och han måste ha upptäckt att jag dödat hans far. Men det bekommer honom inte; där ligger något njutningsfullt, närmast hungrigt, i hans sätt att betrakta oss, en länge närd förväntan som snart kommer att gå i uppfyllelse. Ja, han är enkel att tolka och hans tunna läppar dras sakta ut i ett kontrollerat leende.

"Mr Steinbeck", säger han. "Så trevligt att se er, men jag tror bestämt ni gjort intrång."

Jag tvekar en sekund. Galen, kanske bönhörd? tänker jag. Sedan fattar jag ett beslut och följer det.

Skottet träffar mig. Smärtan är vitglödgad. Skriket som är det sista jag uppfattar kommer från Winnie, min hustru, och det liknar inget annat ljud jag någonsin hört.

Därefter mörknar allt. Och tystnar.

42

En smak av metall, sedan ett rutmönster.

Det är det första jag uppfattar och rutorna syns tvärsigenom mina slutna ögonlock. Kanske har jag haft dem öppna en stund och stängt dem igen, det är svårt att veta. Jag minns att jag simmat över en röd och svart flod, det har varit en kamp, strömmar och sugande virvlar att övervinna, och jag har flera gånger varit nära att ge upp. Hetta och köld om vartannat, och det har sannerligen inte varit lätt att förstå vad det skall tjäna till. Varför suga krafter ur en uttorkad källa? Varför denna patetiska obändighet?

Men det har funnits en boj mitt i floden och den har jag klängt mig fast vid. Sarah har också klängt där, det är hon som är räddningen och eldarna, vi har hållit tag om varandra, och bojen är ingen boj vid närmare betraktande, den är bara ett ögonblick, helt enkelt den där sekunden av darrande närvaro i tidens ström när vi står mittemot varandra i rummet och fattar att vi båda finns till och lever. Det var ju alldeles nyss, känns det som. Alldeles nyss och just nu. Och det vilda, forsande, rödsvarta vattnet är väl ingenting annat än själva tiden, får man förmoda, sekunderna och dagarna och åren som brusar runt detta orubbliga ögonblick, och det är mycket som far förbi medan vi hänger där och förtröstar, min dotter och jag. Franska poeter, små oidentifierade hundar, en tavla med ett ansikte som inte riktigt vill framträda och mångahanda annat.

Och den andra strandbädden är här och nu, jag förstår detta också. Floden ligger bakom mig. Metallsmaken och rutmönstret konstituerar den aktuella verkligheten; när jag får upp ett öga ser jag att det är fråga om någon sorts ventilationsgaller, det sitter i ett vitt tak och taket hör hemma i det rum där jag för tillfället befinner mig. Jag ligger i en säng, men när jag öppnar också det andra ögat börjar allt röra sig på ett svajande och mycket obehagligt sätt, ett illamående skjuter upp i mig och jag bestämmer mig för att hastigt återvända inombords. Jag är så trött, så in till döden trött.

Men ljuden utifrån rummet hänger kvar, jag kan uppfatta dem även med stängda ögon, det tycks som om det finns människor där, i närheten och runtomkring mig, och resonansen från deras röster och från deras försiktiga rörelser får mig att dra slutsatsen att jag befinner mig på ett sjukhus. Ja, alldeles avgjort är det fråga om ett sjukhus, tänker jag, men den här gången är det inte Winnie, min hustru, som tar deras resurser i anspråk, utan jag. Med en viss rätt, känns det som. Med en viss rätt.

Och lukterna, de tränger också igenom. Åtminstone en, det är doften från min egen kropp och jag känner inte riktigt igen den.

Det är något mankemang med själva kroppen dessutom. Jag tror den tar slut någonstans i höjd med magen.

IV

43

North River. Floden som flyter åt två håll.

Ännu i mitten av november hänger sensommaren kvar. Åtminstone vissa dagar, och när vi kommer ner till Hudson River Park i höjd med Charles Street studsar morgonsolen i Jersey Citys glasfasader på andra sidan vattnet. Jag har en filt över benen; den behövs inte för värmens skull, det är mera en sorts diskretion. Jag har inte vant mig än, och jag förstår varför blinda människor använder mörka glasögon.

Winnie skjuter mig sakta framåt, vi har ingen brådska. Emellanåt sitter Sarah i mitt knä, då och då hoppar hon ner och går bredvid. Hon talar ännu inte. I varje fall inte av egen kraft; svarar ja eller nej när man frågar henne något, men inte mer. Terapiteamet på S:t Vincent, som har hand om henne några timmar tre dagar i veckan, säger att vi inte ska skynda på processen, inte överanstränga den, och frånsett den språkliga återhållsamheten har man inte hittat några fel på henne.

Mr Edwards går vid sidan av och röker på en smal cigarr; det är första gången vi träffas efter att jag hamnade i rullstol. Men vi har talats vid på telefon.

"Livet är inte en vandring över ett öppet fält", säger han nu.

"Nej", säger min hustru. "Det är det inte, det är en riktig iakttagelse."

"Vissa kurvor är så skarpa att man nästan inte är samma människa när man kommer ut ur dem."

"Man kan vara en bättre människa", säger Winnie.

"I varje fall en annan", säger jag. "Som sagt."

Mr Edwards drar ett bloss och tänker efter.

"Han bröt nacken alltså, den jäveln?"

"Jag vet inte om vi behöver tala om det", säger jag. "Det är över nu, men det är riktigt att han bröt nacken. Jag sköt den ena och bröt nacken av den andra."

"Och du går fri?"

"Går och går", säger jag.

"Ursäkta", säger mr Edwards. "Det var bildligt talat."

"Bilder ska vara talande", säger Winnie. "Det är deras uppgift."

"Jag är fri mot borgen", säger jag. "Som jag förklarade. Utredningen pågår."

"Naturligtvis", säger mr Edwards. "Det är ju så det går till hos oss."

"Winnie lämnade ett bra vittnesmål", lägger jag till. "Det finns all anledning att vara optimistisk."

Mr Edwards nickar. Vi förflyttar oss under tystnad en stund och tittar ut över floden.

"Otäck?" frågar han Winnie när vi svänger ut på pir 42.

"Otäck", säger Winnie.

"Manipulativ och intelligent?"

"Just det", säger Winnie. "En sån där som dom tycker om att göra film av i det här landet."

"Och när förstod du att det var han?"

"Jag blev säker här i New York. Men tanken fanns tidigare."

"Du släppte aldrig in polisen?"

"Jag visste vad han var kapabel till."

"Jag förstår. Och han lämnade... små antydningar?"

"Mycket små. Det blev tydligare när vi kom hit."

"Allt det här med Geraldine Grimaux. Varför var det nödvändigt?"

Hon rycker på axlarna. Ser ut över vattnet. "Jag vet inte. Han tyckte nog om att leka på det viset. Han var en sorts begåvat monster, glöm inte det."

"Jag förstår", säger mr Edwards.

"Jag höll också på att bli någonting annat ... jag tror inte jag vill prata mer om det här just nu."

"Förlåt, det är mitt gamla yrke, bara."

"Det gör ingenting", säger Winnie.

"Vill gärna räta ut en krokig spik när jag hittar en."

"Vissa spikar går inte att räta ut", säger Winnie.

Mr Edwards nickar igen och drar ett bloss. "Ännu en riktig iakttagelse", säger han.

Vi passerar förbi Queen of Hearts, en gammal sliten lustångare som alltid ligger förtöjd på 42:ans nordsida, och jag får syn på en hund som i sakta mak kommer promenerande rakt emot oss. Sarah upptäcker den också, hoppar ur mitt knä och går den till mötes. Hon har visat ett tilltagande intresse för hundar sedan hon kom tillbaka; Winnie och jag har pratat om det med läkarteamet. Hennes förtroende för människor är skadat, men tilliten till djur är orubbad, tycks de mena, åtminstone professor Klimke, som är chef för gruppen.

När hunden och Sarah möts ett stycke framför oss, ser jag att det är ESB. Empire State Building. Han är i avsaknad av såväl halsband som koppel, som husse. Jag drar slutsatsen att han äntligen lyckats rymma från Scott. Det måste naturligtvis vara en befrielse, men han skulle behöva en skattebricka, annars löper han stor risk att bli haffad av hundpolisen. Nolltoleransen i den här stan är hög numera, det gäller människor och det gäller engelska bulldoggar.

Med en trött suck lägger han sig ner på marken framför Sarah. Hon börjar omedelbart klappa honom; han snörvlar lyckligt och rullar över på sidan så hon kommer åt magen också.

Vi stannar upp och betraktar dem. Jag och Winnie utbyter en blick. Mr Edwards kastar sin utrökta cigarr i vattnet.

Ingenting händer under en hel minut, vi bara står där och tittar på Sarah och Empire State Building. Ingen säger något. Morgonsolen fortsätter att spegla sig i Jersey City.

Ingenting händer, det är viktigt att understryka det.

Sedan vrider Sarah på huvudet, jag ser att hon formulerar ord inom sig, och det dröjer ytterligare en stund innan hon kommer ut med det.

"Kan vi inte ...?"

"Vet du, Sarah", säger jag. "Jag tror faktiskt det."